Klaus Möckel Eine lästige Leiche

Klaus Möckel, geboren 1934, machte sich nach einem Studium der Romanistik zunächst als Herausgeber und Übersetzer einen Namen. Seit 1969 veröffentlichte er als freier Autor über 30 eigene Bücher verschiedener Genres.

Von seinen erfolgreichsten Kriminalromanen wurden *Drei Flaschen Tokaier* (1976) und *Variante Tramper* (1984) für die beliebte Fernsehserie »Polizeiruf 110« verfilmt. *Eine lästige Leiche* ist nach *Gespensterschach* der erste Krimi für Erwachsene seit 20 Jahren.

Klaus Möckel

Eine lästige Leiche

Ein Dresden-Krimi

Bild und Heimat

Von Klaus Möckel liegt bei Bild und Heimat außerdem vor:

Eine dicke Dame (Tatort DDR, 2013)

ISBN 978-3-86789-498-2

1. Auflage
© 2015 by BEBUG mbH / Bild und Heimat, Berlin
Umschlaggestaltung: fuxbux, Berlin
Umschlagabbildung: © Deutsche Fotothek
Druck und Bindung: GGP Media GmbH, Pößneck

Ein Verlagsverzeichnis schicken wir Ihnen gern:
BEBUG mbH / Verlag Bild und Heimat
Alexanderstr. 1
10178 Berlin
Tel. 030 / 206 109 – 0

www.bild-und-heimat.de

Erster Teil

I

Als Hacke den Wagen abgestellt hatte und im Schutz des kleinen Wäldchens auf das Gebäude zuschlich, ging ihm plötzlich der Spruch seines Vaters durch den Kopf: Mut zum Risiko. Mut zum Risiko, mein Junge, sonst gewinnst du nie was.

Der Spruch passte zu seinem Vorhaben, allerdings hatte sein Erzeuger es anders gemeint. Er sei immer »ehrbar« gewesen, wie die Mutter betonte. Ein bisschen verrückt, aber »ehrbar«, krumme Touren habe er stets abgelehnt. Im Gegensatz zu mir, dachte Hacke und spürte das Schießeisen in seiner Tasche.

»Ehrbar«, na gut – bloß, was hatte es dem Alten gebracht. Extremsportler hatte er sich genannt, war nach der Wende an den Küsten Portugals, Italiens, Mexikos herumgeturnt und von den Klippen gesprungen, hatte damit die große Kohle machen wollen. Aber er war einer aus der dritten Reihe geblieben, und wahrscheinlich hatten ihn die Geldgeber noch um seine Prämien beschissen. Was übrig geblieben war, hatte er in neue Projekte gesteckt, das Risiko noch höher geschraubt. Bis es dann echt zu hoch gewesen war und der Sprung schief geriet. Mit dem Schädel voran in den Tod. Er hatte den Felsen zwar nur gestreift, aber bei diesem Kopfüber hatte das gereicht.

Es knackte im Gebüsch, und Hacke hielt argwöhnisch im Schritt inne. Aber alles blieb still, ein Tier vielleicht, das sich nun ängstlich ins Gras duckte. Ich tu dir nichts, dachte der Mann, wenn auch du mich in Ruhe mein Ding tun lässt. Mit der Hand nach der Pistole tastend, ging er weiter.

Hackes Vater war damals Anfang dreißig gewesen, nur wenig älter als er jetzt, doch er hatte jünger ausgesehen. Was für ein Body! Schwamm drüber, es war schon eine Ewigkeit her und tat nicht mehr weh. Zumal er ihn als Kind kaum zu sehen bekommen hatte. Ständig unterwegs, ständig woanders, er hatte die Küsten bestimmt besser gekannt als seinen Sohn. Na gut, das lag an der Abstammung, er kam aus Wismar oben an der Ostsee, während die übrige Familie ihre Wurzeln im Mitteldeutschen hatte.

Nicht viel war Hacke von seinem Vater geblieben, außer ein paar Fotos und diesem Spruch, der sich ihm jetzt wieder mal aufgedrängt hatte. Zur Situation passend, doch zum falschen Zeitpunkt. Weg mit den Gedanken, er musste sich auf seine Aufgabe konzentrieren. Zumal es kein großes Risiko gab, die Sache war klar und sicher. Mut ja, den brauchte man, und er hatte ihn zusammennehmen müssen, um sich endlich aufzuraffen. Immer wieder hatte er gezögert, auf eine noch bessere Gelegenheit gewartet. Doch eine bessere Gelegenheit, an die Kohle zu kommen, gab es nicht. Und er brauchte das Geld!

Denn Hacke hatte Schulden. An die dreitausend Euro, weil er sich beim Wetten verzockt hatte, bei einem Mann namens Detlef Baum, genannt der »Direx«. Automaten und Karten, er liebte beides und konnte die Finger nicht davon lassen. Was sollte man aber auch machen, wenn man keine Arbeit fand. Keine jedenfalls, bei der man nicht für ein paar jämmerliche Kröten von morgens bis abends malochen musste. Zwei-, dreimal hatte er sogar schon gewonnen, einmal mehr als siebentausend Eier, aber das war bald wieder weg gewesen. Nun jedoch wollte der Direx nichts mehr rausrücken, im Gegenteil, er verlangte seine Dreitausend zurück. Obwohl das für ihn eine lächerlich kleine Summe war. Sonst würde er seine Jungs vorbeischicken, und die Jungs, das waren finstere Kerle, Muskelprotze, Brutalos, richtige Knochenbrecher. Nein, darauf durfte er sich nicht einlassen.

Inzwischen hatte Hacke das Gebäude erreicht. Er zog die Maske mit den Augenschlitzen aus der Tasche. Der Shop, die »Siedlerkiste«, lag am Ende des Ortes und hatte alles im Angebot, was die Leute auf die Schnelle brauchten. Das ging von Lebensmitteln, Getränken und Zigaretten bis zum Kochtopf und der Küchenuhr. Okay, damit machten die noch keine großen Geschäfte, auch nicht mit den Socken und Handtüchern, die in den Regalen lagen, aber es gab ja noch die Schuhe und die Kleidung, die ein bisschen mehr brachten, die Kosmetik, die Handys, den Gartenbedarf, die Kleinmöbel und vor allem den Klimperschmuck, der den Frauen gefiel. Wobei das Besondere die Handarbeit war: Ketten, Ringe, aber auch Stühle und Tischchen wurden von Handwerkern oder Künstlern der Umgebung gefertigt, die sich auf den Geschmack der Leute verstanden. Deshalb kam mancher Kunde aus den umliegenden Dörfern gern hierher, anstatt nach Dresden zu fahren, wenn er ein Geschenk, ein besonderes Stück für Haus und Garten suchte.

Der Laden brummte also, und heute, am Freitagabend, hatte er länger geöffnet. Jetzt, kurz vor neun, war allerdings, wie erhofft, nicht mehr viel los. Hacke beobachtete den Eingang. Ein Kunde verließ das Geschäft – wahrscheinlich der letzte an diesem Tag –, und gleich würde der lange, wuselige Verkäufer den Shop schließen.

Es war dunkel und regnerisch, die Dorfstraße menschenleer. Hacke streifte die Arbeitshandschuhe und die Maske über, holte die Pistole aus der Tasche. Er spähte durchs Schaufenster – nur der Verkäufer, mit einem Schlüsselbund in der Hand, war zu sehen. Sobald er drinnen fertig war, würde er die Rollläden herunterlassen und die Alarmanlage aktivieren. Sie hatten sich abgesichert, auch wegen der nahen Grenze.

Ein letzter Blick Hackes die unbelebte Straße hinab, dann öffnete er mit einem Ruck die Tür. »Das ist ein Überfall«, sagte er mit krächzender Stimme, ein Ton, der drohend und fremd klingen sollte, er hatte ihn eingeübt. »Wenn du meinen Anordnungen folgst, passiert dir nichts!«

»Was ... wo ... wollen Sie?«, stotterte der Mann erschrocken.

»Schließ die Tür ab, und lass die Rollos runter. Aber Vorsicht, keine Alarmknöpfe. Die Hübsche hier ist geladen!« Ein Wink mit der Pistole dirigierte den Verkäufer zur Vorderfront.

»In der Kasse ist kaum Geld«, stammelte der Mann, der sich denken konnte, worum es ging, »die Scheine nimmt immer der Chef mit.«

Damit konnte er Hacke nicht verunsichern. Der Besitzer war seit drei Tagen weg, kam erst am nächsten Morgen zurück, das wusste er von Verena Schulz. Durch die kleine Schwatzliese, die auf ihn stand und ihn allzu gern im Bett gehabt hätte, war ihm ja erst die Idee mit dem Überfall gekommen. Sie war mit der Tochter des Ladenbesitzers befreundet, besuchte mit ihr eine Fachschule in Dresden. Verena war absolut auf dem Laufenden.

»Quatsch nicht! Wenn du weiter Märchen erzählst oder sonst Schwierigkeiten machst, schieß ich dir in die Beine.« Er trat bewusst so brutal auf wie die Schläger vom Direx. Das zeigte auch Wirkung. Der Verkäufer hob abwehrend die Hände. »Ich mach ja, was Sie wollen.«

Als die Läden heruntergelassen waren, fühlte sich Hacke erst mal vor Überraschungen sicher. Keiner, der jetzt noch zufällig vorbeikam, konnte sehen, was hier vorging. Trotzdem hatte er es eilig. »Leer jetzt die Kasse aus, alles hier in die Tüte!«

Es kamen an die fünfhundert Euro zusammen, ein Anfang.

»Und jetzt der Tresor«, verlangte Hacke.

»Welcher Tresor? Wir ...«

Hacke hob drohend das Schießeisen. »Los, nach nebenan.« Er wusste Bescheid, hatte Verena ja mehr als einmal ausgehorcht. Natürlich war das kein Versteck, wo sie Zehntausend und mehr stapelten, der Besitzer brachte die größeren Summen immer schnell zur Bank oder deponierte sie zu Hause. Zudem wurden die dicken Rechnungen gerade wegen der vielen Einbrüche und Überfälle in neun von zehn Fällen mit Karte beglichen. Aber manche zahlten eben doch bar, und wenn der Chef nicht da war, blieb vorübergehend einiges im Geschäft. In dem Wandtresor im hinteren Raum. Und der Chef war, wie gesagt, unterwegs.

Der wuselige Verkäufer war jetzt gar nicht mehr wuselig, Hacke musste ihm jede Bewegung nachdrücklich abverlangen. Da der Mann aber Angst hatte, wagte er es nicht, die Kombination zu verweigern. Der Bandit vor ihm wusste zu gut Bescheid. So war der Safe schnell geöffnet, und zur Knete in der Tüte gesellten sich gut sechstausend Euro. Das stellte Hacke durchaus zufrieden. Er überlegte noch, ob er sich ein paar Handys oder andere Sachen aus dem Laden krallen sollte, ließ es aber sein. Die Polizei kannte seinen Namen, und so war es für ihn gefährlich geworden, das Zeug weiterzuverkaufen, man konnte ihm sogar auf die Spur kommen, wenn's durch das Internet geschah.

Das Handy des Verkäufers freilich nahm er an sich, er hatte etwas Besonderes damit vor. Dann fesselte er den Mann an die Heizung im Klo, verklebte ihm auch den Mund, damit er nicht gleich losbrüllen konnte. Die Schlüssel nahm er mit, verließ den Laden durch die Hintertür und sperrte zu.

Hacke hatte sich vorgenommen, kaltblütig zu handeln: Er machte sich nicht sofort aus dem Staub, sondern überquerte die Landstraße und deponierte das Handy des Verkäufers sowie die Schlüssel im Papierkorb der nahen Bushaltestelle. Er hatte das vorher genau erkundet. Sollten sie es ruhig orten und glauben, er sei mit dem Bus weg, der in einer halben Stunde zum letzten Mal am Tag hier vorbeikam. Danach rannte er, damit Suchhunde die Spur nicht aufnehmen konnten, noch ein Stück auf der Straße und kehrte erst dann zu seinem Wagen zurück. Mut zum Risiko, schoss es ihm erneut durch den Kopf, jawohl, heute und hier hatte der Spruch hingehauen!

2

Der Ford stand einsam und unberührt im Schutz der Bäume, so wie er geparkt worden war. Hacke hatte ihn geklaut, aber die Nummernschilder ausgewechselt und zur Tarnung breite Streifen aus Folie an die Seiten geklebt. Nun hatte er es eilig, wegzukommen, er zog die Handschuhe ab, tauschte die Jacken, stopfte die dunkle, die er getragen hatte mitsamt der Maske unter den Sitz – er nahm sich nicht die Zeit, den Kofferraum zu öffnen. Die Pistole wollte er in der Nähe haben, legte sie ins Handschuhfach. So sanft er es vermochte, startete er den Wagen und rumpelte los. Über den steinigen Weg in Richtung der besseren Landstraße, die er nach wenigen hundert Metern erreichte.

Er brauste dahin, und plötzlich überkam ihn eine große Heiterkeit. Alles hatte geklappt, war gelaufen wie am Schnürchen: Der Verkäufer war brav geblieben, so dass Hacke nicht gezwungen gewesen war, auch nur einen Schuss abzugeben; das Geld hatte sich, wie erhofft, im Tresor befunden. Ich kann den Direx bezahlen, dachte er, und behalte noch einiges über, ich hab für ein paar Monate ausgesorgt, das Zocken werd ich erst mal lassen. Oder nur um kleine Beträge spielen. Kleine Beträge, das kann nicht schaden.

Er schaltete das Radio ein, wählte einen Sachsen-Sender: »Musik zum Träumen«. Okay, träumen durfte er jetzt, wenn auch nicht gleich von Millionen. Ob sich der Verkäufer inzwischen von seinen Fesseln befreit und die Bullen gerufen hatte? Kaum anzunehmen, die Heizung war fest in der Wand verankert, die Stricke um Hände und Beine würden einschneiden, wenn er daran zerrte. Wahrscheinlich hing der Lange bis zum Morgen fest, bis die ersten Kunden kamen oder der Besitzer. Unangenehm war seine Lage schon, das hatte Hacke ihm nicht ersparen können. Vielleicht bekam er schlecht Luft, wenn er eine Weile mit zugeklebtem

Maul an der Heizung hockte. Na, er würde gewiss durchhalten, und frieren würde er auch nicht. Hacke hatte den Thermostat auf drei gestellt.

Er wollte nach Radebeul, dem Dresdner Vorort, der sich mit seinen Anhöhen und Weinbergen am rechten Ufer der Elbe hinstreckte. Dort, in der Wohnung seiner Mutter, kampierte er zur Zeit wieder mal, seit einem halben Jahr etwa, nachdem er bei Rendy ausgezogen, besser gesagt, rausgeflogen war. Ständig hatte es Zoff wegen seiner Zockerei gegeben. Bei der Mutter war es nicht ganz so stressig, von ihr ließ er sich im wahrsten Sinne des Wortes nicht in die Karten gucken. Trotzdem meckerte auch sie hin und wieder, weil er nie Geld hatte und nach ihrer Meinung nichts auf die Reihe brachte. Womit sie nicht ganz unrecht hatte, wie er sich widerwillig eingestand. Ich reich ihr diesmal ein paar Scheine rüber, dachte Hacke in einem Anflug von Großmut. Immerhin ist sie meine Mutter, hat's ebenfalls nicht leicht und gibt mir ein Dach überm Kopf.

Er fuhr bei Burkau auf die A4, dann in westlicher Richtung. Inzwischen war es stockdunkel, aber es regnete nicht mehr, und Hackes Scheinwerfer gruben einen Tunnel in die Finsternis. Auf der Autobahn war um diese Zeit mäßiger Verkehr, aus welchen Grund auch immer. Vielleicht waren die meisten Pendler inzwischen zu Hause. Das reizte ihn, das Gaspedal zu kitzeln; was hier an Tempo erlaubt war, wollte er gar nicht wissen. Auch die »Musik zum Träumen« war ihm mittlerweile zu fade, so dass er einen anderen Sender suchte, einen mit wummernden Bässen. Doppellichter des Gegenverkehrs flirrten auf ihn zu, ein Scheinwerferpaar blendete ihn dermaßen, dass er für Sekunden, das Lenkrad krampfhaft umklammernd, blind fuhr. »Idiot«, schrie er, »mach die Fernleuchten aus!« Verzweifelt betätigte er die Lichthupe.

Wieder sehend, wurde er langsamer, dachte an Rendy. Sie war eine tolle Frau, und er ärgerte sich, dass es ihm nicht gelungen war, sie festzuhalten. Ich war nicht hartnäckig genug, sagte er sich, hätte nicht so schnell aufgeben sollen. Im nächsten Moment frei-lich wurde er missmutig. Die Schlampe ist gleich zu Finn überge-laufen, hat mit sonst wem gepennt. Ich war ihr nicht gut genug, konnte ihr zu wenig bieten. Finn stand natürlich besser da, mit seinen Manieren und der Knete, die er mit seinem Trödel ver-diente.

Inzwischen näherte er sich der A13 und überlegte, ob er nicht nach Dresden reinfahren, in irgendeinem Nobelschup-pen einkehren sollte, um eine Trulle abzuschleppen. Im »Sexy Girl« vielleicht. Oder sich von ihr abschleppen zu lassen, die Kohle hatte er ja. Aber er kannte sich, er würde womöglich nur herumhängen und später versacken. Außerdem, wo sollte der Wagen hin? Trotz der falschen Kennzeichen konnte ihn, wenn's der dumme Zufall wollte, eine Streife entdecken. Nein, die Idee war nicht gut. Lieber erst beim Direx die Schulden begleichen. Morgen schon, obwohl es ihm um die Dreitausend mächtig leid tat. Na, vielleicht gab sich der alte Geizhals einstweilen mit der Hälfte zufrieden.

Ein Parkplatz in tausend Metern kündigte sich an, Ha-cke merkte, dass er pinkeln musste. Dringend, die Blase platzte fast. Fünfhundert, dann dreihundert Meter, er bog ein. Ob je-mand den Raub mitgekriegt hatte? Natürlich nicht, was sollte der Quatsch. Raub, Räuber, wie das überhaupt klang. Als Kinder hat-ten sie Räuber und Gendarm gespielt, er erinnerte sich, dass ihn die anderen nie gekriegt hatten. Manchmal war auch er der Gen-darm gewesen. Ein Witz, dachte Hacke.

Der Parkplatz war fast leer, zwei Trucks lediglich, deren Fahrer offenbar pennten, und ein Kleintransporter, um den ein Rudel Kerle herumstand. Hacke rollte vorbei, hielt ein Stück weiter vorn bei der Pinkelbude. Auch wenn es dunkel war und die Leute ihn nicht beachteten, schien es ihm besser, Abstand zu halten. So we-nig auffallen wie möglich, das musste sein oberstes Prinzip sein.

Er sprang aus dem Wagen und schloss ihn ab. Das konnte er,

weil er auch den Autoklau gut vorbereitet hatte. Mehrere Nachmittage hindurch hatte er die Parkplätze abgeklappert, um auf ein Fahrzeug zu stoßen, bei dem der Schlüssel steckte. Geklappt hatte es erst am dritten Tag. Zum Glück waren die Leute manchmal leichtsinnig, und es geschah ihnen recht, wenn sie ihren Untersatz loswurden.

Nachdem er sich erleichtert hatte, stand er noch einen Augenblick beim Wagen. Die Wolkendecke riss auf, es wurde etwas heller. Eigentlich müsste ich die Karre so bald wie möglich abstoßen, sagte sich Hacke, es ist nicht gut, ein Fahrzeug zu behalten, mit dem man einen Bruch gemacht hat oder einen Überfall. Auch wenn das kein Mensch ahnt ... ahnen kann. Andererseits wär's nicht übel, in den nächsten Tagen ein paar Spritztouren zu machen. Rüber zu den Tschechen, nach Prag oder in die Berge. Vielleicht kann ich Rendy überreden, mit mir zu kommen, jetzt kann ich ihr ja was bieten.

Er stieg wieder ins Auto, wollte starten, da fiel ihm ein, dass er die schwarze Jacke und die Maske doch lieber im Kofferraum verstauen, oder noch besser, gleich hier in einer Mülltonne entsorgen sollte. Doch als er die Sachen in der Hand hatte, rollte gerade ein großer Mercedes heran und schwenkte zwei Plätze neben ihm ein. Hacke verschob die Entsorgung auf später. Schnell öffnete er den Kofferraum.

3

Es gibt Momente im Leben, da stehst du wie vom Vorschlaghammer getroffen da, du siehst etwas und kannst es nicht begreifen, du willst die Situation erfassen und fühlst dich unfähig dazu, der Gedanke, der sich in deinem Kopf zu bilden sucht, entgleitet dir, eine Erklärung der Dinge findet sich schon gar nicht.

So erging es Hacke, als er nun mit einer Hand die Klappe des Kofferraums anhob, um mit der anderen Jacke und Maske hineinzustopfen. Er riss die Augen auf, erstarrte dann, wurde innerlich ganz steif, brachte aber statt eines Schreis nur ein Krächzen heraus. Entsetzt schaute er ins trübe Kofferraumlicht und wollte es nicht wahrhaben. Das konnte nicht sein, das gab es nicht, das war völlig unmöglich! Ein bisschen Werkzeug für den Notfall hätte sich dort befinden müssen, ein Warndreieck, Verbandzeug, nicht aber das. Dieser gekrümmte Körper, diese notdürftig in eine Decke gewickelte Gestalt mit angezogenen Beinen, die halb auf dem Bauch lag und verkrustetes Blut am Hinterkopf hatte.

Hacke schluckte kurz und schlug die Klappe wieder zu. Es war eine Instinktreaktion und das Einzige, was er in diesem Moment fertigbrachte, um den Schock zu verdauen. Außerdem hatte sich ein dicker Kerl mit Bartgesicht aus den Polstern des gerade angekommenen Autos geschält und lugte herüber. Späherblicke konnte Hacke jetzt am wenigsten gebrauchen.

Der Dicke klickte mit der Fernbedienung und eilte zum WC. Dabei hielt er sich den Bauch, hatte wohl ein dringendes Geschäft zu erledigen, das ihn länger aufhalten konnte. Für einen Augenblick überlegte Hacke, ob er nicht mit dem fremden schnellen Wagen abhauen sollte. Aufbrechen, kurzschließen und weg, den Ford mit seinem schrecklichen Inhalt einfach zurücklassen. Aber abgesehen von der Wagensicherung, die bestimmt Schwierigkeiten machen würde, wären die Bullen in solch einem Fall schnell informiert und hinter ihm her. Wo sollte er sich dann verkriechen?

Der Kleintransporter mit der Reisegesellschaft fuhr fröhlich hupend an ihm vorbei auf die Autobahn. Dafür kam ein Landrover älterer Bauart und parkte neben ihm ein. Hacke stand noch immer wie vom Donner gerührt da und wusste nicht, was er tun sollte. War das Blut am Kopf der Person dort hinten nass oder trocken gewesen, war sie wirklich tot? Ein Mann, eine Frau? Die Klamotten und Haare passten auf beides, zumindest auf den ersten

Blick, er hatte nur das gesehen, was die Decke freigab. Doch Hacke wagte nicht, genauer nachzuschauen. Nicht hier, bei all den Leuten, die ankamen oder wegfuhren. Er musste weiter, wahrscheinlich war dem oder der dahinten eh nicht mehr zu helfen.

Plötzlich merkte er, dass er noch immer die schwarze Jacke und die Tuchmaske in der Hand hielt. Wütend riss er die Tür auf, stopfte beides zurück unter den Beifahrersitz. Ich muss runter von der Autobahn, mir bleibt nichts anderes, als diese verdammte Fracht irgendwo loszuwerden, sagte er sich, im Wald, in einem Tümpel. Eine schöne Scheiße, aber was soll ich sonst tun? Zu den Bullen kann ich nicht!

Er klemmte sich hinters Lenkrad, startete. Drei Anläufe brauchte es, damit der Motor ansprang. Hundert Fragen wirbelten ihm durch den Schädel, aber erst als er wieder fuhr, gesellte sich eine ziemlich wichtige hinzu: wie dieser Mensch nämlich in seinen Wagen gekommen war?

Doch in seinem Kopf war Nebel. Wirrwarr herrschte, ein Glück, dass Hände und Füße mechanisch das Notwendige taten. Eins stand fest: Als er den Ford hatte mitgehen lassen, war der Kofferraum noch leer gewesen, bis auf das übliche zur Pflichtausrüstung gehörende Zeug – er hatte auf Paul Findeisens Waldgrundstück reingeguckt. Was aber war danach passiert? Er versuchte die wenigen Tage nach dem Autoklau durchzugehen, die einzelnen Stationen. Meist hatte der Ford bei Finn gestanden – hatte etwa der Kumpel mit der Sache zu tun? Das konnte einfach nicht sein!

Hacke hatte es nicht so vorgehabt, aber angesichts dieser kotzüblen Lage nahm er die Abfahrt am Flughafen und fuhr entgegengesetzt, in Richtung Waldteiche Moritzburg. Dort war Wald und Wasser, dort konnte er die Leiche bestimmt abladen. Mittlerweile hatte er den ersten Schreck überwunden. Er sah zwar nicht klarer, wurde aber von Minute zu Minute wütender. Die Schweine, wer hat mir das eingebrockt, will mir was anhängen? Gilt das überhaupt mir? Will man mir das in die Schuhe schieben, oder soll ich nur die Drecksarbeit machen? Beseitigen, was andere Verbrecher angerichtet haben? Jawohl, Verbrecher, sagte er sich, ein Mörder bin ich nicht. Mit Mord hab ich nichts am Hut!

Ein Feldweg führte von der Straße ab; weiter hinten dämmerte Wald. Hacke bog ein, hielt nach etwa hundert Metern an einer Hecke. Ein Blick nach rechts und links – nur Wiesen, Felder und Bäume. Er überlegte kurz, streifte, bevor er ausstieg, die Handschuhe über, die er schon beim Überfall getragen hatte. Er ging zum Kofferraum, zögerte aber eine Weile, er konnte sich nicht überwinden, die Klappe ein zweites Mal anzuheben.

Vielleicht sollte er den Wagen nebst Inhalt einfach im Wald stehen lassen und abhauen. Aber er musste wenigstens wissen, ob die Person da drin wirklich tot war. Er gab sich einen Ruck und öffnete. Diesmal war er auf den Anblick vorbereitet und schauderte nicht zurück. Nein, dieser Mensch lebte bestimmt nicht mehr! Er hatte offenbar einen mächtigen Schlag auf den Hinterkopf bekommen und pilgerte schon geraume Zeit im Jenseits.

Hacke war nicht besonders gläubig, aber er bekreuzigte sich. Tapfer fasste er die Leiche an, die halb in eine blutbeschmutzte Decke eingehüllt war, und drehte sie, so gut es in dem engen Behältnis ging, auf den Rücken. Und da – er hatte nicht gedacht, dass es noch härter kommen könnte – traf ihn ein neuer Schock. Die tote Person war eine Frau, er sah es zunächst daran, dass sie so zierlich war und sich ihre Bluse über der Brust geöffnet hatte. Aber das war es noch nicht, was ihn niederschmetterte. Vielmehr kannte er diese Frau! Ziemlich gut kannte er sie, sehr gut sogar, warum hatte er es nicht eher bemerkt. Es war … nein, das konnte sie ganz unmöglich sein … und doch, es war … Rendy, seine ehemalige Freundin!

4

Diesmal ließ Bernd Erik Hackmann, ein passabel aussehender Endzwanziger mit abgebrochenem Sportstudium, der sich auch als Autoverkäufer, Reklameschreiber und Portier in einem Nachtklub versucht hatte und von allen nur Hacke genannt wurde, den Kofferraum offen. Rendy tot in diesem Auto, erschlagen, das war nicht nur unglaublich, es ging über seine Kräfte. Warum denn sie, dachte er, was hat sie getan, dass so etwas passieren konnte, und: Ich werde nie mehr mit ihr reden, sie in die Arme nehmen können.

Ja, er musste zugeben, dass er das immer noch gehofft hatte, trotz allen Zoffs mit ihr und ungeachtet ihres Schwurs, es sei ein für allemal vorbei. Tränen stiegen ihm in die Augen, liefen die Wangen herab. Er war sich nicht klar, ob er sie geliebt hatte, aber so ähnlich musste der Schmerz von Liebenden sein, die sich für immer trennen, es war ein Schmerz, der tief in die Brust schnitt. »Rendy«, flüsterte er, »mein süßes Mädchen, verdammtes Luder, warum machst du das, wer hat dir das angetan?« Er setzte sich auf einen Stein am Wegrand und starrte einige Minuten vor sich hin. Ihm wurde klar, dass sich die Lage nun verändert hatte. Entscheidend verändert, denn er konnte Rendy nicht einfach irgendwo abladen, in einem Gewässer versenken oder in einem Loch verscharren. »Auf gar keinen Fall, das hast du nicht verdient«, sagte er laut.

Hacke griff zum Handy und wählte Finns Nummer. Während das Wartezeichen ertönte, fragte er sich erneut, ob der Kumpel etwas mit dem Mord zu tun haben könnte, doch er traute ihm das nicht zu. Seine Kunden bescheißen – Finn handelte mit allem möglichen Altkram –, die Steuern prellen, heiße Ware verhökern, ja, aber nicht das. Allerdings war er streitsüchtig und jähzornig, hatte ständig andere Weiber und ging ruppig mit ihnen um, wenn sie nicht wollten wie er. Außerdem hatte der Wagen bei ihm gestanden. Ich stelle den Wichser zur Rede, dachte Hacke, wenn er irgendwas damit zu tun hat, krieg ich's heraus.

Es dauerte zwei Ewigkeiten, dann meldete sich eine verschlafene Frauenstimme: »Hallo, wer ist dran?«

»Ein guter Bekannter. Ich muss Finn sprechen.«

»Herr Findeisen schläft. Wissen Sie denn nicht, wie spät es ist?«

»Durchaus, aber es ist dringend. Wecken Sie ihn!«

»Ich weiß nicht ... Ich ... Können Sie nicht morgen noch mal?«, flötete die Stimme.

Finn war geschieden, seine Frau hatte es nur kurz bei ihm ausgehalten, es war also eine der üblichen Bräute. Er kannte die Sorte, brauchte keine Rücksicht zu nehmen, war auch nicht in der Stimmung dazu. »Hör mal, du Schnalle«, sagte er grob, »du zickst jetzt nicht rum, sondern holst ihn ans Telefon. Wenn das nicht in den nächsten zwei Minuten passiert, komm ich vorbei und schüttle euch aus der Kiste. Alle beide. Mit 'ner Kalaschnikow.«

Zehn Sekunden später war Finn selbst dran und knurrte: »Was ist denn los, zum Teufel? Wer spielt sich da so auf? Bin gerade erst eingepennt.«

»Mit wem bist du denn im Bett? Ich denke, du hast 'ne Connection mit Rendy?«

»Bist du das, Hacke?« Finn wurde ruhiger. »Geht dir immer noch deine Tusse im Kopf rum? Hast du gesoffen und glaubst, du musst um Mitternacht den Klotz markieren? Komm, lass mich schlafen.« Er legte auf.

Finn hatte ihn wohl an der Stimme erkannt, das war nicht verwunderlich, und trotzdem, wieso war er gleich auf ihn gekommen. Der Mann hatte hundert Bekannte, die nachts anrufen konnten, er, Hacke, hatte das um diese Zeit noch nie getan. Außerdem hatte Findeisen falsch geklungen, als es um Rendy ging, irgendwie scheinheilig.

Hacke drückte die Wiederwahl und musste diesmal lange warten. In der Zwischenzeit marterten ihn die Gedanken – er fragte sich plötzlich, was ihn mit Finn eigentlich verband. Klar, der hatte, nicht zum ersten Mal, eine von ihm gestohlene Karre auf seinem Grundstück versteckt, und sie ließen öfter mal zusammen die Puppen tanzen. Wenn Hacke knapp bei Kasse war, half der andere auch mal mit kleinen Summen aus, allerdings nur mit kleinen Summen. Gut, Finn hatte auch schon Sachen im Internet vertickt, die Hacke bei nächtlichen Streifzügen durch schlecht gesicherte Wohnungen abstaubte. Sie kannten sich von der Truppe, wo Findeisen nicht gerade der Eifrigste gewesen war und vor allem für seine Ausreden bekannt, wenn es um unangenehme Aufgaben ging. Danach hatten sie sich aus den Augen verloren, aber eines Tages war er überraschend wieder bei Hacke aufgetaucht. Er hatte in Dresden illegal Container für Altkleider aufgestellt und jemanden gebraucht, der sie leerte. Hacke hatte gerade sein Studium geschmissen und sich auf die Sache eingelassen. Ihm hatte es nicht viel gebracht, dem andern aber ein Kapital, mit dem er größere Geschäfte hatte tätigen können.

Eigentlich hat er immer profitiert, wenn wir was gemeinsam gemacht haben, und Rendy hat er mir auch ausgespannt, dachte er gerade, als sich der andere überraschend doch noch meldete. Sonderbarerweise ohne Hacke anzublaffen.

»Also, was willst du genau von mir?«, fragte Finn. »Spuck's schon aus, wenn du mich sowieso nicht pennen lässt.«

»Okay, aber schick erst deine Trulle aus dem Zimmer, das geht nur uns beide etwas an.«

»Du machst es spannend. Na, ich geh selber raus, muss sowieso pinkeln. Zu viel Dornfelder …«

Hacke hörte das Bett ächzen und wartete kurz ab. Dann sagte er: »Hör zu, ich bin hier in einer beschissenen Lage. Ich hab 'ne Leiche bei mir.«

»Was?«, rief Finn. »Eine Leiche? Bist du verrückt? Das kann nicht dein Ernst sein. Und was heißt, bei dir? Im Auto? Wo bist du überhaupt?«

»Wo ich bin, ist im Augenblick egal«, erwiderte Hacke, »aber wieso kommst du aufs Auto?«

»Na, weil es nicht mehr auf dem Waldgrundstück steht. Ich war gestern dort. Wollte dir sowieso vorschlagen, es endlich abzustoßen. Die Sache wird mir zu heiß.«

»Das Auto brauch ich noch«, antwortete Hacke, »und was die Tote angeht, so wird es dir noch viel heißer werden.«

»Wieso mir? Was faselst du da überhaupt rum. Rufst du an, um Witze zu machen?«

»Ich mach keine Witze. Es ist eine Frau, und man hat sie erschlagen. Jetzt liegt sie in meinem Kofferraum.«

»Du hast eine Frau erschlagen?«, rief Finn. »Ich sag's doch, du bist verrückt. Warum, um Himmelswillen? Wer ist es?«

»Nicht ich hab sie erschlagen«, sagte Hacke, »das hast du genau verstanden. Man hat sie mir in den Wagen gepackt, in das Auto, das in deinem Schuppen stand. Vielleicht warst ja du's!«

Finn verstummte erst einmal, man hörte sein hektisches Keuchen. Dann murmelte er: »Du bist wirklich übergeschnappt. Warum sollte ich das tun? Warum sie dir ins Auto legen? Aber wenn wirklich stimmt, was du erzählst, sitzt du echt in der Scheiße.«

»Und du mit«, erwiderte Hacke. »Wenigstens genauso tief. Falls du es nämlich wirklich noch nicht wissen solltest: Die Tote ist Rendy, deine, unsere Rendy, und ich frag mich, wie sie in den Ford kommt.«

»Rendy«, wiederholte Finn, wie es Hacke schien, mehr erstaunt als erschüttert, »das kann nicht sein. Die war doch kürzlich erst noch hier, wir haben geredet, sie wollte 'nen Onkel beerben, der gestorben war ...«

»'nen Onkel? Wo denn? Und was heißt, kürzlich hier? Wann genau?«

»Vorgestern, nein, ich glaub, am Dienstag. Sie hat auch erzählt, dass sie sich dann 'ne eigene Wohnung leisten würde. Irgendwo an der Elbe. Sie wollte weg von dieser Milena, die kürzlich bei ihr eingezogen ist.«

»Ich weiß. Die beiden passten nicht richtig zusammen. Aber das ist jetzt sowieso egal.« Hackes Stimme zitterte.

»Sie ist wirklich tot?«, brüllte Finn nun. »Das ist ja furchtbar! Aber ich sag's noch mal, ich hab nichts damit zu tun.«

»Ich weiß nicht, ob ich dir glauben kann«, knurrte Hacke, »du hast sie mir ausgespannt, und ihr wart zusammen. Hast ja gerade erzählt, dass sie bei dir war. Wahrscheinlich habt ihr euch gestritten, und du hast zugehaun. Ich kenn doch deine Wutanfälle. Aber wie auch immer, wir können das nicht am Handy klären. Nicht am Telefon, deshalb mach ich jetzt Schluss und fahr hier los. Und weißt du was? Ich bring Rendy zu dir. Zu dir ins Haus, dann reden wir Klartext.« Bevor der andere eine Antwort geben konnte, legte er auf und schaltete das Handy ab.

Das Letzte war ihm spontan eingefallen, erst gegen Ende des Gesprächs. Ob er es tatsächlich so machen, die Leiche zu Finn fahren würde, wusste er noch nicht. Doch warum eigentlich nicht? Falls der andere an dem Mord beteiligt war, konnte man ihn damit vielleicht weichklopfen. Eine Konfrontation mit dem eigenen Verbrechen, das man vertuschen wollte! Mal sehen, wie er reagieren würde. Falls er aber keine Schuld hatte, sollte er wenigstens helfen, Rendy anständig unter die Erde zu bringen, schließlich war sie zuletzt *seine* Freundin gewesen. Ein Grab auf einem abgelegenen Waldfriedhof vielleicht, das man gemeinsam heimlich aushob. Letzter Dienst für die viel zu früh Verblichene.

Hacke trat erneut an den Kofferraum und versuchte, Rendy etwas vorteilhafter zu platzieren. Aber es war zu eng und der Körper starr, nicht einmal die Beine kriegte er ordentlich gerade. Er strich ihr die Haare aus dem Gesicht, das bleich war und ihn aus toten Augen anblickte. »Was schaust du mich so an«, seufzte er, »ich hab keine Schuld.«

Er wollte ihr die Augen schließen, doch selbst das gelang nicht. Die Leichenstarre war bereits eingetreten. Ärzte oder die Kripo könnten daraus in etwa auf den Todeszeitpunkt schließen –

Hacke vermochte das nicht. Er begriff bloß, dass sie schon vor Stunden gestorben sein musste. Ernüchtert schloss er die Klappe wieder, er fühlte sich einsam und verloren.

Doch es kam noch schlimmer: Mit einem Mal wurde ihm klar, dass er soeben einen Riesenfehler begangen hatte. Er hatte Finn erschrecken und provozieren wollen, sich ihm in Wahrheit aber ausgeliefert. Was war, wenn der andere die Bullen anrief und ihnen mitteilte, ein gewisser Erik Hackmann aus Radebeul hätte ihm soeben erzählt, eine ermordete Frau im Kofferraum herumzukutschieren. Wenn er Typ und Kennzeichen des Wagens angab, womöglich anonym, damit man ihn selbst nicht mit dem Fall in Verbindung bringen konnte! Von dem Überfall wusste er freilich nichts, Hacke hatte es vorgezogen, den Plan für sich zu behalten. In solche Sachen wollte Finn, nach außen hin ein sauberer Geschäftsmann, nicht eingeweiht werden, das war ihm zu heiß.

Okay, demnach kannte Finn wenigstens Hackes momentanen Aufenthalt nicht. Trotzdem würde die Polizei bei einen solchen Anruf rotieren. Sie würden ihn suchen, Jagd auf ihn machen, ihn daheim abfangen wollen. Mutter, die nichts ahnte, würde zu Tode erschrecken. Dabei reichte schon das mit Rendy.

Wie soll ich beweisen, dass ich es nicht war, dachte Hacke, und wie blöd bin ich, die Sache Finn auf die Nase zu binden. Mein einziger Schutz ist, dass ich einiges über ihn erzählen könnte. Und dass sie zuletzt *seine* Freundin war, darauf würden sie auch bald kommen. Er könnte sich nicht so schnell herauswinden.

Ich fahre zu Finn, entschloss er sich, ich hab's ihm angekündigt und werde es tun. Ich werd vorsichtig sein, genau prüfen, ob die Luft rein ist, bevor ich ihn zur Rede stelle. Wenn er nichts damit zu tun hat, in Ordnung, dann müssen wir herauskriegen, wer es war und gemeinsam eine Lösung finden. Wenn er sie aber erschlagen hat, vielleicht im Jähzorn, und es noch mir anhängen will, soll er das verdammt noch mal büßen!

5

Paul Findeisen, von seinen Bekannten und Freundinnen meist Finn genannt, war kurz vor dem Durchdrehen. Immer wieder wählte er dieselbe Nummer, wollte erzwingen, dass der andere ranging. Dabei hatte er längst begriffen, dass Hacke das Handy ausgeschaltet hatte und offenbar nicht mehr mit ihm reden wollte. Jedenfalls nicht am Telefon. So ein Wahnsinn, sagte er sich, dieser Loser bringt es tatsächlich fertig und kreuzt mit einer Leiche bei mir auf.

Er knallte den Hörer auf den Tisch und trat mit dem Fuß so heftig gegen das Stuhlbein, dass er vor Schmerzen aufschrie. Wenn ich wenigstens wüsste, wo der Verrückte steckt, dachte er. Vielleicht steht er in fünf Minuten vorn am Tor und klingelt. Macht mit Motorenlärm und Gehupe die Nachbarn wild, nur weil er mich in Angst und Schrecken versetzen will. So wie der drauf war! Gut, so blöd wird er wohl nicht sein, würde sich ja selbst ans Messer liefern. Aber was will er von mir? Ich fass es nicht!

Von dem Krach war seine Bettfreundin aufgewacht und kam auf bloßen Sohlen verschlafen in die Küche getappt. Eine schmale Blondine mit beachtlichem Vorbau. In ihrem kurzen Nachthemd mit nichts drunter sah sie appetitlich aus. »Was ist denn los, Schatz«, maulte sie, »was machst du für'n Krawall? Hast du dir wehgetan? Ich spuck drauf, dann geht's wieder weg. Was stellst du aber auch an um Mitternacht. Komm doch zurück ins Bett.«

Sie gähnte und reckte sich, so dass ihr Hemd noch ein Stück nach oben rutschte. Unter anderen Umständen hätte Finn auch zugegriffen, aber im Moment hielt er sich den schmerzenden Fuß und war mit den Gedanken ganz woanders. Als sie näher kam und an ihm herumzutatschen begann, stieß er sie mit dem Ellbogen weg.

»Au, du tust mir weh, was hast du denn plötzlich?«

»Jedenfalls weder Lust noch Zeit, dich zu vögeln«, sagte Finn grob. »Und überhaupt kann ich dich jetzt nicht mehr hier gebrauchen. Zieh dich an und verschwinde; ich ruf dich morgen an.«

»Verschwinden, um Mitternacht? Wohin? Wie redest du denn mit mir?«

Der Schmerz ließ nach, und Finn nahm sich die Zeit, den Fuß abzutasten. Anscheinend war nichts gebrochen, wenigstens das. Er beruhigte sich etwas: »Mach jetzt keinen Stress«, sagte er in friedlicherem Ton, »und tu einfach, was ich dir sage. Ich krieg nachher Besuch, und es ist besser für uns beide, wenn du nicht dabei bist.«

»Der Kerl an der Strippe vorhin?« Die Blonde schmollte weiter, sie war echt verschnupft.

»Das geht dich nichts an. Mach jetzt hin.«

»Aber ihr könnt ja im Wohnzimmer oder hier in der Küche bleiben, während ich hinten weiterschlafe.«

»Nein! Ich will dich nicht im Haus haben«, erklärte Finn in harschem Ton. »Nicht in diesem Fall. Kapier das endlich!« Sein Blutdruck stieg merklich.

»Und wie komme ich heim?«, protestierte die Frau. »Zu Fuß durch die Nacht? Bis zu mir sind's zehn Kilometer.«

Finn zog eine Schublade auf und holte ein paar Scheine heraus. »Hier sind zweihundert Piepen. Das wird wohl fürs Taxi und deinen netten Besuch reichen. Ruf die Fuhre aber nicht erst in zwanzig Minuten.« Er wollte ihr den Hörer geben, überlegte es sich jedoch. »Ach was, ich mach's selber. Jetzt hau schon ab und spring in deine Klamotten. Der Wagen wird gleich da sein.«

Die Frau wollte immer noch nicht klein beigeben, doch ein grimmiger Blick Finns verschloss ihr den Mund. Sie schnappte das Geld und trollte sich. Um ihm zu zeigen, was er verpasste, hob sie im Hinausgehen das Hemd und zeigte ihr attraktives Hinterteil.

»Miststück«, knurrte Finn wider Willen beeindruckt, »man sollte dir ... Er kam nicht mehr dazu, auszusprechen, was man sollte, denn nun meldete sich der Taxidienst, so dass er seine Bestellung aufgeben konnte. Dann forderte er die Blonde durch die offen gebliebene Tür nochmals auf, sich zu beeilen, und zog sich selbst an.

Zehn Minuten später war sie aus dem Haus, und Finn fragte sich, wie es weitergehen sollte. Er hatte keine Vorstellung, wo sich Hacke aufhielt: Da sein Kumpel das geklaute Auto dabei hatte, konnte er sonst wo sein. Wenn er allerdings von seiner Mutter aus angerufen hätte, wäre er inzwischen längst hier, mit dem Wagen brauchte man höchstens eine halbe Stunde.

Wo treibt sich dieser Mistkerl bloß herum, überlegte Finn. Als wir uns das letzte Mal sahen, tat er einigermaßen geheimnisvoll, aber ich hab nicht nachgehakt, hatte zu viel anderes im Kopf.

Erneut wählte er Hackes Nummer, doch genauso vergeblich wie zuvor. Dann eben nicht, sagte er sich wütend, du willst mich unter Druck setzen, ich soll auf dich warten und zittern. Aber warum eigentlich, ich bin es ja nicht, der die Leiche im Kofferraum herumfährt. Ich sollte einfach den Bullen Bescheid geben. Sie würden dich hier erwarten, und dann erklär mal, wie du zu der Toten gekommen bist.

Dass es sich um Rendy handelte, berührte ihn durchaus, aber im Gegensatz zu Hacke hatte er sich nicht in dieses hübsche Mädchen verknallt, sie nur für kurze Zeit »übernommen«. So rechtfertigte er jedenfalls seine eher schwache Anteilnahme an ihrem Ableben vor sich. An jenem Abend nämlich, als sich die Schöne mit dem Kumpel zerstritten hatte, war sie völlig durch den Wind gewesen, und er hatte sie getröstet. Sie war nicht gleich mit ihm in die Kiste gegangen, aber später hatte er dann mit ihr geschlafen. Rendy hatte die Liaison vielleicht nicht unbedingt herbeigesehnt, aber es war eben passiert. Finn konnte manchmal sehr charmant sein. Dabei hatte er sich gebauchpinselt gefühlt, denn sie war schick, machte mehr her als die meisten in den Bars. Allerdings war sie auch störrisch, immer sollte es nach ihren Vorstellungen gehen. Deshalb hielt die Beziehung nicht lange, bei ihren Streitereien flogen die Fetzen. Dass Rendy das passieren musste, ist zwar furchtbar, sagte sich Finn jetzt, aber bei ihrem Männerverschleiß könnte man es fast logisch nennen. Und im Grunde passte sie weder zu Hacke noch zu mir, sie war viel zu eingebildet.

Natürlich würde er die Bullen nicht anrufen, es war viel besser, die Sache in aller Stille und ohne Aufgeregtheit zu Ende zu bringen. Sollte Hacke ruhig kommen. Wenn er sich einigermaßen vernünftig verhielt, würden sie eine Lösung finden.

Aber Hacke traf nicht ein, und Paul Findeisen wurde wieder von Unruhe gepackt. Wenn er die Sache, die ihm nun doch an die Nieren ging, wenigstens mit jemandem besprechen könnte! Er überlegte, was er tun könnte, und ihm fiel Hackes Mutter ein. Vielleicht wusste sie, wo ihr Sohn steckte. Aber sollte er sie um drei Uhr nachts aus dem Schlaf holen? Ach was, die Frau wird's verkraften, dachte er und wählte. Nervös trommelte er mit den Fingern auf die Tischplatte, während unendlich lange das Freizeichen ertönte. Als schließlich doch noch abgehoben wurde, war freilich nur hastiges Atmen zu hören.

»Frau Hackmann?«, fragte Finn. »Sind Sie das? Ich störe nur ungern …«, er wollte weitersprechen, doch da wurde wieder aufgelegt.

Sie war also da, hatte aber keine Lust, ein nächtliches Gespräch zu führen. Finn konnte die Frau verstehen, doch kam er ohne sie nicht weiter. Ich versuch's trotzdem noch mal, sagte er sich.

Diesmal musste er noch länger warten, bis der Hörer abgenommen wurde. Um Hackes Mutter am Telefon festzuhalten, begann er schnell: »Entschuldigen Sie bitte, dass ich so aufdringlich bin, Frau …«

Eine Männerstimme schnitt ihm jäh das Wort ab. »Wer bist du, und was willst du um diese Zeit?«

Hatte Hackes Mutter Gäste? Sich vielleicht einen Kerl angelacht? Ausgeschlossen war es nicht, mit Ende Fünfzig sah sie noch recht passabel aus, und als Kellnerin schloss man schnell mal Bekanntschaft. Doch warum reagierte der so grob? Der späten Stunde wegen oder weil er besoffen war?

Finn erwiderte höflich: »Tut mir leid, das kann ich nur Frau Hackmann selber sagen.«

»Dann nenn deinen Namen, Penner, die Alte redet nicht mit jedem.«

Das reichte Finn, schockiert legte er auf. Was war bloß bei Hacke los? Das Ganze klang alles andere als normal. Da waren offenbar Leute bei ihm, die nichts von Höflichkeit hielten, um es zurückhaltend auszudrücken. War die Mutter nicht da, oder ließ man sie nicht ans Telefon? Was wollten der oder die Männer von ihr, bei Hacke gab es nichts zu holen. Hatte er vorhin von zu Hause aus angerufen und das mit Rendy erzählt, weil er dazu gezwungen worden war? Aber weshalb hatte er dann seinen Besuch angekündigt, da passte nichts zusammen. Hoffentlich krieg ich jetzt nicht noch selber Ärger, dachte Finn, mit dem Kerl an der Strippe ist bestimmt nicht gut Karnickel klaun. Die Geschichte wird immer hässlicher.

Finn war kein mutiger Mann, aber durch seine Art Geschäfte schon mehr als einmal in bedrohliche Situationen geraten. Deshalb hatte er sich bereits vor Jahren eine Schrotflinte und einen Revolver beschafft. Nun hielt er es für angebracht, beides aus dem Versteck im Schrank mit dem doppelten Boden zu holen. Den Revolver bestückte er mit scharfen Patronen und legte ihn in den Tischkasten. Auch die Flinte versah er mit Munition, stellte sie aber vorläufig in den Schrank zurück.

Der Morgen dämmerte herauf, und Paul Findeisen wartete. Dann geschah endlich etwas. Motorengeräusch ein Stück entfernt, das jäh verstummte. Das konnte sonst wer sein, war aber aus dieser Richtung ungewöhnlich. Zumal um diese frühe Zeit. Finn nahm den Revolver aus der Schublade und entsicherte ihn. Dann verließ er das Haus und bezog Posten im Garten.

6

Jakob Ahn von Helm war kein echter Adliger, dennoch trug er seinen Namen mit Stolz. Er besaß Vermögen und stellte es zur Schau, seine Villa in Dresden-Loschwitz hatte Blick zur Elbe und wurde auf mehrere Millionen Euro veranschlagt. Seine Grundstücke nahe Pillnitz und ein Weinberg in der Meißner Gegend gewannen ständig an Wert.

Seinen Namen hatte er der Heirat mit einer verarmten fränkischen Komtess zu verdanken, die ihren Unterhalt, als sie sich in den Achtzigern kennengelernt hatten, recht und schlecht als Pressefotografin verdiente. Künstlerisch begabt, aber genauso erfolglos, hatte sie es satt gehabt, Klinken bei missgelaunten Auftraggebern zu putzen, die an allem herumkrittelten und ihr die mageren Honorare oftmals ganz vorenthalten wollten. Sie hatte sich in den stattlichen, offenbar finanziell gut situierten Mann Ende dreißig verliebt, dem seinerseits das vornehme »von« mehr als ein Ersatz für ihr eher herbes Äußeres schien. Peter Polke hieß er damals, und das war kein Name, dem man lange nachtrauerte. Deshalb war ihm die Trennung von der bisherigen Ehefrau, einer Friseuse, die ihm eine Tochter von mittlerweile siebzehn Jahren geboren hatte, auch nicht schwergefallen.

Von Helm war Dresdner, 1947 auf eben dem Grund und Boden geboren, der jetzt seine prächtige Villa trug. Bis zur Wende hatte dort – zuletzt reichlich abgewrackt – das elterliche Haus gestanden; die Mutter, die ihren Mann an der Front verloren hatte und deren Sohn aus einer flüchtigen Beziehung der Nachkriegszeit stammte, war frühzeitig mit der neuen Staatsmacht in Konflikt geraten. Kurz vor dem Mauerbau hatte sie ihr Haus und die DDR verlassen, hatte nur ihre wenigen Geldreserven und den gerade dreizehn gewordenen Sohn mitgenommen. Sie hatte gedacht, aus ihm einen guten Klempner zu machen, was bei den Polkes Tradition gewesen war.

In den Adern des Sohnes aber floss Abenteurerblut, das offenbar den Genen eines aus der Art geschlagenen Onkels geschuldet war. Mit vierzehn hatte Peter die Klempnerlehre begonnen, mit fünfzehn schmiss er sie und trampte durch Europa. Er verkaufte Eis und Würstchen, später Unterhosen und Schuhe, versuchte es auch mit Drogen. Doch die Konkurrenz auf diesem Gebiet war groß und er klug genug, wieder auszusteigen, bevor er selbst abhängig wurde.

Seinen ersten Coup landete Peter Polke in Dänemark, wo es ihm gelang, die Schlosserwerkstatt eines älteren Eigenbrötlers so vorteilhaft an den Mann zu bringen, dass ihn der Rentner für immer ins Herz schloss. Immer währte freilich nicht allzu lange. Nach knapp zwei Jahren verstarb der Alte einigermaßen überraschend und vermachte Peter Polke sein gesamtes Vermögen. Da der Tod übermäßigem Heroingenuss zuzuschreiben war, was bei dem sonst untadeligen Alten verwunderte, fiel zwar ein Schatten auf den jungen Mann, brachte ihn aber nicht ernstlich in Bedrängnis. Zumal er bald nach Deutschland zurückkehrte, mit der erwähnten Friseuse eine Familie gründete und als geschickter Verkäufer wertvoller Autos brav seine Steuern zahlte.

Polke beerbte eine Tante in Argentinien und machte sich einen Namen im Geschäft mit Oldtimern. Als er dann in Lübeck, wo er sich angesiedelt hatte, Beatrice von Helm ehelichte, verfügte er bereits über das Benehmen eines Menschen, der sich in den oberen Schichten der Gesellschaft zurechtfindet. Er spielte leidlich Golf, besaß neben anderen Werten ein kleines Aktienkapital und war Mitglied einer führenden Volkspartei.

Die Wende wurde dann ein besonderer Höhepunkt in seinem Leben, sie brachte ihm das längst verloren geglaubte Haus in Dresden zurück. Er stieg auf Immobilienhandel um, erwarb preisgünstig Grundstücke in den Vororten Dresdens, die damals ohne großen Wert schienen. Doch nicht alles glückte, bisweilen fiel er auch selbst herein. So war eins der Grundstücke altstoffbelastet und musste aufwendig gesäubert werden. Der Abriss des Eltern-hauses und die Errichtung des prächtigen Neubaus erschöpften seine Mittel, so dass er wieder einmal nach kurzfristig nutzbaren Einnahmequellen suchte. Peter Polke, inzwischen Jakob Ahn von Helm, fand es angemessen, an alte Untugenden anzuknüpfen. Es war nach seiner Meinung eine Goldgräberzeit, die man nur rich-tig nutzen konnte, wenn man gewisse Rücksichten beiseiteließ. Zumindest vorübergehend wollte er sich an diese Maxime halten.

7

An diesem noch frühen Morgen stieg Ahn von Helm mit seinem Hund Rix, einem schwarzen Labrador, die Hänge zur Elbe hinab. Nach einer windigen, von Regenschauern durchpeitschten Nacht schien es nun aufzuklaren, die Schatten zerflossen, und dünner Nebel zog vom Fluss herauf. Von Helm liebte die morgendlichen Spaziergänge mit dem Hund, war heute aber besonders zeitig unterwegs. Er hatte nur kurz und dazu schlecht geschlafen: Der übermäßige Genuss eines fruchtigen Veltliners und ein Streit mit seiner Frau wegen einer Fotoausstellung, für die er nicht die Zeit zum Besuch gefunden hatte, waren der Grund gewesen. Dabei wusste sie, was er alles am Hals hatte und dass ihn die Verhandlun-gen über ein Projekt in der Slowakei mächtig schlauchten. Dort Hotels zu bauen, hatte er sich einfacher vorgestellt. Doch sie hatte nur ihre Interessen im Kopf, dachte bloß an ihre Kunst.

Verärgert trat Ahn nach einer Blechbüchse, die scheppernd den Hang hinabsprang. Rix legte das auf seine Weise aus und sauste fröhlich hinterher. Obwohl es steil bergab ging, schnappte er das begehrte Objekt und brachte es schwanzwedelnd zu seinem Herrn zurück. »Braver Hund«, lobte von Helm, ersetzte das Blech aber durch einen Stock, damit sich der Labrador nicht noch verletzte.

Langsam begann die morgendliche Frische im Verein mit dem Plätschern der Elbe, die Dumpfheit in seinem Schädel zu lösen. Als er den Fluss erreicht hatte, konnte er zum Blauen Wunder hinüberblicken, jener berühmten Hängebrücke, die, 1893 erbaut, längst eine Touristenattraktion und ein Wahrzeichen Dresdens geworden war. Als einzige Elbbrücke der Stadt war sie 1945 weder von den Nazis noch durch den furchtbaren Bombenangriff der Alliierten zerstört worden.

Wie üblich ging von Ahn flussaufwärts in Richtung Pillnitz weiter. Er wäre mit seinem Schicksal durchaus zufrieden gewesen, hätte es außer den kleinen Misshelligkeiten nicht noch etwas gegeben, das ihn verstörte und das er seiner Frau unmöglich mitteilen konnte. Auf keinen Fall! Zwar wusste sie einiges über seine Jugendsünden, aber neuerdings zogen Schatten aus vergangenen Tagen herauf, die er längst vergessen geglaubt hatte. Sie hingen mit einer jungen hinterhältigen Person zusammen, der etwas in die Hände geraten war, das ihn Kopf und Kragen kosten konnte. Eine Geschichte aus den Neunzigern, scheinbar für immer abgehakt und unter »Kollateralschäden« verbucht. Plötzlich bedrohte sie ihn wieder. Schuld daran aber waren eine gewisse Lisa Kramer und ihre Tochter, eben jene junge Frau, die ihn mit der Sache erpresste.

Er hatte, wie erwähnt, die Geschichte vergessen, oder besser, verdrängt gehabt. Bis ihm vor ein paar Tagen der Brief mit den Fotos auf den Tisch geflattert war und kurz darauf die Geldforderung kam. Ein Schock, den er nicht so schnell verdauen konnte. Er wäre ja bereit gewesen, zu zahlen, aber so einfach ging das nicht. Selbst wenn er die Negative des belastenden Materials bekam – wer garantierte ihm, dass es keine Kopien gab. Außerdem war eine Million Euro ziemlich viel. Das Problem musste anders gelöst werden.

Ahn von Helm schreckte aus seinen Gedanken auf, der Labrador hatte ein kurzes aber kräftiges Bellen von sich gegeben, weil ihm ein erster Jogger entgegenkam. Der Autolärm oben auf der Landstraße wurde stärker, und an der Hängebrücke ging quietschend die Straßenbahn in die Kurve. Auch jenseits der Elbe, im Striesener Stadtviertel, wurde es lauter. Der Nebel über dem Fluss freilich verdichtete sich noch; kantig und schwer kroch aus dem milchigen Gebräu ein Schleppkahn aus Tschechien hervor.

Auch Lisa Kramer, mit Mädchennamen Hegerova, war Tschechin gewesen, hatte freilich einen Deutschen geheiratet. Ende der neunziger Jahren hatte diese erfindungsreiche und umtriebige Dame mangels besserer Verdienstmöglichkeiten in ihrem Land die Produktion von Yaba angekurbelt. Das waren Pillen, einst von Hitlers Chemikern als Aufputschmittel für die Wehrmacht entwickelt und x-mal stärker als zum Beispiel Ecstasy. Sie waren mit gutem Gewinn zu verkaufen, wenn man sie in Mengen unter die Leute brachte.

»Yaba« kam aus dem Thailändischen, hieß soviel wie »verrückte Arznei« und war seinerzeit vor allem in Asien sehr verbreitet. Die Rauschzustände befeuerten die Phantasie, die Pillen hielten tagelang wach, riefen Wahnvorstellungen hervor. Ahn von Helm hatte es vorgezogen, sie nicht an sich selbst auszuprobieren und sich auch keine allzu tiefen Gedanken über die Schäden gemacht, die durch ihren Genuss an Lunge, Nieren und am Herzen entstehen konnten. Von den langanhaltenden psychischen Veränderungen ganz zu schweigen. Doch er hatte die günstige Möglichkeit genutzt und einige Transporte für Lisa organisiert, war auch eine Beziehung mit ihr eingegangen. Dummerweise war dann dieser Unfall passiert, bei dem ein Polizist zu Tode gekommen war.

Er schüttelte die Gedanken ab und pfiff den Hund herbei, es war Zeit, in die Villa zurückzukehren. Doch bevor er sein von einem Gärtner wunderbar bepflanztes und gepflegtes Grundstück betrat, griff er noch mal zum Handy. Über alte Kontakte hatte er herausgefunden, dass Lisa damals offenbar Aufnahmen gemacht hatte, um sich abzusichern. Sie war, was er nicht bedauerte, vor ein paar Jahren gestorben, ihre Tochter jedoch trieb sich seit einiger Zeit in Dresden-Neustadt herum. Sie hatte damit geprahlt, schon bald im Geld zu schwimmen. Deshalb hatte er einen Auftrag erteilt, den zu erfüllen sich inzwischen einige dafür geeignete Leute bemühten. Er wollte wissen, wie weit sie mit der Sache gekommen waren.

8

So sonderbar das in Hackes Situation klingen mochte – er war aufgehalten worden. Im Bestreben, möglichst schnell zu Finn zu gelangen, hatte er auf der Landstraße ein paar Schilder übersehen und war in eine Baustelle gebrettert. Man musste ihm zugestehen, dass sie schon eine Weile dahindämmerte und schlecht beleuchtet war. Dennoch traf ihn selbst die Schuld, er hätte die Hinweise beachten sollen, die ihm die Umgehung anzeigten. Stattdessen war er noch hundert Meter geradeaus dahingerast, ohne das Geringste zu merken, und war dann, eine leichte Absperrung beiseite fegend, in eine flache Mulde geholpert. Mit kreischenden Bremsen war er über Sand und Steine geschlittert und in letzter Not vor einem Kieshaufen zu stehen gekommen. So etwas nennt man wohl Glück im Unglück. Der Schreck war ihm trotzdem in die Glieder gefahren, Bernd Erik Hackmann klebte einige Minuten benommen im Sitz, bevor er wieder denken konnte. Von ein paar Kratzern am Auto abgesehen, war aber nichts passiert. Die Achsen und selbst die stark beanspruchten Reifen hatten standgehalten.

Hacke fluchte laut, lief um den Wagen herum und sondierte die Lage. Niemand schien in der Nähe zu sein und etwas von dem Unfall mitgekriegt zu haben. Das beruhigte ihn erst einmal. Da der Ford soweit in Ordnung schien, glaubte er, einfach wenden und zurückfahren zu können. Doch er wollte vorher noch einen

Blick auf Rendy werfen. Er hoffte, dass sie nicht zusätzlich gelitten hatte.

Er drückte den Knopf für den Kofferraum, aber die Klappe ließ sich nicht öffnen. Anscheinend hatte sie sich verklemmt. Auch als er hinten mit aller Kraft daran zerrte, sprang sie nicht auf.

In Filmen ist mitunter zu beobachten, wie ein kräftiger Klaps aufs Heck des Wagens den Kofferraum aufsprengt – Hacke kam damit jedenfalls nicht zum Erfolg. Schließlich hatte er genug, womöglich tauchte hier doch noch jemand auf und stellte dumme Fragen. Er klemmte sich wieder hinters Steuer und wendete. Aber dort, wo er die Mulde verlassen wollte, gab es ein neues Problem. Die Stufe, die der Ford abwärts mit einem Sprung, einem Ächzen und Aufheulen genommen hatte, war fürs Hinauffahren einfach zu hoch; hier war kein Entkommen möglich.

Seitlich der aufgerissenen Straße befand sich ein Graben und dahinter ein Wald, vorn versperrte der Kieshaufen den Weg. Hacke war wieder einmal drauf und dran, den Wagen mitsamt der Leiche zurückzulassen, doch nachdem er erneut ausgiebig geflucht hatte, kam ihm der rettende Gedanke. Aus Erde und einigen Ästen baute er eine Schräge. Endlich rollte es wieder, und er konnte die Umgehung nehmen. Doch er war so fertig, dass er am liebsten nach Hause gefahren wäre, um sich bei Muttern auszuschlafen. Nur der Gedanke an Rendy hielt ihn davon ab.

Als Erik Hackmann endlich bei Finn ankam, wurde es langsam hell. Das Haus des Altkleiderhändlers lag auf einer Anhöhe und war von zwei Seiten erreichbar. Um nicht in eine Falle zu tappen, ließ Hacke den Wagen in einiger Entfernung stehen und schlich von hinten zum Zaun. Er glaubte, ein Gespür für die Anwesenheit von Bullen zu haben, konnte aber keine Gefahr ausmachen. Die Luft schien rein zu sein. Finn schläft nach dem, was ich ihm angekündigt habe, bestimmt nicht, sagte er sich, er erwartet mich.

Der Zaun war kein Hindernis. Gebückt und im Schutz einiger

Büsche schlich Hacke zum Haus. Die Waffe hatte er im Auto gelassen, er wollte sich mit dem Kumpel ja nicht duellieren, sondern ihn zur Rede stellen. Als Finn im Halbhellen, den Revolver im Anschlag, plötzlich vor ihm stand, wurde ihm dennoch flau. Was war, wenn irgendein Komplott gegen ihn lief und man nur darauf wartete, dass er mit der Leiche hier antanzte. Aber wer sollte »man« sein, und weshalb, um Himmels Willen, hätte »man« mir die Tote in den Wagen legen sollen, dachte Hackmann. Er hob die Arme nicht, zeigte nur seine leeren Hände.

»Also, was sollen deine verrückten Anrufe«, fragte Finn, »und das ganze Theater?«

»Das ist kein Theater. Ich will wissen, ob du Rendy umgebracht und mir ins Auto gepackt hast.«

»Makabre Idee. Ich sagte schon am Telefon, dass ich es nicht war. Und im Moment sehe ich weder ein Auto noch eine Leiche.«

»Der Wagen steht dort hinten. Bist du allein im Haus?«

»Bin ich, «erwiderte Finn. »Extra deinetwegen hab ich auf angenehme Gesellschaft verzichtet.«

Falls er ein paar von seinen Kumpanen rangeholt hätte, dachte Hacke, wären sie bestimmt schon aufgetaucht. Wenn ich weiterkommen will, muss ich das Risiko eingehen. Er sagte: »Dann bring ich den Ford jetzt her. Wir sollten aber so leise wie möglich sein.«

Finn, der keine Lust auf Leichen in seinem Garten hatte, brummte: »Warum soll ich mir die Tote überhaupt ansehen? Lebend war mir Rendy wirklich lieber. Ich erklär es dir noch mal, ich hab nichts mit einem Mord zu tun. Das Ganze ist deine Sache!«

»Nein! Der Wagen stand die letzten Tage auf deinem Waldgrundstück. Rendy wurde dort eingeladen.«

»Und wer hatte Zugang zum Schuppen? Du! Wer sagt mir, dass nicht doch *du* sie aus Eifersucht erschlagen hast und jetzt mir die Tat in die Schuhe schieben willst.«

»Scheiße«, sagte Hacke, »so kommen wir nicht weiter. Weshalb sollte ich Rendy erst lange in der Gegend herumfahren, wenn ich dir die Leiche andrehen wollte. Offenbar war sie ja schon mal bei dir. Übrigens hab ich Rendy in den letzten Tagen überhaupt nicht getroffen.«

»Ich auch bloß das eine Mal«, erwiderte Finn, »sie war schon weitergeflattert.«

»Und zu wem?«

»Das weiß ich doch nicht.«

»Das Luder«, sagte Hacke und begann, dem Kumpel langsam zu glauben, denn das traute er seiner Verflossenen zu. »Könnte sein, dass da wirklich schon wieder ein Neuer war. Aber wer? Wenn wir das wüssten, wären wir womöglich aus dem Schneider. Nur erfordert das Zeit, die wir im Moment nicht haben. Jetzt müssen wir Rendy erst mal begraben.«

»Wir?«, schrie Finn. »Wir?! *Du* musst sie loswerden, *du*, denn du hast sie in der verdammten geklauten Mistkarre. Ich könnte einfach zu den Bullen gehen und ihnen 'nen Tipp geben. Nur aus alter Freundschaft tu ich's nicht.«

»Du tust es nicht, weil der Wagen zwei Tage lang in deinem Schuppen auf deinem Grundstück stand und weil ich weiß, dass du noch anderen Dreck am Stecken hast. Also spiel dich nicht auf!«

Sie standen sich wütend gegenüber, funkelten sich an und wären sich am liebsten an die Kehle gegangen, aber unvermutet steckte Finn zurück: »Nun komm mal wieder runter, wir wollen beide die Ruhe bewahren. Das mit Rendy ist wirklich kein Spaß, ich frag mich, was dahintersteckt. Da will anscheinend jemand dein Fell. Ich hab vorhin bei deiner Mutter angerufen, wollte wissen, wo du bist, aber sie war nicht dran. Dafür war so ein Rambo am Apparat, ein saugrober Arsch. Hat deine Alte 'nen Lover?«

»Meine Mutter? Davon hat sie mir nichts erzählt. Was heißt saugrob?«

»Er ließ sie nicht ans Telefon, wollte wissen, wer ich bin. Es klang nicht nach Freundschaft. Du solltest mal zu Hause nachschauen.«

»Okay, mach ich«, murmelte Hacke. »Jetzt müssen wir aber erst das mit Rendy erledigen. Ich hab mir da was überlegt. Sie hat ein Begräbnis …«

Finn unterbrach ihn. Er sah eine Chance, den anderen wieder loszuwerden: »Könnte dringlich sein, das mit deiner Mutter. Sehr dringlich sogar. Wenn ich's mir überlege, klang der Arsch echt gefährlich.

»Das spinnst du jetzt.«

»Wenn du meinst … Mir kann's ja egal sein. Ich will bloß nicht, dass es dir hinterher leid tut. Den hat deine Alte bestimmt nicht freiwillig reingelassen.«

Hacke wurde nachdenklich. Die Sache wuchs ihm über den Kopf. Dennoch – er hing an seiner Mutter, ihr sollte nichts Böses zustoßen. Vielleicht waren das alles keine Zufälle, und es gab Zusammenhänge. Vielleicht wollte man ihm tatsächlich ans Leder.

»Gut«, sagte er, »ich fahre rüber, ist ja bloß ein Katzensprung. Aber du gibst mir deinen Wagen. Rendy kann solange in deiner Garage bleiben.«

»Bist du verrückt? Das kommt nicht in Frage!«

»Warum denn nicht? Es ist die beste Lösung. Ich bin gleich wieder da.« Hacke rannte los, um den Ford zu holen.

Als er mit dem Wagen an Finns Einfahrt hielt, blieb die verschlossen. Der andere stand am Zaun und versperrte den Zugang. »Du fährst mit Rendy zu deiner Mutter«, sagte er, »mein Audi bleibt in der Garage.«

»Sei kein Idiot. Rendy mitzunehmen, ist viel zu gefährlich.«

»Für mich kaum. Nur für dich!« Finn trat an die Beifahrertür.

Hacke stieg aus und schlug verärgert aufs Dach. »Verdammt noch mal, sei doch nicht so stur!«

Wie in einem Slapstick-Film fuhr die Kofferraumklappe auf und gab den Blick auf Rendys beschädigten Leichnam frei.

Ein Jüngling mit Motorroller ratterte den Weg entlang am Ford vorbei. In letzter Minute drückte Hacke die Klappe herunter und hielt sie fest.

»Das ist tatsächlich Rendy«, sagte Finn nun doch geschockt, als der mit dem Roller ein Stück weg war.

»Natürlich ist sie's. Leider! Das ist ja das Furchtbare. Aber die Klappe funktioniert nicht mehr richtig. Machst du jetzt endlich das Tor auf?« Hacke ließ die Klappe wieder nach oben gleiten.

Ein Radfahrer näherte sich. Findeisen gab endlich nach und öffnete. Er holte den Audi aus der Garage, der sein ganzer Stolz war, und sie stellten dort den schäbigen Ford ab. Was tu ich bloß, das ist alles Wahnsinn, dachte Finn, während er das Garagentor schloss. Hacke brauste schon davon, zur Wohnung seiner Mutter.

9

Wohnraum, den der Normalbürger bezahlen konnte, war in Dresden in den letzten Jahren knapp geworden – Radebeul machte da keine Ausnahme. Einkommensstarke Familien waren zugezogen, vermögende Rentner hatten sich hier eingerichtet, und wurde mal eins der Einfamilienhäuser verkauft, was äußerst selten geschah, so war es kaum unter einer Million zu haben. Etwas übertrieben nannte man diesen kleinen Vorort deshalb neuerdings bereits ein »Domizil der Millionäre«, und Petra Hackmann, Hackes Mutter, konnte von Glück reden, dass sie als Alteingesessene noch eine Grundmiete von sechs Euro fünfzig pro Quadratmeter zahlte. Da sie als Kellnerin arbeitete und von ihrem Sohn finanziell nur hin und wieder unterstützt wurde, fiel ihr auch das schwer.

Das Haus, in dem sie wohnte, beherbergte außer ihr noch zwei Mietparteien und war von einem schmalen, gepflegten Garten umgeben. Zwar schaute man von hier aus nicht zur Elbe hinunter, aber zwischen den anderen Gebäuden hindurch immerhin auf einen sanft abfallenden Hang mit Büschen, Bäumen und Hecken.

Nebel waberte in den Gärten, als Hacke in Finns Wagen vom Lößnitzgrund aus in die Paradiesstraße einbog und sich wenig später seiner Wohnung näherte. Auch diesmal stellte er das Auto ein Stück entfernt ab, schlich vorsichtig ans Haus heran und versuchte, die Lage zu sondieren. Er hatte, vor allem weil er wusste, dass Finn den Ford ganz bestimmt untersuchen würde, die Pistole und das erbeutete Geld mitgenommen. Sogar die Maske mit den Augenschlitzen hatte er in die Tasche gestopft, bevor er umgestiegen war. Der Kumpel wusste zwar über seine gelegentliche Klauerei Bescheid, brauchte aber nicht unbedingt den Coup von gestern Abend mitzukriegen.

Das Haus lag ruhig und finster da, bloß unterm Dach war ein Fenster erleuchtet. Dort wohnte die krumme Paula, eine alte Dame, die halb taub war und sehr zurückgezogen lebte. Man munkelte, sie rede kaum mit jemandem, weil sie ein Vermögen in ihren Schränken verwahre und Angst habe, jemand könne davon erfahren. Hackes Mutter jedenfalls kam gut mit ihr aus.

Die Müllers im ersten Stock waren vor ein paar Tagen in Urlaub gefahren, und ganz folgerichtig überraschte die Stille bei ihnen nicht. Zumal es noch früh am Tag war. Nur hier und da flimmerte in den Häusern Licht hinter den Fensterscheiben.

Die Mutter, oft bis Mitternacht in einer nahen Gaststätte tätig, war keine Frühaufsteherin, deshalb konnte man auch die Stille im Erdgeschoss für normal halten. Vorn standen keine verdächtigen Autos, nichts deutete auf Besucher hin.

Hacke war mit wenigen Schritten am Haus und spähte durchs Schlafzimmerfenster. Ohne freilich etwas zu erkennen – die Gardinen waren vorgezogen. Doch als er durch die Scheibe nebenan in sein eigenes Zimmer blickte, sah er mehr. Hier war die Gardine heruntergerissen, und das Halbdunkel hinderte ihn nicht, die Verwüstung zu erkennen, die drinnen herrschte. Finn hatte also recht gehabt, jemand war in der Wohnung gewesen oder hielt sich dort sogar noch auf.

Hacke griff nach der Pistole, näherte sich vorsichtig der Haustür, die halb offen stand, und betrat auf leisen Sohlen den Flur. Er lauschte kurz, aber nichts rührte sich. Die Wohnungstür war angelehnt, dahinter Stille. Nein, es schien keiner mehr da zu sein. Er stieß die Tür mit dem Fuß auf und trat zur Seite, auch wenn er nicht ernstlich erwartete, dass jemand auf ihn lauern oder gar schießen würde. Wahrscheinlich hatten die Einbrecher das Warten satt gehabt. Aber weshalb waren sie gekommen, und was war seiner Mutter zugestoßen?

Der zweite Teil der Frage sollte sich bald klären. Als Hacke den Flur und das Wohnzimmer durcheilt hatte, wo gleichfalls Durcheinander herrschte, Kästen herausgezogen und Bücherregale geleert waren, fand er die Mama in der Küche. Sie saß zusammengesunken auf einem Stuhl und schlief. Für den Moment glaubte er sogar, ihr sei etwas Schlimmeres passiert und man habe sie umgebracht, so lautlos und ärmlich, wie sie da hockte! Aber dann bemerkte er, dass sich ihre Brust hob und senkte. Sie ist nicht tot, die Schweine haben sie betäubt, dachte Hacke, nachdem er sie mehrmals geschüttelt, jedoch nichts erreicht hatte. Was wollen die von uns?

Hacke sah sich in der Wohnung um. Die Einbrecher konnten noch nicht lange weg sein – Finn hatte ja noch vor kurzem mit ihnen telefoniert. Sie hatten es offenbar nicht auf Geld oder Schmuck abgesehen, denn Mutters bescheidene Ketten und rund sechzig Euro in der Haushaltskasse waren noch da. Die mussten etwas anderes gesucht haben. Vor allem die Einrichtung in seinem Zimmer hatten sie auseinandergenommen. Die Sache wurde immer undurchsichtiger.

Hacke räumte Mutters Bett von Unterwäsche frei, die aus dem Schrank gerissen worden war, und trug die Mama von der Küche ins Schlafzimmer. Er hatte das noch nie gemacht und wunderte sich, wie leicht sie war. Fast so leicht wie Rendy, dachte er, und bei diesem Vergleich schauderte ihn. Seine Ex-Freundin ermordet in Finns Garage, und nun noch diese ungeladenen Gäste! Er musste unbedingt erfahren, wer die Kerle gewesen waren und was sie gewollt hatten. Als er die Mama aufs Bett gelegt hatte, versuchte er sie erneut zu wecken, doch sie öffnete nur kurz die Augen und war gleich wieder weg. Er überlegte, ob er sie wach kriegen könnte, wenn er ihren Kopf unter den Wasserhahn hielt oder sie gleich ganz unter die kalte Dusche stellte. Aber das brachte er nicht übers Herz.

Er bemühte sich, ein wenig Ordnung in der Wohnung zu schaffen und herauszufinden, ob etwas fehlte. Das war offenbar nicht der Fall. Als das Telefon klingelte, hob er mit gemischten Gefühlen ab und meldete sich mit einem kurzen »Ja«. Es war nur Finn, der wissen wollte, was los sei und wann der Kumpel die »Fracht« in der Garage abzuholen gedenke.

»Ich muss hier noch abwarten«, erwiderte Hacke, »ich komme, sobald Mutter aufgewacht ist. Um die ›Fracht‹ mach dir keine Sorgen. Wie du sagst, hast du ja nichts mit der Angelegenheit zu tun, deshalb ist sie bei dir im Moment am sichersten.«

»Bei mir? Das hast du dir fein ausgedacht, du Dreckskerl. Warum hab ich dir bloß das Tor aufgemacht? Ich bring dich um, wenn du nicht in 'ner halben Stunde hier aufkreuzt.«

»Reg dich wieder ab«, sagte Erik Hackmann, »von dir wollen die Typen, die hinter all dem stecken, ja nichts. Die Sache ist nun mal, wie sie ist, nämlich unklar und verfahren. Aber du hast es ja selber gesagt, wir müssen Ruhe bewahren. Ich komme, sobald ich kann. Jetzt ist es sowieso schon zu hell, um was zu unternehmen. Wir warten besser die Nacht ab.«

Er legte auf, zog den Telefonstecker und stellte das Handy leise. Er hängte Finn, der jetzt bestimmt fünf Minuten lang fluchen würde, genauso ab wie schon in der vergangenen Nacht. Aber im Grunde war er total erschöpft und viel zu müde, um sich noch über irgendwas oder irgendwen Gedanken zu machen. Mochte der andere vor Wut das Handy an die Wand schmeißen, den Ford mit Fußtritten traktieren oder womöglich doch die Bullen rufen, ihm war es egal. Wie es kommen sollte, würde es kommen, er konnte einfach nicht mehr.

Die Mutter schnarchte nun vor sich hin. Hacke brachte es noch fertig, die Tür zu verriegeln und die Pistole in seinem Nachttisch zu verstauen, damit die Mama sie nicht gleich entdeckte. Dann warf er sich angezogen und mit Schuhen aufs Bett. Er war im Nu eingeschlafen.

10

Rix hatte es aufgegeben, seinem Herrn die schönsten Stöcke zuzutragen, die er finden konnte, weil der sie ja doch nicht warf. Der Labrador hatte sich einer Hecke zugewandt, um sie ausgiebig zu beschnüffeln. Ahn von Helm schaute ihm zu, ohne wirklich hinzuschauen. Er lauschte dem monotonen Tuten des Telefons am anderen Ende der Leitung. Endlich meldete sich eine näselnde Stimme. »Hallo, wer ist dran?« Den eigenen Namen nannte der Mann nicht.

»Ich bin's. Hab seit zwei Tagen nichts von Ihnen gehört. Ich hoffe, alles läuft wie geplant.«

»Sie sind wohl Frühaufsteher?«, murrte der andere. »Gegen elf war ausgemacht. Natürlich läuft die Sache. Obwohl es ein paar Probleme gab.«

Von Helm war alarmiert. »Probleme? Was heißt das?«

»Das kann ich am Telefon nicht erklären. Nur so viel, die betreffende Person ist im Moment nicht erreichbar. Aber Sie dürfen beruhigt sein. Wir haben alles im Griff.«

»Das kommt mir nicht so vor«, erwiderte Ahn von Helm leise und scharf. »Was bedeutet in Ihrer Auslegung nicht erreichbar. Ist sie untergetaucht?«

Der Gesprächspartner schwieg einen Moment. Dann murmelte er: »Das ist schwer zu sagen. Wir wissen es noch nicht genau. Sie ist seit zwei Tagen verschwunden, scheint etwas unstet zu sein. Wahrscheinlich hängt sie bei einem Kerl rum. Wir werden sie finden.«

Von Helm merkte, wie ihm das Blut in den Kopf schoss. Seine Hände begannen zu zittern. »Unstet ... hängt bei einem Kerl rum?«, zischte er. »Was ist, wenn sie den einweiht, sich mit dem zusammenschmeißt? Wissen Sie wenigstens, um wen es sich handelt?«

»Beruhigen Sie sich. Das werden wir sehr schnell herauskriegen.«

»Schnell, das merke ich! Sie haben keine Ahnung, was für mich dranhängt. Ich brauche unbedingt das Material!«

»Das ist nicht so einfach, wie Sie es sich vorstellen. Sie hebt es ja nicht in ihrer Schublade auf.«

»Sie haben bisher also nichts erreicht, nicht das Geringste«, knurrte Ahn.

»Wenn wir sie haben, und das wird, wie gesagt, bald sein, bekommen wir auch das Material«, erklärte der Mann am anderen Ende der Leitung. »Im Übrigen sitzen wir im gleichen Boot, also regen Sie sich wieder ab.«

»Das kann alles nicht wahr sein«, sagte Ahn von Helm. »Ich soll mich abregen? Ich habe mich an Sie gewandt, weil Sie mir empfohlen wurden! Ich habe mich auf Sie verlassen.«

»Sie können sich auf mich verlassen, auch wenn nicht alles nach Ihren Vorstellungen läuft. Danke übrigens für die erste Rate. Könnte freilich sein, dass sich die Kosten etwas erhöhen.«

»Das ist unverschämt. Unsere Abmachung ...«

»Ich will's ja nur mal angesprochen haben«, unterbrach ihn die Stimme. »Nur falls es neue Komplikationen gibt! Wir werden schon miteinander klarkommen. Ich rufe Sie an.«

Von Helm zwang sich zur Ruhe. Er brauchte den Mann. »Ich

möchte wissen, was da vor sich geht«, sagte er. »Was sie womöglich noch alles vorhat. Wir sollten uns treffen.«

»Nein, so wenig persönlichen Kontakt wie möglich. Im Moment macht es keinen Sinn.«

»Und wann macht es Sinn?«, fragte Ahn von Helm. »Wann melden Sie sich wieder?«

»Sobald ich neue Informationen habe.«

»Bis spätestens morgen Mittag erwarte ich Ihren Anruf!«

»Meinetwegen. Ich hoffe, dass bis dahin alles erledigt ist«, erwiderte der andere.

»Das hoffe ich auch«, sagte von Helm, aber am anderen Ende war bereits aufgelegt worden.

Ahn von Helm rief Rix und kehrte in die Villa zurück. Er hatte sich zwar zur Ruhe gezwungen, aber er war Hypertoniker, sein Blut kochte noch. Was bildete sich dieser Kerl ein. Untergetaucht, verschwunden – anstatt die Dame kräftig in die Mangel zu nehmen, hatte er sie entkommen lassen. Und wollte dafür noch mehr Kohle. Da konnte er Lisas Tochter ja gleich auszahlen. Wütend öffnete er das schmiedeeiserne Gartentor.

Er entließ Rix in die Veranda, ging in die Küche und goss sich einen Whisky ein. Er wusste, dass es falsch war, doch er konnte nicht anders. Dazu ein Glas Wasser, zur Beruhigung, wie er sich einredete: Er benetzte damit freilich nur leicht die Lippen. Beatrice war aufgewacht und kam die Treppe herunter. Sie hatte ihren silbergrauen Morgenrock übers Nachthemd gezogen und gähnte. Seit sie die Haare wieder länger trug und im Gegensatz zu ihren schlankheitsbesessenen Freundinnen manchmal bittere Schokolade naschte, sah sie ganz passabel aus. Fand er wenigstens. Ab und zu schliefen sie sogar wieder miteinander.

»Ich möchte wissen, wie du es fertig bringst, so früh aufzustehen«, sagte seine Frau.

Er begriff es als eine Art Friedensangebot nach dem gestrigen Streit, auf das man eingehen konnte.

44

»Im Alter braucht man nicht mehr so viel Schlaf.«

»Ich schon.« Sie war zehn Jahre jünger.

»Außerdem wollte Rix unbedingt raus.« Von Helm freute sich, dass er den Hund vorschieben konnte.

»So? Ich hab ihn gar nicht drängeln hören. Du hättest ihn einfach in den Garten lassen können.«

»Hätte ich, aber mir war selber nach frischer Luft zumute«, erklärte ihr Mann.

»Mit dir ist jedenfalls alles in Ordnung?« Jetzt war eine Spur Misstrauen in ihrer Stimme.

»Natürlich. Was sollte denn nicht in Ordnung sein?«

»Ich dachte ja nur. Wegen deiner Projekte. – Na gut. Dann geh ich jetzt mal unter die Dusche, vielleicht kannst du uns schon den Kaffee machen.«

»Okay«, stimmte von Helm zu, »lass mich aber erst noch die Schuhe ausziehen und die Hände waschen.«

Er schenkte sich einen zweiten Whisky ein, trank ihn in einem Zug aus und spülte mit dem Rest des Wassers nach. Der Schnaps war morgens, wenngleich ungesund, eine Wohltat und seit kurzem sogar eine Art Zeremonie, wenn er mit dem Hund draußen gewesen war. Er versetzte ihn meistens in gute Stimmung. Heute freilich nicht. Heute schien nicht der richtige Tag dafür zu sein, denn seine Stimmung blieb sehr gedämpft.

II

Beim Frühstück erzählte Beatrice von der Fotoausstellung, deren Eröffnung er nicht besucht hatte, und Ahn von Helm hörte sich alles brav an. Ein bedeutender junger Künstler sei das, der ein Auge besonders für die abstrakten Momente des Daseins habe (was immer das nun bedeuten mochte!). »Wenn du nicht hingehst, kannst du es auch nicht erspüren«, sagte sie. Er versprach, das Versäumte in den nächsten Tagen nachzuholen.

Rix bekam gleichfalls das Frühstück serviert, schlappte sein Mahl gierig auf und bettelte noch bei Herrchen – das konnte man ihm einfach nicht abgewöhnen. Erst als die Kaffeetassen in den Geschirrspüler geräumt waren, gab er sich zufrieden. Er ließ sich von Beatrice überreden, im Garten nach der Nachbarskatze Ausschau zu halten, während Ahn von Helm sich in sein Arbeitszimmer zurückzog. In Gedanken war er nach wie vor bei der Nachricht, die er vorhin erhalten hatte.

Seine Frau machte sich in der Veranda zu schaffen und ging dann aus dem Haus. Da auch die Bulgarin, die sauber machte, erst gegen elf eintreffen würde, brauchte er keine Störung zu befürchten. Trotzdem schloss er die Tür ab, bevor er das Kuvert aus dem Schreibtisch nahm, das ihn so in Bedrängnis gebracht hatte. Ein ganz normaler weißer Umschlag mit einem absolut nicht normalen Inhalt.

Der Brief hatte mit einigen anderen im Kasten gelegen, an ihn adressiert, aber ohne Marke und Poststempel, so dass man annehmen durfte, er sei persönlich eingesteckt worden. Die Wahrscheinlichkeit, dass die Erpresserin sich in Dresden oder Umgebung zumindest für einige Zeit aufgehalten hatte, war jedenfalls groß.

Im Kuvert hatten sich zwei Aufnahmen aus vergangener Zeit befunden, auf Zelluloid gebannt und in der Dunkelkammer entwickelt; die neue Art der Digitalfotografie steckte damals noch in den Anfängen.

Auf beiden Fotos war von Helm deutlich zu erkennen: einmal, wie er den erschossenen Polizisten unter den Armen gepackt hielt, um ihn hochzuheben, ein anderes Mal mit der Pistole in der Hand am Lastwagen. Es waren die Minuten, als sie von dem Bullen beim Umladen der Ware überrascht worden waren. Der Teufel mochte wissen, wie er Wind von dem Transport bekommen hatte, vielleicht nur ein dummer Zufall, denn der Mann war allein gewesen. Den Toten hatten sie dann über die Grenze gebracht, das Weitere hatte Lisa übernommen. Der Leichnam war zuverlässig entsorgt worden, der Mann war spurlos verschwunden, in irgendeinem Moorloch, wie Ahn von Helm annahm. Doch was für eine Gemeinheit von Lisa, ihn heimlich mit dem toten Bullen abzulichten. Offenbar hatte sie ihm nicht über den Weg getraut und sich absichern wollen. Oder ihn damals schon erpressen, doch das war unwahrscheinlich, sie hing selbst zu tief drin.

Da Lisa inzwischen gestorben war (Lungenkrebs; nachträglich gönnte er ihr das!), hatte er sich an ihre damals sieben- oder achtjährige Tochter erinnert. Zumal die Stimme, die dann am Telefon die Achthunderttausend forderte, obwohl verstellt, weiblich klang. Gut, er konnte sich da irren, ein Mann war durchaus in der Lage, eine Frauenstimme nachzuahmen. Lisa hatte seinerzeit mehrere Lover gehabt und einen ganzen Trupp von Helfern. Trotzdem – von der Geschichte wussten höchstens zwei bis drei Personen, und die waren längst in alle Winde verstreut oder tot. Außerdem hätte sie diese Fotos kaum einem anderen überlassen. Wenn doch, hätten die sich bestimmt eher gemeldet. Auch konnte die Person, die ihn erpresste, kein Profi sein, denn sie ließ sich von ihm tagelang hinhalten. Eine Zeitspanne, in der er seine Verbindungen genutzt und den Hinweis auf jenes Flittchen bekommen hatte, das sich mit dem zu erwartenden Reichtum rühmte.

Lisas Tochter, es war nicht ganz klar, wovon sie lebte, aber nun hatte sie anscheinend ihre Mutter »beerbt« und sich anhand der unseligen Fotos an den »Onkel aus Dresden« erinnert, der vor Jahren ein paarmal ins Haus gekommen war. Diese Erinnerungen konnten nicht weit reichen, doch sie hatten wohl genügt, dass sie die Chance ihres Lebens witterte. Wäre sie früher zu ihm gekommen, hätte ihn um Hilfe gebeten – warum nicht. Nun musste sie gestoppt werden. Sie schien leichtlebig zu sein, sich gern in den Bars der Neustadt herumzutreiben. Das und ihre Prahlerei, bald zu Geld zu kommen, musste doch genügen, sie aufzuspüren und ins Gebet zu nehmen. Dass nun nichts zu klappen schien, verstörte und ärgerte von Helm. Auf diese Weise blieb die Gefahr, dass sie weitermachte, bestehen.

Ahn von Helm seufzte. Irgendwo hatte er noch ein Foto von Lisa aufbewahrt, er suchte fast eine Stunde lang, bis er es zwischen anderen Aufnahmen fand. Ja, sie war eine verdammt hübsche Person gewesen. Das süße Lächeln um den Mund, die großen grauen, etwas zu eng stehenden Augen, die schwarzen Löckchen, die unter der Sportmütze hervorlugten. Man ahnte nicht, wie energisch sie sein konnte, und schon gar nicht, wie viel kriminelle Energie sie besaß. Obwohl er Letzteres immer gelassen betrachtet hatte. Die Zeit nach dem Umbruch war auch für die Tschechen schwierig gewesen, jeder hatte damals sehen müssen, wie er über die Runden kam.

Schluss mit der Nostalgie, sie hatte ihn hintergangen, und ihre Tochter war auf die hässliche Idee gekommen, ihn wie eine Weihnachtsgans auszunehmen. Was ihr nun passierte, hatte sie sich selbst zuzuschreiben. Er nahm das Foto und zerriss es in kleine Stücke. Überlegte kurz und zerschnippelte auch die beiden Aufnahmen aus dem Kuvert. Packte alles zusammen und trug es ins Klo, wo er mehrmals die Wasserspülung betätigte. Erst als der letzte Fetzen Papier in die Kanalisation befördert war, gab er sich zufrieden. Dann kehrte er ins Arbeitszimmer zurück, stellte sich ans Fenster und schaute auf die Stadt hinunter. Doch er wusste genau, dass er noch lange nicht aus dem Gröbsten heraus war.

12

Milena Faber, die junge Dame, die seit einiger Zeit mit Rendy in Dresden-Neustadt eine Wohnung teilte, zögerte ein wenig, bevor sie die Tür aufschloss. Sie war aus besonderem Grund einige Tage unterwegs gewesen, in Chemnitz, aber davon hatte sie niemandem etwas erzählt. Nicht einmal ihrem Freund Stan, der ohnehin für sein Examen büffelte. Stan Rothe war Philosophiestudent im neunten Semester, ein Bild von einem Mann, und sie hatte sich ein wenig in ihn verliebt. Trotz der Enttäuschungen vergangener Jahre und trotz des Schwurs, sich nie mehr an irgendeinen Kerl zu verlieren.

Nun gut, von Verlieren konnte noch nicht die Rede sein. Sie war anders veranlagt als zum Beispiel ihre recht flatterhafte Mitbewohnerin Renate Mende, sie wusste abzuwägen und behielt auch in emotionalen Momenten einen kühlen Kopf. Zumal es im Augenblick um Wichtigeres als Liebesdinge ging. Zwar war sie einige Male versucht gewesen, Stan in die Sache einzuweihen, hatte sogar schon Andeutungen gemacht, aber letztlich doch alles für sich behalten. Nein, es war besser, wenn keiner etwas ahnte.

Aus diesem Grund hatte Milena ihrem Freund auch nichts von Chemnitz erzählt und sogar mehrere Anrufe von ihm auf dem Handy weggedrückt. Sollte er ruhig büffeln. Gegenüber Rendy indes – so wurde Renate von allen genannt – hatte sie von alten Bekannten gesprochen, die sie besuchen wollte. Doch die Zimmergenossin hörte kaum hin, wenn man ihr etwas sagte, sie hatte sich nur gefreut, die Bude einige Tage ganz für sich zu haben.

In der Wohnung wie auch im Haus war es um diese Zeit ruhig, nur ein Köter begann im zweiten Stock zu kläffen, und nebenan drehte der Nachbar, ein Elektriker, der hauptsächlich von Schwarzarbeit lebte, plötzlich laut das Fernsehen an. Er hieß Sven Kappel und hatte bei ihnen schon mehrmals Steckdosen repariert. Weil er Rendy so verehrte, wie er sagte! Er war bereits etwas älter und ein harmloser Spinner.

Rendy selbst, die ihre Abende gern in Bars herumbrachte, schien noch zu schlafen. Hoffentlich hat sie keinen Kerl dabei, sagte sich Milena.

Sie steckte leise den Schlüssel ins Schloss, drehte ihn vorsichtig herum. Nur einmal verriegelt – das hieß, die andere war zu Hause. Sie öffnete die Tür und zuckte zusammen. An dem Durcheinander, den herausgezogenen Schubladen, deren Inhalt verstreut auf dem Fußboden des kleinen Korridors herumlag, erkannte sie sofort, was geschehen war.

Die junge Frau geriet nicht in Panik, sie blieb besonnen, und ihr Verstand schaltete schnell. Hätte sie nicht so etwas in ihre Berechnungen einbezogen, hätte sie in der anderen Stadt kaum das Bankfach gemietet. Andererseits hatte sie gehofft, Ahn von Helm würde auf ihre Forderung eingehen. Sie hatte ihn für klug genug gehalten, etwas von seinem Reichtum abzugeben. Dass er sie zu übertölpeln versuchte, überraschte und erzürnte sie.

Da die Wohnungstür verschlossen gewesen war, befanden sich die Einbrecher ganz offensichtlich nicht mehr hier. Sie waren versiert, hatten wohl das entsprechende Werkzeug gehabt, um unauffällig herein- und wieder hinauszukommen. Mit schnellen Schritten durchquerte Milena den Korridor und betrat eins nach dem anderen die beiden Zimmer. Ein ähnliches Bild wie im Flur, die Räume waren gründlich durchsucht worden. Wie waren die nur so schnell auf sie gekommen? Sie hatte sich doch ganz unauffällig verhalten, alles getan, um nicht entdeckt zu werden. Anscheinend war das für die Katz gewesen. Und nachdem ihre Adresse ermittelt war, hatten diese Leute gleich zugeschlagen. Ein Glück, dass niemand zu Hause gewesen war, weder sie noch Rendy.

Milena setzte sich aufs Bett und überlegte. Ihr dämmerte, dass sie den Gegner unterschätzt hatte. Der versuchte, sie hinzuhalten und nutzte die Zeit in seinem Sinn. Okay, sie hatte nicht ausschließen können, dass er sich wehrte. Trotzdem war sie viel zu blauäugig gewesen. Das wird er mir büßen, dachte sie.

Dass Rendy nicht zu Hause war, den Einbruch offenbar noch nicht bemerkt hatte, wunderte sie. Sie hatte eher erwartet, die andere mit einem ihrer Männer hier vorzufinden, leere Weinflaschen auf dem Tisch, überquellende Aschenbecher und das Bett zerwühlt. Sie hatte schon befürchtet, die dicke Hassberg von ganz unten, die Klatschtante, die bestimmt an den Türen lauschte, würde sich bei ihr darüber beschweren, wegen des Krachs in der Wohnung. Aber nichts dergleichen. Nun gut, wenn Rendy fremde Schlafstätten vorzog, hatte das, wie man sah, seine Vorteile. Milena brauchte keine Fragen zu befürchten und konnte in Ruhe aufräumen. Nicht auszudenken, wie sich ihre Mitbewohnerin aufführen würde, wenn sie das Durcheinander mitkriegte. Die hatte ja nicht den geringsten Schimmer, worum es ging.

Milena seufzte, erhob sich und begann, Ordnung zu schaffen. Zugleich arbeiteten ihre Gedanken weiter, und sie begriff, dass ihr Gefahr drohte. Da die Einbrecher das Gesuchte nicht gefunden hatten, würden sie sich direkt an sie halten. Ich kann hier nicht bleiben, ich muss untertauchen, dachte sie, ich muss mir ein neues Quartier suchen. Zu Stan freilich konnte sie nicht ziehen, dem müsste sie erst ein glaubhaftes Märchen auftischen, und woher so schnell eins nehmen. Auf keinen Fall wollte sie ihm eine Liebe vorschwindeln, die es so nicht gab, Außerdem kannten von Helms Leute vielleicht schon seine Adresse. Rendy und er brauchen gar nichts von dem Einbruch zu erfahren, überlegte sie. Ich verschwinde einfach, erkläre ihnen per SMS, dass ich vorübergehend nach Halle zurück musste, wo ich ja vorher war. Meine Sicherheit geht vor.

Nach einiger Zeit hatte die Wohnung ihr normales Aussehen zurückgewonnen, selbst wenn Rendy sich möglicherweise über eine gewisse Umschichtung ihrer Sachen wundern würde. Milena stellte sich hinter die Gardine und fixierte die Straße. Die werden wiederkommen, dachte sie, zum Glück haben sie nicht hier auf mich gewartet, denn ich wäre ihnen bestimmt in die Arme gelaufen. Dennoch, die kommen wieder, die geben nicht so einfach auf.

Plötzlich verspürte Milena Hunger, sie hatte seit dem Abend nichts gegessen. Immer wieder aus dem Fenster spähend, brachte sie es fertig, sich eine Tasse Kaffee zu brühen und ein paar Scheiben Toast zu rösten, die sie dick mit Butter bestrich. Es beruhigte sie, zuzuschauen, wie die Butter auf dem heißen Brot zerschmolz und in die Poren des Backwerks eindrang. Sie zwang sich, langsam zu kauen und dabei tief durchzuatmen. Ihr Kopf arbeitete dabei dennoch weiter.

Eins war immer klar gewesen: Wenn sie erst einmal einen Entschluss gefasst hatte, ließ sie nicht wieder davon ab. Sie hatte, nachdem ihr dieses Erbe zugefallen war, lange genug gegrübelt. Es gab im Leben und in dieser zweigeteilten Welt nur wenige Chancen, auf die glanzvolle Seite zu gelangen, und man musste zugreifen, wenn sie sich boten. Milenas Mutter hatte es auf ihre Weise versucht, allerdings nie den großen Coup gelandet. Sie hatte es mit diesen synthetischen Drogen erreichen wollen, die vor zwanzig Jahren Ecstasy, Yaba oder Crystal Speed hießen, in kleinen Hexenküchen hergestellt und dann auf den Markt gebracht wurden. Auch diese Pillen besaßen bereits zerstörerische Kraft, waren aber noch nicht mit den heutigen gefährlichen Substanzen zu vergleichen, dem Crystal Meth zum Beispiel, das inzwischen neben Heroin Hauptprodukt der Dealer war. Aber das Geschäft mit Amphetaminen und sonstigen Drogen war mit der fortwährenden Gefahr verbunden, erwischt zu werden, und warf die großen Gewinne nur für andere ab. Für die Bosse mit den richtigen Verbindungen, die im Hintergrund blieben und die Fäden zogen. Was hatte die Mutter schon von den riskanten Geschäften gehabt! Ein bisschen Wohlstand vielleicht, aber auch etliche Jahre Knast. Nein, Milena würde es anders machen, sie würde ihre einmalige Chance nutzen. Die Mittel dafür hielt sie in der Hand. Jetzt kam es nur darauf an, sich nicht einschüchtern zu lassen.

13

Den Namen Faber hatte Milena von einem in Prag lebenden Belgier, mit dem sie ganze zwei Jahre verheiratet gewesen war. Ein Schönling und Großsprecher, dessen miese Seiten sie erst nach ein paar Monaten entdeckt hatte. Seine Faulheit etwa, seine Unehrlichkeit und mangelnde Treue. Er betrog sie schon bald mit einer Tänzerin; die Firma, die er angeblich erfolgreich managte, war pleite, und von dem großen Roman, den er zu schreiben vorgab, kamen keine fünf Seiten zustande. Sie glaubte, ihn trotz allem zu lieben, und fütterte ihn noch eine Weile durch, zumal er versprach, mit der Tänzerin Schluss zu machen. Dieses Versprechen löste er sogar ein, aber nur, um etwas mit einer Pianistin anzufangen. »Klavier – warum nicht mit einer Geigerin«, schrie sie ihn an, als sie es erfuhr, »vom Geigen verstehst du wenigstens etwas.« Jedenfalls genügte ihr das, sie reichte die Scheidung ein. Seither war sie frei, verzichtete auf engere Bindungen.

Sie trat nicht in die Fußstapfen ihrer Mutter, hütete sich vor Drogen und verließ bald darauf die Heimat. Sie zog von Prag nach Halle in Sachsen-Anhalt um, wo sie Deutsch lernte und Modeschmuck in einem kleinen Laden verkaufte. Er gehörte einem Slowaken und lief recht gut, aber der Besitzer, ein Vater von drei Kindern, rückte ihr sehr nahe auf den Pelz, was ihr absolut nicht gefiel. Dass sie ihn höflich ihre Abneigung spüren ließ, nahm er zunächst zwar hin, begann aber bald, sie zu mobben. Sie gab die Stelle auf, ergatterte einen Job bei einer Werbeagentur, fand die Tätigkeit dort jedoch höchst unbefriedigend. Weshalb den Geist in ständiger Anspannung halten, nur damit simple, zum Teil nutzlose Artikel den Weg zum Kunden fanden. Was für eine Perspektive, bei solchem Tun langsam älter zu werden und mit irgendeinem Kleinbürger Kinder zu zeugen. Sollte sie etwa bis an ihr Lebensende Entwürfe und Sprüche für Gebäckpackungen, Sonnencremes oder Computerspiele basteln? Nein, sie wollte ihren Kopf für Dinge freihalten, die Spaß machten, und dabei unabhängig bleiben. Reichtum war dafür eine wichtige Voraussetzung. Ständig aufs Geld schauen müssen wollte sie nicht.

Milena gefiel es, großzügig hauszuhalten, in Kreisen zu verkehren, die sich etwas leisten konnten, Reisen zu machen, ohne die Urlaubstage zählen zu müssen. Am liebsten hätte sie sich irgendwo in Italien niedergelassen, an Spaniens Küsten, auf den Malediven, in Kalifornien oder Südamerika, in einer schönen, sonnigen Gegend. Doch dazu brauchte man mehr als Ein- bis Zweitausend monatlich.

Nach dem Ableben der Mutter, zu der sie zuletzt kaum noch Kontakt gehabt hatte, war sie auf dem Dachboden unter halb losen Brettern auf eine Art Geheimfach gestoßen. Darin eine flache Blechbüchse mit Liebesbriefen eines gewissen Fred Kramer, von Milena unschwer als ihr Vater auszumachen, an den sie sich freilich kaum erinnerte: Er hatte kurz vor ihrem vierten Geburtstag das Weite gesucht. In der Büchse, in einem Kuvert unter den Liebesbriefen, lagen aber auch noch andere Fotos mit den dazugehörigen Negativen. Der darauf abgelichtete Mann kam Milena gleichfalls bekannt vor. Sie war ihm als Kind ein paarmal begegnet – er hatte öfter die Mama besucht.

Der Mann hatte ihr Süßigkeiten und Spielzeug mitgebracht, er hatte oft helle und bunte Hemden getragen. Auf den Fotos dagegen war er ganz in Schwarz gehüllt. Einmal hielt er eine Pistole in der Hand, ein andermal machte er sich wohl an einem Kranken zu schaffen. Milena schaute genauer hin und begriff, dass es sich um einen Toten handelte. Zunächst wusste sie nicht recht, was sie von den Aufnahmen halten sollte, doch dann dämmerte ihr: Das musste höchst brisantes Material sein. Auf einem der Fotos fand sich rückseitig ein Datum: 3.7.96, darunter eine Notiz: »Leider wurden wir überrascht, H. hat sofort reagiert.«

Viel zu erben gab es für Milena von der Mutter nicht, die Re-

serven von damals waren nahezu aufgebraucht. Die Fotos aber
brachten sie auf den Gedanken, tiefer zu graben. Sie wusste ja
von den Geschäften der Mama und reimte sich einiges zusammen.
Der Mann mit der Pistole war bei seinen Besuchen als Dresdner
Onkel vorgestellt worden, also suchte sie in der tschechischen und
deutschen Presse nach besonderen Kriminalfällen alter Tage. Und
tatsächlich war zur angegebenen Zeit ein Polizist aus Dresden
spurlos verschwunden. Sein Konterfei war mehrfach abgebildet,
es deckte sich mit dem des Toten auf dem Foto.

Blieb die Frage, wer H. war, ob er nach fast zwanzig Jahren
noch existierte und wo er sich aufhielt. Milena stellte sich erneut
auf eine ausgiebige Suche ein, doch zu ihrer Erleichterung konnte dieser Punkt schnell geklärt werden. H. war nicht gerade ein
Mann der Öffentlichkeit, versteckte sich freilich auch nicht. Sehr
bald fand sie auf den Seiten neuerer Presseerzeugnisse Aufnahmen
von ihm. Er tauchte an der Seite seiner Frau bei Kunstveranstal-
tungen auf, zeigte sich bei Spendengalas unter den Honoratioren
der Stadt, stand bei der Einweihung irgendwelcher Neubauten im
Hintergrund oder auch in der ersten Reihe.

Den Rest erledigte das Internet. H., so erfuhr Milena, nannte sich Ahn von Helm, seit er eine Adlige geehelicht hatte, besaß
eine Villa in einem der Nobelviertel Dresdens und, wie es schien,
Millionen. Sein Kapital vermehrte sich offenbar beim reinen Zu-
schauen, so, wie sich Kapital reicher Leute hierzulande eben zu
vermehren pflegte. Von dunklen Seiten seines Lebens stand kaum
etwas geschrieben, nur in einem älteren Magazin fanden sich in einem Artikel Hinweise auf Verbindungen zum Drogenmilieu. Das
aber lief unter Jugendverfehlungen und durfte als abgehakt gelten.
Wenn ihr wüsstet!, dachte Milena.

Sie schmiss ihren Job in Halle, zog nach Dresden und gab
überall vor, Kunststudentin zu sein. In Wirklichkeit fehlten ihr
zur Immatrikulation die nötigen Abschlüsse und sonstigen Vor-
aussetzungen, aber das interessierte niemanden. Sie lebte zurück-

gezogen von Erspartem und dem Wenigen, das sie geerbt hatte. Sie bereitete ihren Coup vor, forschte den Mann, der ihren Traum finanzieren sollte, nach allen Richtungen hin aus.

Milena glaubte sich ihres Zieles sicher, alles schien in ihrem Sinne zu laufen, doch nun, plötzlich, hatte von Helm zurückgeschlagen. Er konnte nicht wissen, wer hinter dem Erpresserbrief steckte, und hatte es doch ermittelt. Und das, bevor sie noch einen einzigen Euro von ihm in der Hand hielt.

Milena holte ihre große Reisetasche aus dem Schrank und begann, ihre Sachen zu packen. Ich werde von hier verschwinden, mich vorübergehend in einer Pension einmieten, möglichst am anderen Ende der Stadt, dachte sie. Aus der Schusslinie, und dann zuschlagen. Ich werde meine Forderung erneuern und diesem windigen Adligen die Pistole auf die Brust setzen: Entweder die sofortige Zahlung nach einem von mir festgelegten Plan oder die Enttarnung. Trotz seiner Hinterlist – sie war sich noch immer gewiss, dass er letztlich das für sie und ihn Richtige wählen würde.

14

Finn wusste nicht, was er tun sollte. Er besaß einen Laden in der Nähe der Prager Straße und wäre an einem normalen Tag um diese Zeit in die Stadt gefahren, um nach dem Rechten zu sehen, der Verkäuferin auf die Finger zu schauen oder auch selbst zu bedienen. Er verstand es, seine Ware – gebrauchte Kleidung in guter Qualität und Nippes, die den Touristengeschmack trafen – an den Mann zu bringen. Dabei war sein Einsatz gar nicht nötig, das Geschäft befand sich ja im Zentrum und brachte guten Umsatz. Zwischen Hauptbahnhof und der Altstadt mit ihren berühmten Denkmälern gelegen, den Schlössern und Museen, dem Grünen

Gewölbe, den Brühlschen Terrassen, dem Zwinger und der vor einigen Jahren wieder errichteten Frauenkirche, hatte es genügend Zulauf. Auch wenn die Käufer aus aller Herren Länder ihr Geld hauptsächlich für Eintritt, Verpflegung und Andenken in unmittelbarer Umgebung der Sehenswürdigkeiten ausgaben, wühlten sie in seinen Angeboten. Dass er bei seinem aufwendigen Lebensstil mit dem Gewinn, den der Laden abwarf, dennoch nicht auskam, war eine andere Sache.

Aber es war kein normaler Tag, und Paul Findeisen hatte das grässliche Gefühl, dass mit normalen Tagen auch nicht mehr so bald zu rechnen war. Auf was, in drei Teufels Namen, hatte er sich da bloß eingelassen! Konnte er denn einfach wegfahren, solange das geklaute Auto mit der Leiche im Kofferraum in seiner Garage stand? Unmöglich, sagte er sich, ich brächte es nicht fertig, einer Kundin irgendeinen glitzernden Fummel anzudrehen, während Rendy ... Er unterbrach sich selbst, er wollte diesen Gedanken nicht weiterspinnen.

Fest stand, dass Hacke ein verfluchter Idiot und Sturkopf war, der seine Freunde bedenkenlos in größte Schwierigkeiten brachte. Finn hätte ihn den Ford nie durchs Gartentor fahren lassen und ihm noch weniger den eigenen Wagen geben dürfen. Doch wie hätte er ahnen können, dass der Kerl ihn zum Dank dafür mit der Toten sitzen ließ. Ich sollte hinfahren und ihn umbringen, überlegte Finn grimmig, aber dann säße ich mit zwei Leichen da.

Die Geschichte war so verfahren, dass er sie gern mit irgendwem besprochen hätte. Doch mit wem? Dieser Jemand hätte absolut zuverlässig sein müssen und nicht quatschen dürfen. Aber eine solche Person gab es nicht. Der Direx vielleicht, der war clever, hatte für alles eine Lösung parat und war auf Hacke sowieso schlecht zu sprechen, weil der seine Schulden nicht bezahlte. Aber würde er auch in einem solchen Fall ...? Niemals, dachte Finn, das alles ist aussichtslos, ich muss mir selber helfen.

Er schloss das Haus ab und ging in die Garage. Das unselige

Auto stand friedlich da, nichts deutete auf eine ungewöhnliche Ladung hin. Finn überwand sich und öffnete die Klappe. Leider war kein Wunder geschehen, Rendy war noch immer da, in ihren Klamotten und der alten Decke, genauso tot wie zuvor. Sollte er Hackes Vorschlag folgen und bis zum Abend auf diesen Verrückten warten? Der sich vielleicht längst aus dem Staub gemacht hatte und gar nicht daran dachte, wiederzukommen? Auf keinen Fall, das hielt Finn nicht durch. Nein, er musste es anders machen, musste zu Erik Hackmanns Mutter fahren und herauskriegen, was dort los war. Wenn der Kumpel bloß zu Hause geblieben war, um sich auszupennen, würde er ihn an den Haaren hierher zurückzerren, damit er die Leiche endlich wegbrachte und verscharrte. Ja, genauso würde er es machen.

Finn wollte den Kofferraum wieder schließen, als sich Rendy unvermittelt zu bewegen schien. Was natürlich Einbildung war. Armes Lamm, dachte er, wolltest bestimmt noch nicht gehen, hattest allerhand Spaß am Leben. Zuletzt hast du sogar auf 'ne Erbschaft gehofft, überall herumerzählt, dass du bald zu Geld kommst. Ob sie dich deshalb umgebracht haben? Doch das macht keinen Sinn, das hätte sich erst gelohnt, wenn du die Knete schon besessen hättest. Aber wie nun immer, wir müssen dich loswerden, du fängst schon an, zu riechen.

Da Hacke seinen Audi genommen hatte, konnte Finn nur den Ford benutzen, auch wenn das riskant war. Aber Rendy nicht mitzunehmen und hier zu lagern, war ebenfalls gefährlich, wo sollte er sie hinpacken, ohne dass sie Spuren hinterließ. Ich bring sie ihm zurück, dachte er, das ist immer noch am besten, ich stell sie ihm vor die Tür, das wird ihm Beine machen. Was auch kommt, ich hab nichts mit dem Mord zu tun, ich nicht.

Er schloss den Kofferraum und setzte sich hinters Steuer. Der Wagen sprang mit einem Geknatter an, als wollte gleich der Motor auseinanderfliegen, auch das noch! Wahrscheinlich hatte er bei der nächtlichen Kutscherei etwas abgekriegt. Finn wurde noch nervöser, als er ohnehin war, er fragte sich, ob er mit diesem Auto wirklich bis zu Hacke kommen würde. Obwohl sich das Geräusch normalisierte und in ein freundliches Surren überging, schaltete er den Motor wieder ab, stieg aus und verließ die Garage. Unruhe hielt ihn gepackt, er empfand die Stille in Haus und Garten als trügerisch, so als läge ein weiteres Unheil in der Luft.

Und Paul Findeisen hatte sich nicht getäuscht. Als er ein paar Minuten später vor zum Zaun ging, unschlüssig, ob er losfahren sollte oder nicht, unruhig die Straße beobachtend, standen urplötzlich zwei vermummte Gestalten hinter ihm. Sie mussten über den Zaun gestiegen sein, sich hinter seinen Rhododendronsträuchern verborgen haben. »Versuch ja nich, auszureißen«, sagte der Kleinere von beiden, der eine Knarre in der Hand hielt, in schönstem Sächsisch, »mir ham mit dir zu reden.«

»Was wollen Sie von mir? Ich kenne Sie nicht.«

»Is ooch gut so. Los, geh mer ins Haus.«

Finn blieb nichts anderes übrig, als dem Befehl zu folgen. Sie waren zu zweit und hatten Waffen, während seine Flinte drinnen im Schrank versteckt lag und sein geladener Revolver in einer Schublade.

15

Jemand zerrte an seinen Füßen herum, und Hacke versuchte verzweifelt, dem Kerl, der Riesenkräfte zu haben schien, zu entkommen, indem er sich an einer Mauer hochzog. Dahinter lag die Rettung, das wusste er, aber erst musste er den Verfolger abschütteln. Was einfach nicht gelingen wollte! Wütend trat er nach unten.

»Au«, sagte eine Stimme, »hör auf, du tust mir weh. Komm endlich zu dir. Es sieht ja so aus, als hätten sie *dir* die Tabletten gegeben.«

»Tabletten?« Das Wort drang in sein Bewusstsein. Aber er war noch nicht wach und seine Vorstellung versetzte ihn blitzschnell von der Mauer in ein Krankenzimmer. Eine Schwester beugte sich über ihn.

»Warum bin ich hier?«, fragte er.

»Weil du hier wohnst. Auch wenn du dich meist sonst wo herumtreibst. Du könntest wenigstens die Schuhe ausziehen, wenn du dich hinlegst.«

Hacke fuhr hoch und starrte seine Mutter an. »Mama«, sagte er.

»Ja, Mama! Schön, dass du das Wort noch kennst. Du rennst in der Gegend herum, und mich überfallen sie. Hast du nicht mitbekommen, wie's hier aussieht? Legst dich einfach hin und schläfst!« Sie begann zu weinen.

Nun war Hacke wach. Er richtete sich auf und nahm die Beine vom Bett. »Heul doch nicht, Mama«, sagte er.

»Ich heule nicht, das sieht bloß so aus.« Sie wischte sich die Tränen mit einem Zipfel der Bettdecke aus den Augen.

»Was war denn hier los?« Hacke hob ein paar Bücher auf, die am Boden verstreut lagen.

»Klar hab ich das vorhin gesehen, diese ganze Sauerei. Ich wollte dich auch danach fragen, aber du hast fest geschlafen. Auf dem Küchenstuhl. Ich hab dich erst mal ins Bett gebracht. Ich war selber völlig kaputt.«

»Und weshalb warst du kaputt? Wo hast du die ganze Zeit gesteckt? Hat das was mit dem Überfall hier zu tun?«

»Bestimmt nicht«, erwiderte Hacke, »ich schwör's, ich hab keine Ahnung, was das bedeuten soll. Wer waren die Schweinehunde, die hier gewütet haben?«

»Das weiß ich doch nicht. Zu zweit waren sie. Kräftige und brutale Kerle, Schweinehunde, genau wie du's sagst. Sie hatten schwarze Hauben mit so Sehschlitzen über und müssen durchs Fenster geklettert sein, das war nur angelehnt. Als ich wach wurde, standen sie schon im Schlafzimmer.«

»Und was wollten sie? Deinen Fernseher und das Handy? Haben sie deinen Schmuck geklaut?«

»Meinen Schmuck«, erwiderte die Mutter verächtlich, »die paar Ringe und Ketten? Was hab ich schon für Schätze! Nein, die wollten nichts klaun. Die haben auch nichts mitgehen lassen.«

Hacke war überrascht. »Gar nichts? Was wollten sie dann?«

»Sieht so aus, als hätte ihr Besuch überhaupt nicht mir gegolten«, fuhr die Mutter fort.

»Du meinst, sie hatten's auf mich abgesehen?« Hacke musste zugeben, dass ihm dieser Verdacht schon selbst gekommen war. »Wieso glaubst du das?«

»Weil sie nach dir gefragt haben. Nach dir und Renate Mende. Ich hab ihnen gesagt, dass sie deine Freundin war, aber längst mit dir Schluss gemacht hat. Das stimmt doch?«

»Längst ist übertrieben«, brummte ihr Sohn.

»Jedenfalls wollten sie wissen, wann sie das letzte Mal hier gewesen sei und ob sie etwas dagelassen hätte. Danach haben sie dann gesucht.«

Nun war Hacke echt geschockt. Er konnte seine Mutter unmöglich noch tiefer in die Geschichte hineinziehen, indem er ihr erzählte, dass Rendy tot im Kofferraum des geklauten Ford lag, aber plötzlich waren da Ganoven hinter irgendwelchen Sachen von der Ex her.

Hatten sie seine Freundin umgebracht? Und suchten jetzt etwas, das sie von ihr nicht gekriegt hatten?

»Was denn, um Himmels willen«, fragte Hacke, »was haben diese Banditen bei uns gesucht?«

Die Mutter stand auf und begann, einige Wäschestücke vom Boden aufzuheben. »Fotos, glaub ich, und die Negative dazu. So ältere Sachen von vor fünfzehn, zwanzig Jahren. Den ganzen Kram mit Papa und dir als Kind haben sie durchgeguckt, als wenn's da was Besonderes zu sehen gäbe. Aber sie fanden nichts und wurden wütend, die Drecksäcke. Sie behaupteten, ich wüsste bestimmt mehr, und haben mir mit 'nem Messer unter der Nase herumgefuchtelt.«

»Und dann?«

»Ich kriegte Angst und hab laut geschrien. Aber es war ja keiner da, der mich hören konnte, die alte Paula ratzt doch wie ein Bär in der Höhle, und die Müllers über uns sind in Urlaub.«

»Weiß ich«, sagte Hacke. »Haben diese Banditen dir wehgetan?«

»Das hielt sich zum Glück in Grenzen. Bloß saugrob waren sie, den Arm hat mir der eine verdreht, ich hab überall blaue Flecken.« Sie rieb sich den linken Arm. »Dann musste ich die Tabletten nehmen.«

… »Schlaftabletten?«

»Irgendwas Starkes, ich war ziemlich schnell weg. Die haben mich bedroht und gezwungen, das Zeug zu schlucken. Damit ich endlich still sein würde, erklärte der eine. Und ich sollte später nicht zur Polizei gehn, sollte sie einfach vergessen, sonst kämen sie wieder.«

Hacke überlegte. »Wie sahen die beiden denn aus?«, fragte er. »Von der Gestalt her, meine ich. Wie haben sie gesprochen? Waren's Ausländer?«

»Glaub ich nicht. Der eine war ziemlich groß, der andere untersetzt. Der Größere hat kaum geredet, der Kleinere Sächsisch. Ich hatte die noch nie gesehen.«

»Die Masken haben sie nicht abgenommen?«, fragte Hacke, der dabei an seinen Raubzug gestern denken musste und so etwas wie ein schlechtes Gewissen bekam.

»Natürlich nicht. Dann hätte ich mir doch ihr Gesicht merken können.«

»Klar. War nur so ein Gedanke.«

»Ich werd sie trotzdem anzeigen«, sagte die Mutter, »ich ruf die Bullen an. Das sind Verbrecher, die dunkle Geschäfte betreiben. Von denen lass ich mich nicht einschüchtern, auf keinen Fall!«

Ihrem Sohn passte das absolut nicht ins Konzept. Nicht in seiner vertrackten Lage. Zumal er einen dumpfen Verdacht hatte.

»Das lass lieber sein, Mama, du handelst dir bloß noch mehr Ärger ein. Sie haben doch nichts geklaut.«

»Sie hätten mir sonst was antun können«, ereiferte sich die Mutter. »Die waren einmalig unverschämt. Der Kleine hat mir an den Hintern gegrapscht, das Ekelpaket. Zum Glück hat ihn der Größere zurückgepfiffen; er sollte sich zusammenreißen, sie wären nicht deswegen hier. Aber dich lässt ja kalt, was sie mit deiner Mutter machen.«

Hacke nahm die Mama in den Arm. »Das lässt mich überhaupt nicht kalt. Du hast recht, das sind Drecksäcke, und wenn ich da gewesen wäre, hätte ich ihnen 'ne Tracht Prügel verpasst. Du bist aber auch selber Schuld. Ich hab dir schon ein paarmal gesagt, dass du immer die Fenster verriegeln sollst, vor allem nachts.«

»Gut, ich hab die Lektion gelernt« erwiderte die Mutter. »Aber wo warst *du* nun die ganze Zeit? Etwa doch wieder mit Rendy zusammen?«

Um ein Haar hätte Hacke auf die Frage mit Ja geantwortet, denn diese Antwort wäre ja nicht falsch gewesen. Er hielt sich aber im letzten Moment zurück, es schien ihm doch zu makaber. Stattdessen holte er die Geldbörse hervor, nahm zwei Fünfziger heraus. »Hier, jetzt siehst du, wo ich war. Wir haben ein bisschen gespielt, und ich hab gewonnen. Ein Trostpflaster auf den Schreck!«

»Wusst ich's doch«, seufzte die Mutter. »Du kannst die Finger nicht von den Karten und all dem Kram lassen. Anstatt dir 'ne Arbeit zu suchen, treibst du dich mit irgendwelchem Gesocks herum. Das geht auf Dauer nicht gut, wie kann ich dir das nur klar machen?« Sie seufzte erneut, nahm das Geld indes trotzdem.

»Ich suche ja Arbeit«, behauptete Hacke, »aber solange sie keine für mich haben, die mir liegt und auch was einbringt, muss ich mich anders durchschlagen. Ich bin doch nicht der Einzige, dem es so geht.« Und da ihm der Magen knurrte, fügte er hinzu: »Wie wär's übrigens, wenn du uns mal was zu essen machst. 'ne Semmel mit dick Butter und Blutwurst, oder noch besser mit Schinken. Dazu 'nen starken Kaffee. Das würde uns beiden guttun.«

Die Mutter fügte sich und verschwand in der Küche. Ihr Sohn nutzte die Zeit, um das erbeutete Geld in einer Schublade zu verstauen, die er abschließen konnte, auch die Pistole deponierte er fürs erste dort. Jacke und Maske vom gestrigen Raub lagen dagegen noch im Kofferraum von Findeisens Audi, er musste sie nachher endgültig loswerden. Bevor wieder etwas Blödsinniges passierte!

Der Mutter fiel noch etwas ein. Aus der Küche rief sie: »Auf jeden Fall musst du Rendy vor denen warnen. Wenn diese Schweine sie in die Finger kriegen, möchte ich nicht in ihrer Haut stecken. Ich weiß ja nicht, worum's wirklich geht, aber du musst sie sofort anrufen.«

»Das kann ich nicht, sie hat sich eine neue Nummer zugelegt«, schwindelte Hacke.

»Kennst du niemanden, der die Nummer hat?«

»Nein, ich kann nur hinfahren und hoffen, dass sie zu Hause ist. Vielleicht treffe ich wenigstens das andere Mädchen, mit dem sie die Wohnung teilt.«

»Dann tu das«, sagte die Mutter, »aber versprich, dass du mir 'ne SMS schickst, wenn du dort warst. Ganz gleich, ob du sie erreicht hast oder nicht.«

»Mach ich, doch erst essen wir noch zusammen.«

Als sie dann bei Kaffee und belegten Brötchen in der Küche saßen, entspannte sich die Mutter. Sie schimpfte zwar weiter auf die Drecksäcke, die alles durcheinander gebracht und heruntergeschmissen hätten, beschloss aber, am heutigen Tag nicht zur Arbeit zu gehen. »Ich melde mich krank, an so einem Tag werde ich doch mal krank sein dürfen, oder?«

»Natürlich«, stimmte Hacke zu, »obwohl am Wochenende bei euch bestimmt jede Menge Betrieb ist. Dein Chef kriegt 'nen Herzkasper, wenn du gerade heute ausfällst. So schnell findet er keinen Ersatz.«

»Das ist mir egal. Dann sieht er mal, wie's ist, wenn unsereins was hat. Der beutet mich genug aus.«

»Okay«, sagte Hacke, »mach heute blau. Sie werden schon ohne dich klarkommen.« Wenn sie nicht in die Gaststätte geht, dachte er, kann sie nicht gleich was von dem ausplaudern, was hier passiert ist.«

»Aber du bleibst nicht bei deiner Rendy, du kommst hierher zurück. Du leistest mir Gesellschaft.«

Hacke dachte an Finn, an die Tote im Kofferraum, und dass er beim Direx seine Schulden bezahlen musste. Von all dem konnte er der Mama nichts erzählen. »Das wird nicht so schnell gehen«, sagte er, »leider. Ich muss da noch ein paar Sachen erledigen. Aber ich komme am Abend, versprochen. Spätestens gegen zehn oder elf Uhr.«

16

Er hatte seine Sachen – die wenigen Bücher, die er besaß, das Fotoalbum, Briefe, Wäsche und Unterwäsche – wieder in die Schubladen gepackt und war aufgebrochen. Die Mutter, die nach den Ereignissen der Nacht nicht gern allein blieb, hatte es mit gemischten Gefühlen gesehen. Aber sie hatte ja selbst vorgeschlagen, Rendy zu warnen beziehungsweise wegen der Fotos auszufragen. Also hatte sie es mit erneuten Seufzern und der Bitte hingenommen, vorsichtig zu sein, sich nicht in Gefahr zu bringen und sich vor allem in nichts hineinziehen zu lassen, was gefährlich werden könnte. Wenn du wüsstest, dachte Hacke.

Sein Überfall vom gestrigen Abend kam ihm in den Sinn, und es war, als läge das schon eine Ewigkeit zurück. Ob sie den Verkäufer der »Siedlerkiste« inzwischen befreit hatten? Natürlich, sagte er sich, dort ist inzwischen der Teufel los. Der Besitzer wird aufgetaucht sein, geschockt oder außer sich vor Wut oder beides. Die Bullen haben alles abgesperrt, sondieren die Lage und befragen die Leute; die Lokalreporter fotografieren, was das Zeug hält; alle möglichen Gaffer glotzen und drängen gegen die Absperrungen. Die Polizei wird nach Spuren suchen und nichts finden. Nein, sie können einfach nichts entdecken. Da müssten sie schon die Tochter des Besitzers ausquetschen, und die müsste auf ihre Bekannte aus der Fachschule in Dresden zu sprechen kommen, die liebe, geschwätzige Verena, die jedem alles erzählt, wenn man ihr einen Cocktail spendiert.

Doch Hacke hatte inzwischen ganz andere Probleme. Mit einer gewissen Befriedigung betrachtete er Finns schönes Auto, das ein Stück entfernt vom Haus geparkt war. So einen Wagen hätte er auf dem Parkplatz mitgehen lassen sollen, nicht den klapprigen Ford, in den sie ihm dann die Leiche gelegt hatten. Na gut, zunächst hatte die Karre ja ihren Dienst geleistet. Er schob den Gedanken weg, fischte Finns Autoschlüssel aus der Tasche. Im Augenblick stand ihm der Audi jedenfalls zur Verfügung.

Hacke drückte die Fernbedienung und öffnete den Kofferraum, wo die dunklen Klamotten von gestern lagen. Sollte er sie wirklich abstoßen? Es fiel ihm schwer, sich davon zu trennen, besonders von der Jacke. Wer wusste, wann er sie noch mal gebrauchen konnte. Und was sollte er jetzt überhaupt als erstes erledigen? Schulden bezahlen? Für den Direx, den man am besten in seiner Stammkneipe erreichen konnte, der »Schwarzen Perle«, war es noch zu früh. Ich könnte hinfahren und auf ihn warten, dachte Hacke, mir die Zeit am Automaten vertreiben, vielleicht gewinne ich noch ein paar Euro dazu. Doch eine innere Stimme warnte ihn. Erst abdrücken, was du dem Alten schuldest, mahnte sie, dann bist du ein freier Mann, kannst dir wieder was leisten.

Er setzte sich in den Wagen, startete aber nicht. Die Geschichte mit Rendy beschäftigte ihn. Was hatte das mit den Fotos und den Negativen wirklich zu bedeuten? Hing ihre Ermordung damit zusammen? Alte Fotos, hatte die Mutter gesagt, also keine digitalen, die man auf einem Stick speicherte. Hatte Rendy vor fünfzehn oder zwanzig Jahren etwas geknipst, was anderen heute Kopfschmerzen bereitete? Das konnte kaum sein, sie war damals noch ein kleines Kind gewesen.

Die Kerle wissen, dass Rendy meine Freundin war, überlegte Hacke weiter, und glauben, sie hätte die Aufnahmen bei mir deponiert. Sind sie's etwa, die meine Kleine umgebracht und mir in den Wagen gepackt haben? Wie pervers ist das denn, danach noch meine Bude auf den Kopf zu stellen? Und weshalb sollten sie Rendy überhaupt umbringen, wenn sie etwas von ihr haben wollen, was sie ihnen tot wirklich nicht mehr geben kann?

Hacke schaute auf die Uhr. Sechs Stunden etwa war es her, dass er mit Finn gesprochen hatte. Da Rendy auch mit ihm in die Kiste gestiegen ist, dachte er, werden sie sich seine Bude bestimmt gleichfalls vornehmen. Vielleicht weiß er sogar, worum es geht, der spielt doch immer das Unschuldslamm. Ich hätte ihm auf den Zahn fühlen sollen, aber ich ahnte ja nichts von den Aufnahmen. Jedenfalls sollte ich ihn befragen und eventuell vor denen warnen.

Er wählte Findeisens Nummer, erst die vom Handy, dann die übers Festnetz. Auf dem Handy meldete sich niemand, da konnte er läuten, solange er wollte. In der Wohnung verkündete der Anrufbeantworter nach vier Klingeltönen, dass im Moment niemand zu erreichen sei, man aber gern zurückriefe, wenn eine Botschaft hinterlassen würde. Hacke verzichtete darauf. Man konnte nicht wissen, wer die Botschaft später wirklich entgegennahm.

Verwunderlich war Finns Schweigen trotzdem. Er wird doch nicht mit dem Ford unterwegs sein, dachte Hacke. Vielleicht ist er in der Stadt, in seinem Laden. Oder auf seinem Waldgrundstück, um Rendy dort ... Das würde ich ihm am ehesten zutrauen. Andererseits wird er das bestimmt nicht ohne mich machen. Allein hat er viel zu viel Schiss.

Wer hat Rendy umgebracht, und wie ist sie in das Auto gekommen, dachte Hacke zum x-ten Mal. Wer war bei Mutter, hat mein Zimmer durchsucht. In dieser Sache war ihm vorhin ein Verdacht gekommen, aber der blieb zunächst vage. Wer kann mir etwas über diese Fotos sagen, fragte er sich stattdessen, wen könnte Rendy ins Vertrauen gezogen haben? Ich weiß nichts, Finn vielleicht auch nicht. Oder doch? Wer kommt noch in Frage? Ein anderer Kerl von ihr? Wer sollte das sein? Jemand aus den Bars, aus dem Haus? Wen könnte man darüber ausquetschen?

Rendy hatte einen Vater in der Leipziger Gegend, das wusste Hacke, aber er hatte keinen Schimmer, was der trieb und wie man an ihn herankam. Es war auch fraglich, ob er etwas zu der Sache sagen konnte. Doch was war mit dem Mädchen, mit dem sie die Wohnung teilte? Geteilt hatte – was für eine schreckliche Wahrheit! Jedenfalls hatten sie bestimmt miteinander geredet, da sie nun mal zusammen wohnten. Vielleicht sogar über Sachen, die heikel waren und die man normalerweise für sich behalten wollte.

Sie hieß Milena, stammte aus Tschechien, und Hacke war ihr ein- oder zweimal begegnet. Ein hübsches Mädchen, ziemlich selbstbewusst, wenn auch zurückhaltend und nicht so sexy wie Rendy. Jedenfalls nach seiner Meinung. Ob er mal mit ihr sprach? Wie sollte er das machen, ohne den Mord zu erwähnen? Trotzdem – vielleicht wusste sie etwas, das er nicht wusste.

Hacke ließ den Motor an, er hatte einen Entschluss gefasst. Ich werde die Stunde nutzen und dieser Tschechin einen Besuch abstatten, dachte er. Das mit Finn hat wirklich bis zum Abend Zeit.

Er fuhr los, erreichte über ein paar Neben- die Hauptstraße und bretterte in Richtung Neustadt. Er hütete sich aber, die vorgeschriebene Geschwindigkeit deutlich zu überschreiten. Er hatte Zeit und wollte nicht auffallen. Dass der Verkehr rollte und ihn keine Baustelle unnötig aufhielt, nahm er für ein gutes Zeichen.

17

Finns Gedanken arbeiteten: Was hatten die beiden mit ihm vor? Hing ihr Auftauchen mit Rendys Ableben zusammen, mit Hacke oder seiner Mutter? Sie werden es mir gleich verklickern, dachte er, während er vor ihnen her ins Haus ging, sie ins Wohnzimmer führte. Höflich, als wären es gute Bekannte oder wenigstens Leute, die sich nicht selbst eingeladen hatten. Er war wütend und hatte Schiss, auch weil er nicht wusste, was vorging. Doch er bemühte sich, nichts von seiner Gefühlslage zu zeigen.

»Was wollen Sie von mir?«, wiederholte er seine Frage aus dem Garten, als sie im Raum mit den Ledersesseln, dem Schreibtisch aus polierter Eiche und dem hohen Bücherschrank standen, dessen Glastüren er seit Wochen nicht geöffnet hatte.

»Setz dich, und halt's Maul!« Der Kleinere der Männer gab ihm einen Stoß in die Rippen, der ihn aus dem Gleichgewicht brachte. Sich halb um die eigene Achse drehend, landete er in einem seiner Sessel.

Die Maskenmänner schauten sich im Zimmer um, und der Kleinere sagte: »Nich schlecht für 'nen Altkleiderfritzen.«

Der Größere schlenderte durch den Raum, machte hier und da eine Schranktür auf. Dabei bedachte er den Hausherrn mit lauernden Blicken. Schließlich zog er eine Schublade heraus und entdeckte den Revolver, den Finn dort abgelegt hatte. Er stieß einen Pfiff aus: »Sieh mal an, er hat 'ne Knarre.«

»Die Waffe ist registriert, ich hab einen Waffenschein«, stieß Finn hastig hervor, was eine glatte Lüge war.

»Du antwortest nur, wenn wir was fragen, klar?« Der Größere nahm den Revolver aus der Schublade und untersuchte ihn. »Der ist sogar geladen«, konstatierte er. Im Gegensatz zu seinem Kumpan sprach er einigermaßen Hochdeutsch.

»Haste etwa jemanden erwartet?«, erkundigte sich der Kleinere.

»Nein, wieso? Ich bin bloß vorsichtig. Bei mir ist schon einge-brochen worden.«

»Und da schießt du gleich scharf, ja?«, sagte der Größere. »Ab in die Grube, der Besucher, ja?« Er nahm die Patronen aus der Trommel und steckte sie in die Tasche. Den Revolver legte er in die Schublade zurück.

»Das verstehen Sie fa…«, wollte sich Finn verteidigen, aber der Kleinere schnitt ihm grob das Wort ab: »Schnauze!« Seinem Kumpan schlug er vor: »Konfiszier'n mer das Ding!«

»Nein, der Chef will das nicht, und vielleicht ist der Revolver wirklich angemeldet.«

»Immer der Chef«, maulte der andere, »könn' mer nich mal selber was entscheid'n?«

»Das würde ich dir nicht raten, der Alte versteht keinen Spaß.«

Der Kleinere schwieg und lümmelte sich unzufrieden in einen zweiten Sessel. Der Größere aber wandte sich nun Finn zu. Er ließ ein Springmesser aufschnappen und setzte ihm die Spitze unters Kinn. »Also gut, kommen wir zur Sache. Wir werden ein paar Fra-gen an dich stellen, und du gibst Antwort. Gefallen uns deine Aus-künfte nicht, schneid ich dir mit dem Ding hier ein Kreuz in die Brust. Oder in die Arschbacken, da ist mehr Fleisch. Behandlung ohne Betäubung, versteht sich. Hast du kapiert?«

Finn trat der kalte Angstschweiß auf die Stirn. »Aber wie … wieso denn ich?«, stotterte er. »Ich weiß doch gar nicht, warum …«

»Dafür wissen wir's«, erwiderte der Große. »Erste Frage: Kennst du die hier?« Er hielt ihm ein Foto von Rendy unter die Nase.

»Ja … das ist Rendy … Renate Mende.«

»Gut, geht doch.« Er steckte das Foto weg, übrigens eine schlechte Aufnahme, die schon vor Jahren gemacht sein musste. »Sie hat dich ins Bett geholt, richtig?«

Obwohl voller Furcht, fühlte sich Paul Findeisen in seiner Manneswürde gekränkt. »Nicht sie, ich …«, fing er an.

»Richtig?«, wiederholte der Maskenmann drohend und hob das Messer, das er vorübergehend hatte sinken lassen.

»Ja, aber das ist längst vorbei«, wagte Finn zu äußern. Die wissen vielleicht sogar, dass es *für immer* vorbei ist, schoss es ihm durch den Kopf, und tun nur, als hätten sie keine Ahnung?

»Vorbei oder nicht, du weißt einiges über sie und von ihr. Sie hat dir bestimmt Dinge anvertraut, die sie nicht jedem erzählt.«

»Mer vögelt ja nich bloß, mer quatscht ooch mit'nander«, ergänzte an diesem Punkt der Kleinere, der nun anfing, mit seinem Schießeisen zu spielen. »Mer dauscht Geheimnisse aus.«

»Geheimnisse, nein. Was denn für Geheimnisse? Dazu ist es nicht gekommen.«

Die Messerspitze kitzelte ihn unterm Kinn. »Bestimmt hat sie dir erzählt, dass sie eine Menge Geld erwartet?«

»Das ja.« Finn war erleichtert. »Jede Menge Knete. Sie sagte, dass sie einen reichen Onkel beerbt. Demnächst, hat sie behauptet. Aber das war kein Geheimnis, das hat sie überall rumgetratscht.«

Der Große schien nicht überrascht. »Einen Onkel, na gut«, wiederholte er und fügte hinzu, »man erzählt viel in so einem Fall. Aber dann hat sie dir Fotos gezeigt und die Negative dazu. Sie hat dich gebeten, ein paar davon aufzuheben und niemandem etwas zu verraten. Stimmt's?«

»Nein!«, rief Finn. »Warum sollte sie mir denn Fotos dalassen, von denen ich niemandem was erzählen soll? Das macht doch gar keinen Sinn.« Er verstummte abrupt, denn ihm fiel wieder ein, dass Rendy tot im Ford in der Garage lag.

Als hätte der Größere seine Gedanken erraten, warf er ihm einen forschenden Blick zu. »Soso, keinen Sinn. Stellst du dich nur so blöde an, oder bist du's?«

Der Kleinere stand auf. »Schätze, er stellt sich bloß so an. Wird Zeit, ihm de Hosen runterzeziehn.«

»Aber ich schwöre hoch und heilig, dass Rendy mir nichts gezeigt oder dagelassen hat. Das mit ihr ging nur kurz. Ich war nicht ihr Typ«, hechelte Finn, dem nun richtig schlecht wurde. Trotz der Waffen der beiden wollte er sich erheben, doch der Größere stieß ihn zurück und erwischte ihn dabei mit dem Messer an der Hand. Mit einem Schmerzensschrei rutschte Findeisen wieder auf den Sitz zurück.

»Blutet's?«, fragte der Kleinere spöttisch. »Das war erscht der Anfang.«

Etwas Blut tropfte auf den Teppich. Der Kleine höhnte: »Där versaut uns hier alles.«

In diesem Augenblick klingelte Finns Handy. Er kramte es mit der gesunden Hand aus der Hosentasche.

»Läuten lassen, nicht rangehn!«, befahl der Große.

Finn gehorchte. Nach Minuten, die sich endlos hinzuziehen schienen, verstummte das Gerät. Dafür begann der Apparat auf dem Tisch, seine Melodie abzuspielen. »Wer ist das, wer ist dran?«, wollte der Größere nun wissen.

Finn erkannte Hackes Nummer, gab aber geistesgegenwärtig an: »Ein Kunde. Ich war mit ihm verabredet. Der wird jetzt bestimmt herkommen.«

»Meld dich und wimmel ihn ab«, sagte der Kleine.

»Quatsch«, widersprach der Größere, »da kommt keiner her. Der will uns austricksen.« Und wie bedauernd fuhr er fort: »Tja, uns bleibt jetzt nichts anderes mehr. Wir müssen dir ein bisschen weh tun.«

Mit einer schnellen Bewegung setzte er das Messer an Finns Hosenbund und schnitt ihn ratschend auf. »Hoch mit dir«, befahl er.

Finn griff nach seiner Hose, kam aber vor Schreck nicht aus dem Sitz. Zu seinem Glück trällerte in diesem Augenblick wieder ein Telefon. Und bei diesem Trällern, mitten in seine Angst, in diese absurde Situation hinein, wurde Paul Findeisen plötzlich klar, dass er den Großen schon einmal gesehen hatte. Die ganze

Zeit über hatte sein Unterbewusstsein gearbeitet und nun diese Erkenntnis zutage gefördert. Den Kleinen kannte er nicht, aber den Großen musste er schon mal getroffen haben. Die Maske entstellte ihn zwar – trotzdem. Die Frage war nur, wann und wo?

Diesmal kam die Musik vom Handy des Großen. »Der Chef«, verkündete er, steckte das Messer ein und ging, das Gerät am Ohr, in den Nebenraum. Finn, mühsam die Hose festhaltend, stöhnte verzweifelt. Er fragte sich, wer dieser Kerl war, noch mehr aber, wie er die beiden überzeugen konnte, von ihm abzulassen. Ich sag ihnen jetzt, dass Rendy da draußen tot im Auto liegt, dachte er. Mag kommen, was will.

Der kleinere Bandit liebte offensichtlich das Perverse. Seine Augen glänzten, vielleicht hatte er auch etwas geschluckt. Er holte sein Feuerzeug hervor, schnippte die Flamme an und näherte sie Finns verwundeter Hand. »Wirst schon noch quatschen, Süßer«, murmelte er.

»Nicht«, rief Finn, »hört doch auf, mich zu drangsalieren. Ich weiß wirklich gar nichts, und was Rendy betrifft, die ist … die hat jemand … drüben in der Garage …«

Der Große kam zurück und unterbrach das Gestammel. »Schluss jetzt, hör auf zu flennen.« Und an seinen Kumpan gewandt: »Steck das Feuerzeug weg, wir brechen ab.«

»Biste verrückt?« Der Kleinere sah ihn verblüfft an. »Der wollte grade singen. – Was is'n in der Garage?«, wandte er sich drohend an Finn.

»Der spinnt doch bloß«, fuhr der Größere dazwischen, sah dabei aber Finn an. »Der erzählt sonst was, weil er vor Angst in die Hosen scheißt. Aber das ist jetzt auch egal. Der Chef hat Neuigkeiten, er will, dass wir sofort zurückkommen. Auf der Stelle, hat er verlangt.«

»Versteh ich nich. Dann war das alles hier für'n dicken Hamster.«

»War's wohl. Und das heut Nacht auch, denk ich mir. Das hab

ich ihm ja auch gesagt, aber er besteht drauf. Er will's uns erklären.«

Der Kleinere zog ein schiefes Gesicht, wischte mit einer wütenden Handbewegung einen Aschenbecher und das Telefon vom Tisch, so dass beides über den Boden schepperte, und murrte: »Erscht guck ich noch in de Garage.«

»Dann fährst du mit dem Bus zurück«, erklärte der andere und war bereits an der Tür. Zu Finn sagte er im Hinausgehen: »Hattest Glück, Hosenscheißer. Kein Wort zu den Bullen oder zu wem auch immer, wir finden dich.« Er verschwand, und der Kleinere folgte ihm fluchend.

Finn saß einen Augenblick lang starr da, dann sprang er auf, rannte zur Haustür und schloss zweimal ab. Aufatmend lehnte er sich gegen den Türpfosten.

Aber es war noch nicht ganz vorbei. Als er ans Fenster eilte, um sich zu überzeugen, dass die beiden wirklich abzogen, sah er sie streitend im Garten. Dann gingen sie zur noch von vorhin offenstehenden Garage. Anscheinend hatte der Kleinere seinen Kumpan doch bewegen können, einen Blick hineinzuwerfen. Verdammt, dachte Finn, warum hab ich sie bloß auf diese Fährte gesetzt.

Er erahnte die dumpfen Schläge mehr, als dass er sie durch die geschlossenen Fenster hörte. Sie traktierten den Ford mit Tritten, um den Kofferraum aufzukriegen.

Dann herrschte Stille, Totenstille. Bis die beiden wieder aus der Garage gerannt kamen und zu ihm herüberblickten. Sie haben Rendy entdeckt, dachte er, sie scheinen völlig durch die Mühle, hoffentlich versuchen sie nicht noch mal, ins Haus einzudringen.

Doch das probierten sie nicht; stattdessen zückte der Große wieder sein Handy und begann, aufgeregt zu telefonieren. Vielleicht ruft er jetzt die Bullen, dachte Finn und verwarf den Gedanken sofort wieder. Nein, da würden sie sich selbst mit ans Messer liefern, auch wenn sie es anonym taten, außerdem dauerte das

74

Gespräch inzwischen für einen Anruf bei der Polizei viel zu lange.

Der Große spricht noch mal mit seinem Chef, das ist's, sagte sich Findeisen und beruhigte sich ein wenig.

Tatsächlich schienen sich die beiden nun nicht mehr um ihn kümmern zu wollen. Der Größere steckte das Handy wieder ein, und sie eilten mit schnellen Schritten zum Gartentor. Dabei zogen sie endlich die Masken vom Kopf, wandten Finn aber den Rücken zu, so dass ihm ihre Gesichter weiterhin verborgen blieben.

Dennoch fiel es ihm plötzlich ein – er hatte den Großen irgendwann in einer Kneipe gesehen, im Gespräch mit dem Wirt. Irgendwann, er wusste allerdings nicht mehr, in welcher. Ist auch ganz egal, dachte er, ich werde den Teufel tun und diesen Leuten hinterherspionieren. Vielleicht lassen sie mich jetzt ja in Ruhe, obwohl, wenn sie irgendwelche beschissenen Fotos suchen …

Die Männer rannten zu einem dunklen Wagen, sprangen hinein und fuhren mit quietschenden Reifen davon. Finn ahnte, dass seine Erleichterung nur von kurzer Dauer sein konnte.

18

Milena Faber wollte gerade die Wohnung verlassen, als es klopfte. Sie hatte die Straße für Minuten aus dem Blick verloren und erschrak. Sollte sie öffnen oder in der Hoffnung stillhalten, dass der Besucher – die Besucherin – wieder ging? Hoffentlich sind es nicht nochmals Ahn von Helms Leute, dachte sie.

Sie verhielt sich mucksmäuschenstill, wartete ab. Als es zum zweiten Mal klopfte, fragte sie sich, warum der oder die dort draußen nicht klingelte. Sie traute sich nicht, zur Tür zu gehen und durch den Spion zu schauen, bis plötzlich eine bekannte Stimme sagte: »Milena, bist du da?«

Es war Stan, und sie hätte damit rechnen müssen, dass er

vorbeikam, schließlich hatte sie ihn mehrere Tage komplett abgehängt. Sie hatte seine Mails unbeantwortet gelassen, war auch nicht ans Handy gegangen, als er angerufen hatte. Den Grund dafür wollte sie ihm nicht erklären.

Das Beste war, zu tun, als sei niemand anwesend, aber sie stand dummerweise etwas wackelig da, war gezwungen, ihr Körpergewicht zu verlagern: Um besser lauschen zu können, hatte sie sich zu weit nach vorn gebeugt. Die Diele knackte, als sie einen Schritt zur Seite trat, und sofort zog der Mann draußen seine Schlussfolgerung.

»Du bist da, Milena, ich hör's doch. Warum versteckst du dich, gehst nicht ans Telefon? Mach endlich auf!«

Der Ton war fordernd, sie konnte es ihm nicht verdenken. Sie konnte sich auch nicht weiterhin verleugnen, er war immerhin ihr Freund. Das Verhältnis war locker, aber sie schliefen manchmal miteinander, gingen zusammen aus. Hätte sie ihm nachgegeben, wäre es längst was Ernsthaftes geworden, das wusste sie.

Im Moment konnte Milena ihn allerdings nicht gebrauchen, nicht bei dem, was sie vorhatte. Doch wie sollte sie ihm das klarmachen? Ihr musste schnell eine Ausrede einfallen.

Sie trat vor und entriegelte die Tür. »Stan«, sagte sie mit gespieltem Erstaunen, »ich dachte, es wäre die alte Hassberg von unten, die immer was an uns herumzumeckern hat. Oder der Elektriker von nebenan. Du weißt schon, der die Rendy so anhimmelt. Der klopft auch, statt zu klingeln.«

»Wir hatten ein Zeichen vereinbart«, sagte Stan.

Hatten sie das? Sonderbarerweise konnte sie sich nicht erinnern.

»Stark, schwach, stark«, ergänzte er und klopfte in diesem Rhythmus an den Türpfosten.

»Ah, ja, jetzt fällt es mir wieder ein.« In Wirklichkeit fiel ihr nichts ein, sie hatte ganz anderes im Kopf.

»Lässt du mich endlich rein?«

»Es passt schlecht, Stan, ich wollte gerade gehen.«

Er stellte sich ihr in den Weg. »Wo willst du denn schon wieder hin, kaum dass du mich siehst?«

»Das hat nichts mit dir zu tun. Ich muss ein paar Sachen zur Reinigung bringen und auch welche abholen. Sie sind überfällig, man hat mich deswegen schon angerufen.«

»Das hat auch noch eine Stunde Zeit. Wo warst du denn die letzten Tage?« Er ließ sie nicht vorbei.

»Ich hatte etwas in Prag zu erledigen«, behauptete sie. »Behördenkram, wegen meiner Mutter. Anscheinend hört das nie auf.«

»Du hättest mich vorher informieren können«, maulte er. »Du liebst mich nicht richtig. Ich hatte Sehnsucht.«

Er war ein stattlicher Kerl: groß, breitschultrig, zwar mit spärlichem Haar, aber stahlblauen, strahlenden Augen, solchen, die aus einem mittelmäßigen Schauspieler einen absoluten Star machen können. Er schaute sie bittend, zugleich aber auch fordernd an, und sie begriff, was er in der erwähnten Stunde mit ihr tun wollte.

»Es musste eben alles sehr schnell gehen. Genau wie jetzt«, sagte sie. Gern wäre sie nun an ihm vorbeigeschlüpft, hätte die Tür abgeschlossen und die Wohnung endlich hinter sich gelassen. Aber das ging nicht, sie brauchte ja ihre Taschen, die so ungefähr alles enthielten, was ihr hier gehörte. Sie steckte in der Klemme. Die Ausrede mit der Reinigung war nicht gerade schlau gewesen.

Er merkte das auch. Sein Blick erfasste die große Tasche hinter ihr und dann die kleinere. »Du willst das alles zur Reinigung bringen?«

»Ja. Damit es für 'ne Weile reicht.«

»Das glaube ich nicht«, sagte er gereizt, »da steckt was anderes dahinter. Ein anderer Kerl, ja? Du willst zu ihm. Aber das lass ich nicht zu.« Er begann, sie grob in die Wohnung zurückzudrängen.

Milena wollte kein Aufsehen im Haus, kam auch kräftemäßig nicht gegen ihn an. Doch sie wurde zornig. »Ich bin dir keine Rechenschaft schuldig.«

Stan drängte sie nun vollends hinein, warf die Tür mit dem Fuß zu und baute sich vor ihr auf: »Du gibst es also zu, es ist ein anderer Mann. Ich hab's gewusst, ihr Weiber seid alle gleich«, er schubste sie, so dass sie über ihre Tasche stolperte und hinfiel.

Milena sprang sofort wieder auf. »Bist du verrückt, was fällt dir ein!«

Doch er störte sich nicht daran, schubste sie erneut, und zwar heftig. Die andere Tasche stand im Weg, sie stürzte ein zweites Mal.

Diesmal war er gleich über ihr, zerrte an ihrem Shirt.

Sie versuchte, sich zu wehren, wand sich unter ihm, biss und kratzte, aber er war stärker. Fast bekam sie Angst vor seiner Gier und Wildheit im Blick. »Ich hab keinen andern«, keuchte sie, »ich zieh auch zu keinem, aber wenn du mir so kommst, such ich mir einen, dann bist du mich für immer los, das schwör ich.«

Er ließ ein wenig von ihr ab, und sie fügte hastig hinzu: »Außerdem kann jeden Augenblick jemand vor der Tür stehen. Die alte Hassberg oder Rendy.«

»Soll die Hassberg doch klopfen. Die würd's bestimmt auch gern machen, wenn sie die Gelegenheit dazu hätte.« Er grinste.

Unversehens stellte sich Milena die dicke Hassberg mit nacktem Hintern vor und musste lachen. Sie entspannte sich etwas. Für sie war es nicht der richtige Moment, aber sie konnte Stan verstehen. Ein Kerl wie er …

Er merkte es und nutzte die Situation aus. Er wusste, was er tun musste, um sie in Stimmung zu bringen. Er schob die Hand unter ihrem Shirt zur Brust hoch und begann, sie zu streicheln. Dann wanderten seine Finger über den Bauch nach unten.

»Lass das«, sagte sie, schon halb überwältigt.

Er zog ihr den Rock hoch und den Slip herunter. Sie seufzte: »Rendy könnte …«

»Lass Rendy aus dem Spiel, die macht's mit jedem, das ist eine Hure!«

»He, he«, murmelte sie und verstummte, denn seine Hand war schon zwischen ihren Beinen.

»Im selben Moment schellte es an der Haustür.

Stan zuckte zusammen, und Milena schob seine Hand weg. »Ich wusste, dass es jetzt nicht geht.«

»Warum denn nicht? Das ist bloß der Postbote oder irgend 'ne Werbung.«

»Lass mich los, ich will nachsehen.«

Widerwillig gab er sie frei. Sie zog den Slip wieder hoch, streifte den Rock herunter. Vom Küchenfenster aus konnte sie einen Mann ausmachen, der an der Haustür stand und gerade erneut die Klingel betätigte. Sie ging ins Zimmer zurück, öffnete aber nicht.

»Wer ist unten?«, fragte Stan mürrisch. Auch bei ihm war die Stimmung verflogen.

»Ein ehemaliger Freund von Rendy. Ich kenne ihn nur mit Spitznamen, sie nennen ihn alle Hacke. Er wohnte vor mir hier, lief ihr dann noch die Bude ein. Bestimmt will er zu ihr. Aber Rendy ist ja nicht da.«

»Er will zu ihr, obwohl sie ihm den Laufpass gegeben hat?«, fragte Stan zweifelnd und, wie es Milena schien, irgendwie lauernd.

Sie legte es auf ihre Art aus. »Deine Eifersucht nervt. Du kannst mir wirklich glauben, dass er nicht meinetwegen dort unten steht. Ich hab in Rendys Anwesenheit manchmal drei Worte mit ihm gewechselt, das ist alles. Ich lass ihn auch nicht erst rein. Ich hab dir schon erklärt, dass ich weg muss. Ich hab wirklich andere Sorgen als den.«

»Ich verstehe, du musst ja zur Reinigung. Mit all diesen Sachen auf einmal.«

»Ich muss noch mal nach Prag, wenn du's genau wissen willst«, schwindelte sie genervt. »Aber ich komme ja wieder. Außerdem bin ich dort nicht aus der Welt. Du wirst schon noch auf deine Kosten kommen bei mir.«

»Auf meine Kosten«, wiederholte er beleidigt. »Als wenn du nicht auch deinen Spaß dran hättest. Deine Geheimnistuerei geht mir auf den Wecker, und wenn du glaubst, dass ich keine Sorgen hätte ...«

Sie wollte nicht mit ihm streiten. Sie umarmte ihn flüchtig und versuchte, ihn zu besänftigen, indem sie ihm einen Kuss gab. Aber er blickte finster, seine Laune schien nun auf einem Tiefpunkt, und so trennten sie sich, ohne noch groß Abschied zu nehmen. Milena war es recht. Wenn sie erst ihren Coup gelandet hatte, konnte sie wieder über Stan nachdenken. Oder über einen anderen.

19

Hacke klingelte zum zweiten Mal bei Rendy, und es gab ihm einen Stich ins Herz. Nicht nur, dass er eine Weile bei ihr gewohnt hatte, er war auch später noch ein paarmal in ihrer Wohnung gewesen. Er kannte all ihre Möbel: Tisch, Stühle, den Schrank und natürlich auch das quietschende Bett – wenn er an ihren jetzigen Zustand dachte, wurde ihm geradezu schlecht. Dennoch wollte er wissen, was sie ihm in Bezug auf die alten Fotos verheimlicht hatte und was diese Milena davon wusste.

Auf das Klingeln meldete sich niemand, dabei glaubte er an einem der Fenster ein Gesicht gesehen zu haben. Er läutete erneut, doch keiner öffnete. Er hatte sich wohl getäuscht.

Hacke war unzufrieden, nichts lief nach Plan. Sollte er versuchen, ins Haus zu kommen, indem er bei einem anderen Mieter klingelte? Bei dem Elektriker etwa, über den sich Rendy oft lustig gemacht hatte, weil er ihr so an den Lippen hing. Oder besser mit seinem Blick in ihrem tiefen Ausschnitt. Ob der etwas wusste? Hacke klingelt nun bei ihm, aber gleichfalls vergeblich. Es blieb dabei, heute klappte nichts.

Im Haus gegenüber befand sich ein Café. Dort etwas zu trinken, schien Hacke keine schlechte Idee. Vielleicht hatte er Glück, und Milena kehrte in der nächsten Stunde zurück. Oder sie kam herunter, falls sie ihn, aus welchem Grund auch immer, nicht hatte einlassen wollen.

Hacke steuerte das Café an, das Rendy gleichfalls öfter aufgesucht hatte. Auch er war mit ihr schon hier gewesen, hatte ein Bier oder einen Cognac getrunken, während sie an ihrem Cappuccino genippt hatte. Später waren sie fast immer im Bett gelandet.

Der Tisch, an dem sie meist gesessen hatten, war von einem Pärchen besetzt – Hacke war froh darüber. Er wählte den Nachbartisch und bestellte ein großes Bier. Von seinem Platz aus hatte er Rendys Haustür genau im Blick.

Ein Spielautomat lockte neben dem Tresen mit seinen rot- und grünblinkenden Lichtern. Bernd Erik Hackmann widerstand der Versuchung, ihn anzusteuern. Aber er brachte es nicht fertig, einen blassen Jüngling aus den Augen zu lassen, der hektisch an den Hebeln hantierte. Natürlich ohne etwas zu gewinnen! Fast hätte er dadurch die junge Frau verpasst, die mit einer schweren Tasche das gegenüberliegende Haus verließ.

Es war Milena, und den Burschen neben ihr hatte er auch schon gesehen. Wahrscheinlich ihr Lover. Er trug eine zweite Tasche, doch sprachen die beiden kein Wort miteinander.

Die junge Frau steuerte einen älteren VW an. Hacke kramte hastig ein paar Münzen hervor und warf sie auf den Tisch. Er musste sie erwischen, bevor sie davonfuhr. Das jedoch war leichter gesagt als getan. Die Kellnerin hatte das mit den Münzen nicht gesehen und glaubte, er wolle die Zeche prellen. Sie hielt ihn am Arm fest, wobei sie selbst ins Straucheln kam. Als er die Situation endlich geklärt hatte und auf die Straße hinausließ, saß Milena schon im Auto. Der Mann, der ihre Tasche getragen hatte, stand unschlüssig auf dem Bürgersteig. Er schien verärgert.

Es war klar: Sie hatten sich gestritten, doch das war Hacke egal. Mit großen Schritten rannte er auf die beiden zu.

Der Motor lief bereits, und da Hacke trotz aller Eile den Straßenverkehr beachten musste, fürchtete er schon, sie würde wegfahren, ohne dass er sie hätte ansprechen können. Doch sie hatte ihn gesehen und schien zu überlegen. Schließlich nahm sie die Hände vom Lenkrad, machte den Blinker aus, den sie bereits gesetzt hatte, und öffnete einen Spalt weit die Wagentür. »Wolltest du zu mir?«

»Ja. Ich bin froh, dass ich dich noch erwische. Ich habe mehrmals bei dir geklingelt.«

»Was gibt es denn so Wichtiges?«, fragte sie ungeduldig. »Ich hab überhaupt keine Zeit.«

»Ich brauche dringend eine Auskunft. Es geht um Rendy. Wie soll ich es dir am besten erklären …«

»Können wir das nicht ein andermal besprechen?«, unterbrach sie ihn. »Ich muss wirklich weg.«

Der Kerl auf dem Bürgersteig, dessen Name Hacke partout nicht einfallen wollte, trat hinzu und bekundete ein gewisses Interesse: »Was willst du denn von Rendy?«

»Du kennst sie?«, fragte Hacke.

»Was man so kennen nennt. Ich hab sie manchmal bei Milena gesehen.«

»Das ist mein Freund Stan«, stellte die junge Frau ihn nun eher widerwillig vor und fügte, an den Mann gewandt, hinzu: »Hacke ist ein alter Bekannter von Rendy.«

So kann man es auch sagen, dachte Hacke und verbesserte laut: »War!«

»Wieso war?«, fragte Stan. »Das klingt ja …«

»Ich meine, ich war lange eng mit ihr befreundet«, erklärte Hacke schnell. »Leider ging es dann auseinander. Wir haben uns getrennt.«

Milena begriff wohl, dass sie nicht wegkam, ohne Hacke angehört zu haben. »Also, was ist mit Rendy?«, fragte sie. »Ich war unterwegs und hab sie einige Zeit nicht gesehen.«

»Wie lange?«, fragte Hacke.

»Weshalb willst du das so genau wissen?«

»Das erkläre ich gleich«, erwiderte er.

»Zwei, nein, drei Tage.«

Hacke überlegte. »Es sind ungewöhnliche Dinge passiert«, begann er vorsichtig. »Rendy ist verschwunden, und einige Leute scheinen verzweifelt nach ihr zu suchen.«

»Wieso verschwunden?« Milena war erstaunt. »Wer behauptet das?« Und Stan fügte hinzu: »Wer sucht sie? Die Polizei?«

Er hatte ziemlich laut gesprochen, so dass einige Passanten herüberblickten. Hacke sagte: »Die Straße ist nicht der richtige Ort für dieses Gespräch. Vielleicht könnten wir kurz ins Haus gehen.«

»Was ist denn heute bloß los?«, beschwerte sich Milena. »Ich komme einfach nicht von hier weg.« Doch sie merkte offenbar, dass es nicht um Nebensächlichkeiten ging, stieg aus und schlug die Autotür zu.

Hacke fragte sich, ob es richtig war, diesen Stan in die Dinge einzuweihen, aber der war anscheinend sehr neugierig. Er schloss sich ihnen an, als sie ins Haus gingen, und ließ sich nicht abwimmeln.

Im Hausflur fragte Milena: »Also, wer sucht Rendy?«

»Bei mir ist eingebrochen worden«, erwiderte Hacke. »Zwei Banditen, die aber nichts geklaut haben. Ich war nicht da, doch sie haben meine Mutter bedroht und wollten Fotos haben, die Rendy angeblich bei uns gelassen hätte. Was natürlich nicht stimmt. Wisst ihr etwas von diesen Aufnahmen?«

Stan, offenbar erleichtert, weil es sich nur um ein paar Fotos handelte, fragte spöttisch: »Banditen?«

»Schweinehunde, die meine Mutter zu Tode erschreckt und mit Schlaftabletten vollgestopft haben«, ergänzte Hacke.

»Das tut mir leid«, murmelte Milena.

Hacke fiel trotz des funzligen Lichts im Flur auf, dass sie blass geworden war. Er wandte sich direkt an sie: »Sie haben nach alten Aufnahmen gesucht, nach Negativen. Hast du eine Idee, was es damit auf sich haben könnte?«

»Nein, keine Ahnung.« Die zitternde Stimme strafte ihre Worte Lügen.

Stan sah seine Freundin an. »Eine eigenartige Geschichte.«

»Hat Rendy nie eine Andeutung gemacht?«, wollte Hacke wissen.

»Dann doch eher dir gegenüber«, parierte Stan.

»Genau, Stan hat recht.« Milena hatte sich etwas gefasst. »Was sollen das für Fotos gewesen sein?«

»Irgendwas aus der Vergangenheit. Vielleicht hat sie jemanden bei einer Schweinerei ertappt, und der stört sich mächtig daran, dass sie was weiß.«

»Jetzt, nach Jahren?«

»Könnte doch sein!«

»Ich sagte schon, ich hab keine Ahnung«, wiederholte die junge Frau und versuchte, ihrer Stimme Festigkeit zu verleihen.

»Ich auch nicht«, erklärte ihr Freund.

Hacke merkte Milenas Unsicherheit. Sie weiß mehr, als sie zugibt, sagte er sich, aber sie hat Angst.

»Rendy hat sich vielleicht versteckt«, murmelte er, obwohl er es besser wusste, »wo könnte sie hingegangen sein?«

»Wenn du es nicht weißt, wir wissen es erst recht nicht«, erwiderte Stan.

»Vielleicht ist sie bei ihrem Vater«, erklärte Milena, »der hat manchmal angerufen.«

20

Sie waren aufgebrochen, ohne dass Hacke Neues zu hören bekam. Er hatte versucht, nachzustoßen, sich nach einem Liebhaber Rendys in der letzten Zeit erkundigt – Milena behauptete, nicht einmal etwas von Paul Findeisen gewusst zu haben. Und doch stimmte etwas mit diesem Mädchen nicht. Widerstrebend hatte sie ihm schließlich ihre Handynummer überlassen. Sie hatte auch versprochen, sich zu melden, falls Rendy wieder auftauchte. Alles ist möglich, aber das nicht, dachte er.

Was Stan betraf, so fand Bernd Erik Hackmann ihn wenig sympathisch. Die beiden hatten Stress miteinander, das war klar, vielleicht wollte sie ihn nicht mit nach Prag nehmen. Aber das war alles wenig interessant, Auskünfte über Rendy und die Fotogeschichte waren von ihm sowieso nicht zu erwarten.

Nachdenklich kehrte Hacke zum Wagen zurück und schlug sich plötzlich mit der Hand vor die Stirn. Er hatte Milena zu fragen vergessen, ob ihre Wohnung durchsucht worden war. Wenn die Banditen bei ihm eingebrochen waren, hatten sie doch bestimmt auch Rendys Zimmer gefilzt. Das war so gewiss wie das Amen in der Kirche. Warum hatte er die beiden nicht darauf angesprochen?

Ich bin ein toller Detektiv, ich vergesse das Einfachste und Wichtigste, sagte sich Hacke, beruhigte sich aber gleich wieder. Im Grunde war es trotz allem kein Beinbruch, denn wahrscheinlich hätten sie auch darauf keine Antwort gegeben. Milena hätte ja von sich aus davon anfangen können, dachte er. Spätestens, als ich das von den Fotos erzählte. Ob sie vielleicht von den beiden unter Druck gesetzt wird, die auch meine Mutter bedroht haben? Ob sie deshalb nach Prag abhaut? Haben die Banditen etwa doch Rendy auf dem Gewissen und suchen jetzt nur noch das versteckte Material? Das wäre logisch.

Milena war längst weg, ihr Lover, das hatte Hacke ebenfalls mitgekriegt, in ein Taxi gestiegen. Wenn die Banditen bei Rendy und der Tschechin gewesen sind, überlegte er, hat sie das Stan bestimmt mitgeteilt, möglicherweise ist er deshalb sauer. Weil sie es nicht anzeigt, sondern die Flucht ergreift. Ja, das ist es, sie ergreift die Flucht. Sie hat Angst, weil sie weiß, dass Rendy etwas Schlimmes passiert ist. Oder weil sie es nach ihrem Verschwinden vermutet. Mist, ich hätte die beiden nicht weglassen dürfen!

Bis zu diesem Punkt war er mit seinen Gedanken gelangt, als ihn das Handy in die Wirklichkeit zurückholte. Finn war dran und völlig aufgelöst.

»Wo bist du«, brüllte er, »du musst sofort herkommen, sie waren hier und haben es entdeckt!«

Hacke begriff sofort, dennoch fragte er: »Wer war bei dir? Die Bullen?«

»Nein, zwei Galgenvögel, die mich fast massakriert hätten. Sie suchten nach ...«

»Nach Fotos, die angeblich Rendy dagelassen hat«, ergänzte Hacke.

»Woher weißt du das? Was treibst du überhaupt die ganze Zeit? Klaust mir das Auto und lässt mich mit diesem verdammten Ford allein.«

Hacke hätte widersprechen können; Finns Audi war ja nur ausgeborgt, und zwar mit dem Einverständnis des Kumpels. Aber er begriff, dass nun keine Zeit mehr zum Streiten blieb. Wenn die zwei Rendy entdeckt hatten, konnten schnell andere davon erfahren, auch die Kripo. »Hör zu«, sagte er leise, »du musst unsere Verblichene sofort wegbringen. Auf dein Waldgrundstück. Ich komme dorthin.«

»Nein. Dort sind wir nicht sicherer als hier! Außerdem fahr ich keinen Meter mit dieser Karre. Sie gibt unterwegs bestimmt ihren Geist auf. Die Kofferraumklappe hält auch nicht.«

»Du willst Rendy in deinen Wagen umladen?«

»Auf keinen Fall«, schrie Finn. »*Du* entsorgst sie mit dem Ford!«

»Meinetwegen, du Feigling«, Hacke gab nach. »Warte, bis ich da bin. Aber lass niemanden rein.«

»Und wenn die Bullen auftauchen?«

»Die werden schon nicht so schnell kommen. Und wenn sie sich doch blicken lassen, tu einfach, als wärst du nicht da. Vielleicht ziehn sie dann wieder ab. Sonst sind wir beide dran.«

»Ich nicht. Ich hab überhaupt nichts gemacht.«

»Ich doch auch nicht«, erwiderte Hacke und legte auf.

Er wollte sich zur Ruhe zwingen, aber so einfach ging das nicht. Da war es noch gut, dass langsam der Feierabendverkehr einsetzte und ihn zur Konzentration zwang. Zumal nicht alle aufpassten, die in diesem Fahrzeuggewimmel unterwegs waren. So wäre er fast von einem schwarzen Ungetüm gerammt worden, das plötzlich, ohne zu blinken, die Spur wechselte. »Hurenbock«, schimpfte Hacke, »sitzt da oben, hast die beste Übersicht und baust trotzdem Scheiße. Hast du fünf Klare gekippt oder dir 'nen Joint reingezogen? So viel Blödheit ist doch gar nicht möglich.«

Endlich bei Finn angelangt, witterte er wie ein Raubtier, um eventuellen Gefahren zuvorzukommen. Da er sich bewusst war, dass er bei einer Flucht vor der Polizei den Kürzeren ziehen würde, konnte ihm nur rechtzeitiges Abtauchen weiterhelfen. Doch das Haus und der Garten lagen ruhig da, und Findeisen, der ihn ungeduldig erwartet hatte, bestätigte, dass seit ihrem Gespräch noch niemand aufgekreuzt war. Er ließ ihn sofort ein.

»Am besten, du fährst jetzt mit Rendy los«, verlangte er. »Versenk sie irgendwo mitsamt dem Auto. Falls sich die Polizei doch noch melden sollte, streite ich alles ab. Wenn sie keine Leiche finden, können sie uns nichts anhaben.«

»*Wir* fahren los«, sagte Hacke. »Meinetwegen mit dem Ford, aber beide. Den Audi müssen wir sowieso mitnehmen, um aus dem Wald zurückzukommen.«

»Ich steig nirgends ein. Ich hab nichts mit der Sache zu tun.«

»Das hatten wir schon. Du kommst so nicht weg. Du warst Rendys letzter Lover.«

»Wer behauptet das? Vielleicht habt ihr beide wieder was angefangen.«

»Blablabla«, sagte Hacke. »Streiten hält uns nur auf. Mitgefangen, mitgehangen.«

»Und wenn ich mich weigere?«

»Dann bleibt Rendy hier. Allein bringe ich sie auf keinen Fall weg. Und lass dir nicht einfallen, unterwegs die Fliege zu machen. Ich bring's fertig und leg sie dir wieder in die Garage.«

Finn spuckte Gift und Galle, begriff jedoch, dass ihm keine Wahl blieb. Sie befestigten die Kofferraumklappe, die sich immer wieder löste, mit Draht, wobei sie nicht umhin kamen, Löcher ins Blech zu bohren, und Hacke stieg in die geklaute Kutsche. Leider hatte er es nicht vermeiden können, während der Bastelei mehrmals die tote Rendy anzuschauen. Nach wie vor wusste er nichts über ihren Mörder. Er fühlte sich ausgelaugt und elend.

Finn, den erneut mit Patronen bestückten Revolver in der Tasche, fuhr den Audi. Hacke hatte ihm das Schießeisen ausreden wollen, aber der Schreck über den Besuch der beiden Maskierten saß dem Altkleiderhändler zu sehr in den Knochen. Das sollte ihm nicht noch einmal passieren.

Mittlerweile hatte sich Hacke auch überlegt, wo sie Rendy zur letzten Ruhe betten konnten. Es war ein ganzes Stück entfernt, nördlich von Radebeul, zwischen den Dippelsdorfer Teichen und den Waldteichen. Er kannte von früher her einige Stellen, wo man kaum neugierige Blicke zu befürchten brauchte. Die Idee mit dem Waldfriedhof hatte er dagegen verworfen. Man musste Abstriche machen, so viele davon gab es nicht, und sie waren belebter, als man glaubte.

Der Ford, darauf bestand Finn, sollte auch entsorgt werden. Am besten in einem Moorloch oder einem See. Sie würden an seinem Waldgrundstück vorbeifahren, einen Spaten und anderes Werkzeug mitnehmen. Ganz ohne Schweiß würde Rendy nicht aus der Welt zu bringen sein.

21

Ahn von Helm war mit Rix ins Zentrum gefahren, hinüber in die Altstadt, zu einem der von ihm bevorzugten, wenn auch belebten Plätze, der Brühlschen Terrasse. Er suchte den weltbekannten Ort vor allem dann auf, wenn er einen klaren Kopf bekommen wollte, und das war heute der Fall. Dabei hätte er die Villa am Nachmittag für sich allein gehabt, hätte sich voll und ganz den Computersimulationen für den Hotelneubau in der Nähe Bratislavas widmen können, in den er investieren wollte. Aber er war viel zu unruhig gewesen, um sich in irgendeine Arbeit zu vertiefen. Okay, er hatte die Fotos der hinterhältigen Erpresserin vernichtet, die ihm mit Tücke die Sünden der Vergangenheit ins Gedächtnis rufen wollten. Aber waren sie deshalb ausgelöscht?

Von Helm wollte heute nicht mehr darüber nachdenken. Er hatte das Haus verlassen, den Hund gerufen, der gern Auto fuhr und sich vor dankbarem Schwanzwedeln fast umbrachte, dann war er losgeprescht. Den Berg hinunter, über die Elbe, durch die Stadtteile Blasewitz, Striesen und Johannstadt bis zur Steinstraße. Dort hatte er den BMW geparkt und war, Rix an der langen Leine, den Fluss entlanggepilgert. Nun saß er, ein nicht mehr ganz junger, sportlich gekleideter Herr mit Labrador, auf einer Bank vor der Kunstakademie, umgeben von Touristen aus aller Herren Länder. Die aber störten ihn nicht, es sei denn, sie wollten ihn über die Sehenswürdigkeiten der Stadt ausfragen. In solch einem Fall zuckte er nur hilflos die Schultern, tat, als sei er selbst fremd und verstehe nichts.

Das Wetter war, der Jahreszeit gemäß, spätherbstlich, ein Wechselspiel von Sonne und dunklen, mit Schauern drohenden Wolken. Ahn von Helm, ab und zu Rix kraulend, der sich zu seinen Füßen niedergelassen hatte, versuchte, das Panorama zu genießen. Er schaute auf den Fluss, der in weit geschwungenem Bogen in Richtung Meißen dahinströmte, auf die Elbwiesen drüben, wo sich an schönen Tagen Ausflügler und Studenten verlustierten. Rechts neben der Carolabrücke erhob sich das wuchtige Gebäude der Sächsischen Staatskanzlei, geradeaus, ein Stück zurückgesetzt, der sogenannte Jägerhof, das Museum für Sächsische Volkskunst. Von Helm, der sich für so etwas nicht im Geringsten interessierte, hatte dort schon einmal eine Ausstellung eröffnen dürfen.

Unten, direkt vor ihm, legten die Ausflugsschiffe an – ein Gewimmel von Menschen. Sie waren um diese Jahreszeit noch auf dem Fluss unterwegs, Wasserhochstände wie bei den letzten Überschwemmungen 2002 oder 2013, die große Teile der Stadt verwüstet hatten, waren ja zum Glück nicht zu befürchten. Auch Lastkähne mit schwerer Ladung durchpflügten die graugrüne Flut. Auf der Augustus- genau wie auf der Carolabrücke rollte, Stoßstange an Stoßstange, der Verkehr: Pkws, Kleinbusse, Lkws aller Größen und Typen. Dazwischen surrten oder quietschten die Straßenbahnen.

Von Helm erinnerte sich noch an die Jahre früher Kindheit, die er in Dresden verbracht hatte, als das Leben karg und die Stadt fast völlig zerstört gewesen war. Bei Fahrten zu einem Freund hinüber nach Neustadt, in klapprigen Tramwagen, hatten sich ihm die Gerippe der Treppenhäuser, die Trümmerhaufen und riesigen, vom Gestein freigeräumten kahlen Flächen eingeprägt, über die der Wind pfiff. Nur noch einzelne Gebäude ragten damals zwischen den Ruinen gespenstisch in die Höhe. In den Bombennächten vom Februar 1945 war, drei Monate vor Kriegsende, von englischen und amerikanischen Flugzeugen die gesamte Altstadt mit ihren historischen Gebäuden, ihren Kunstschätzen, aber auch den Wohngebieten in Schutt und Asche gelegt worden. Die Mutter hatte oft von dem Feuerinferno und dem Chaos in jenen wenigen Tagen erzählt, als die Menschen wie Fackeln brannten oder von den Bomben zerfetzt wurden – sie hatte alles mit anhören und ansehen müssen, durch die geringe Entfernung des jenseitigen Ufers nur schlecht geschützt und selbst voller Todesangst.

Dem Jungen Peter Polke hatte sich schon allein durch die wiederholten Berichte das Grauen in die Seele gebrannt, aber die Zeit hatte diese Wunde bald wieder geschlossen. Schließlich war er noch sehr jung gewesen und hatte die Nächte der Vernichtung nicht selbst durchlitten. Die Trümmerhaufen und die leeren Flächen vom Postplatz bis fast zum Bahnhof waren ihm dagegen im Gedächtnis geblieben. Ihr Anblick war, für sich genommen, nicht schrecklich gewesen, aber irgendwie verwunderlich und unheimlich. Auch heute erinnerte er sich noch daran.

In den Jahren danach hatte sich Ahn von Helm wenig um Dresden geschert, das ja unerreichbar in einer anderen Welt gelegen hatte. Als er dann Anfang der Neunziger in die Stadt zurückkehrte, bestaunte er, was an historischen Bauten wiedererstanden war. Er hatte den Kommunisten nicht zugetraut, dass sie Theater und Opernhäuser, aber auch Königsschlösser, Fürstengalerien, Kirchen reparieren oder gar neu errichten würden. Gut, es blieben Baulücken, und sie mochten es auch mit knirschenden Zähnen getan haben. Aber sie hatten es getan. Er nutzte das. Er nahm, damals noch ohne Hund, besonders die Brühlschen Terrassen für sich in Besitz.

Rix knurrte und riss ihn aus seinen Gedanken. Ein junges Mädchen führte eine friedlich witternde weiße Ratte in der Manteltasche spazieren, was dem Hund nicht gefiel. Bei solchen Anlässen vergaß er seine sonst guten Manieren. Jetzt fing er nicht nur laut zu bellen an, sondern machte auch Anstalten, an dem Mädchen hochzuspringen, um das kleine Tier zwischen die Zähne zu bekommen. Sein Herr hatte Mühe, ihn zu bändigen. Zumal die

Leute aufmerksam wurden und besonders interessierte Zuschauer durch laut geäußerte Fachkommentare die Situation eher verschärften.

Zum Glück barg die junge Dame ihren Liebling nun an der Brust und zog sich in Richtung der breiten Freitreppe zurück. Von Helm stand auf und nahm die entgegengesetzte Richtung, hin zu den Brühlschen Gärten. Der Hund hatte sich wieder beruhigt. Nach dieser Abwechslung tat er so, als könne er kein Wässerchen trüben.

Von Helm aber stand mittlerweile vor dem Caspar-David-Friedrich-Denkmal und las dessen dort festgehaltene Botschaft: »Der Maler soll nicht bloß malen, was er vor sich sieht, sondern auch, was er in sich sieht. Sieht er also nichts in sich, so unterlasse er auch zu malen, was er vor sich sieht.«

Diesen Spruch zitierte er manchmal vor seiner Frau, wenn sie sich stritten und er gewisse Arbeiten ihrer jungen Freunde kritisieren wollte, denn die Worte schienen ihm auf alle Künste anwendbar. Diesmal jedoch nahm er den Inhalt nicht wirklich in sich auf, sondern gab sich ungewollt wieder seinen Problemen hin.

Verschwunden war die Erpresserin also, offenbar wie vom Erdboden verschluckt. Das konnte doch nur heißen, dass der Mann versagt hatte, der ihm für dieses Geschäft empfohlen worden war. Dabei besaß er noch die Frechheit, mehr Geld zu verlangen. Statt eine annehmbare Lösung zu schaffen, die Dame so einzuschüchtern, dass sie aufgab oder zumindest mit weniger zufrieden war, ließ er sie entwischen, einfach untertauchen. Damit sie morgen umso hartnäckiger weitermachte. Es war nicht zu fassen!

Von Helms Herz klopfte plötzlich mit Hammerschlägen, er spürte einen Stich in der Brust und griff schnell nach seinem Spray, um den Blutdruck herunterzudrücken. Ich muss mich beruhigen, dachte er, ich muss mich unbedingt beruhigen. Er versuchte, den Spruch des Malers zu Hilfe zu nehmen, murmelte ihn vor sich hin. Nach einer Weile hörte das Hämmern auch tatsächlich auf, wahrscheinlich hatte aber der Spray mehr bewirkt als das eigene Bemühen.

Morgen wird der Kerl anrufen, und ich werde ihn zwingen, Farbe zu bekennen, sagte sich Ahn von Helm. Wenn seine Leute nicht weitergekommen sind, ziehe ich andere Seiten auf. Diese Frau ist gefährlich, und ich werde mich notfalls selber der Sache annehmen. Wie er das machen sollte, wusste er allerdings noch nicht.

22

Bis zum Waldgrundstück, wo sie das Werkzeug und eine Plane als Ersatz für den fehlenden Sarg eingepackt hatten, fuhr Finn mit dem Audi voran. Danach übernahm Hacke die Führung. Zum Teichgebiet war es nicht weit, aber da sie dem Ford nicht mehr richtig vertrauten, schonten sie das Gaspedal, wählten Nebenstraßen und Feldwege. Hacke befürchtete, der Kumpel könne sich in letzter Minute absetzen, und schaute immer wieder in den Rückspiegel. Manchmal hielt er an, um den anderen dichter herankommen zu lassen.

Es wurde stetig dunkler, und um nicht aufzufallen, rollten sie mit Standlicht über Wege, wo ihnen um diese Zeit kein Mensch mehr begegnete. Hacke hatte zunehmend Mühe, sich zu orientieren. Orte, die man als Jugendlicher mit der Freundin aufgesucht oder mit Freunden unsicher gemacht hat, verändern ihr Antlitz, besonders in Wald und Flur. Schließlich verebbte der vorher schon schlammig gewordene Weg, und Hacke wusste nicht mehr weiter. Er stoppte, kletterte aus dem Auto.

Finn hatte weiter hinten angehalten, er löschte die Scheinwerfer und kam näher. Er war sauer; die Suche dauerte ihm zu lange; er wollte endlich die Leiche loswerden. »Fangen wir an«, sagte er, »hier findet sie keiner. Holen wir Rendy raus und packen sie in die

Plane. Da drüben scheinen auch Teiche zu sein. Vielleicht kommen wir mit dem Ford irgendwie ran und können ihn versenken.«

Um etwas zu erkennen, leuchtete Hacke die Umgebung mit einer Stablampe aus. »Das ist nicht der Platz, den ich für Rendy im Auge habe.«

»Bist du übergeschnappt?«, rief Finn. »Wo willst du denn noch hin mit der toten Braut? Hier geht's nicht mehr weiter, und im Wald sieht sowieso ein Baum wie der andere aus. Wir laden sie ab, graben ein Loch, damit sie die Wildschweine nicht ausbuddeln, und dann nichts wie weg. Und mach die Lampe aus, sonst kreuzt womöglich noch ein Förster auf.«

Hacke schaltete die Taschenlampe aus, auch weil der Mond hervorkam und milchiges Licht verbreitete. Dann bahnte er sich durch Gebüsch, kleine Bäume und Pflanzengewirr einen Weg zu einem mit Gras bewachsenen Hügel, den er entdeckt hatte. »Hier ginge es vielleicht, hier sind nicht so viele Baumwurzeln«, sagte er.

Finn war ihm widerstrebend gefolgt. »Vielleicht willst du ihr noch ein Kreuz basteln, damit sie jeder gleich findet, der vorbeikommt.«

»Hier kommt keiner vorbei. Wir decken das Grab mit Laub und Ästen ab.« Hacke wusste selbst, dass er die Pietät nicht übertreiben durfte. Im Grunde war ihre Lage nach wie vor misslich, es gab keinen Anlass, leichtsinnig zu werden.

»Meinetwegen, wenn wir's nur endlich hinter uns bringen«, brummte Finn.

Sie lösten den Draht am Kofferraum und öffneten die Klappe. Finn breitete die Plane auf dem Boden aus, dann hoben sie die Tote aus dem Wagen. Sie ließen ihr die blutbefleckte Decke, in die sie vom Mörder eingewickelt worden war. Die Leichenstarre hatte sich wieder gelöst, und Hacke konnte Rendy die Augen schließen, die ihn, wie er sich einbildete, vorwurfsvoll angestarrt hatten. Diese Handlung tröstete ihn etwas. »Mach hin«, murrte Finn, »die Dame riecht schon lange nicht mehr nach französischem Parfum.«

Sie wickelten die Verblichene in die Plane und trugen sie zum Grashügel. Da sie zwei Spaten mitgenommen hatten, konnten sie beide graben. Der Wind rauschte in den Bäumen, ein Nachtvogel schrie, und von fern drang Motorengeräusch herüber. Aus der Welt war man nicht!

Nachdem sie die Grasnarbe durchstoßen hatten, fiel das Graben leichter. Hacke wunderte sich, mit welcher Inbrunst Finn schuftete. Er hat so viel Schiss, dass er die Arbeit sogar allein machen würde, dachte er.

Endlich hatten sie die nötige Tiefe erreicht und brauchten nur noch nachzubessern. Minuten später war auch das vollbracht. Sie packten die Plane jeweils an einem Ende und versenkten sie in der Grube.

Bei aller Eile hielt es Hacke für angebracht, ein kurzes Vaterunser zu sprechen, er erinnerte sich freilich nur an ein paar Zeilen. Finn überwand sich, senkte den Kopf und faltete die Hände. »Es ist noch ein richtiges Begräbnis geworden«, sagte Hacke, »hoffentlich erwischen sie den Kerl, der das getan hat.«

»Erwischen wird schwer werden. Wir haben gerade den wichtigsten Beweis vernichtet«, erwiderte Finn.

Er hatte recht, doch Hacke gab keinen Kommentar mehr dazu ab. Sie schaufelten das Grab zu, stampften die Erde fest, bedeckten alles mit Zweigen und Grasbüscheln.

»Nun noch das Auto«, murmelte Finn, dem die Erleichterung anzumerken war.

»Du glaubst, dass da drüben Teiche sind?«, Hackes Stimme klang wie eingerostet. Die Geschichte nahm ihn mehr mit, als er erwartet hätte. »Aber dort führt kein Stück Weg hin. Wir können höchstens noch mal zurückfahren und es über einen Abzweig versuchen.«

Sie wendeten und suchten eine Möglichkeit, in Richtung der Tümpel – vielleicht war es sogar ein größeres Gewässer – abzubiegen. Schließlich fanden sie eine von Erntemaschinen ausgefahrene Spur. Der Boden schien fest zu sein. Finn rollte vorbei, hielt an und öffnete die Tür. »Du zuerst.« Er winkte entsprechend.

Hacke verstand und schwenkte vorsichtig ein. Etwa hundert Meter ging es ohne Schwierigkeiten vorwärts, dann knickte die Spur seitlich ab. Das Wasser aber, eher ein Tümpel, lag nahe vor ihnen.

Finn stieg aus und kam näher. »Fahr zügig los«, forderte er, »die paar Meter bis zum Ufer schaffst du.«

»Und dann?«

»Dann kippen wir ihn rein«, sagte Finn. »Wird schon tief genug sein.«

Hacke war skeptisch. Davon wollte er sich zunächst selbst überzeugen. Er ließ den Motor laufen, stieg aus und lief über die Wiese zum Tümpel. Mit einem Stock testete er die Wassertiefe.

»Das könnte klappen, aber ich weiß nicht, ob der Boden bis zum Teichrand fest genug ist.«

»Die sind doch sogar mit ihren schweren Maschinen auf der Wiese herumgefahren«, rief Finn.

»Aber nicht bis ans Wasser. Das kann schiefgehen.«

Finn hatte das Taktieren satt. »Ach was, das geht schon.« Bevor Hacke noch ein Gegenwort anbringen konnte, war er in den Ford gesprungen und mit laut aufheulendem Motor losgerast. Er schaffte auch einige Meter. Dann gruben sich die Hinterräder ins Erdreich.

»Verdammter Mist«, schrie Hacke, »ich hab's doch gleich gewusst!«

Statt anzuhalten, trat Finn noch stärker aufs Gas. Der Ford spie eine Dreckfontäne hoch und wühlte sich immer tiefer in den Boden.

»Hör auf. So kriegen wir ihn nie aus diesem blöden Schlamm. Außerdem weckst du mit dem Geheul die ganze Gegend auf.« Tatsächlich war es fast ein Wunder, dass die Nacht still und friedlich blieb.

Finn nahm den Fuß vom Pedal und kroch aus dem Wagen. »Ich dachte, es funktioniert«, murmelte er.

»Dass man nicht aufs Gas latscht, wenn die Karre festsitzt, weiß doch jedes Kind«, schimpfte Hacke. »Wir brauchen was Festes, Holz oder so, Bretter, Knüppel.« Er sah sich nach Ästen und kräftigem Gezweig um.

»Das dauert jetzt viel zu lange«, sagte Finn kleinlaut. »Und wenn wir ihn wirklich flottkriegen, rutscht er gleich wieder rein.«

»Durchaus möglich«, bestätigte Hacke wütend.

»Wir kommen nicht vor und nicht zurück.«

Hacke hob resigniert die Schultern. »Das hättest du dir vorher überlegen sollen.«

Mit einem Mal drehte sich Finn um, rannte zu seinem Audi und kam mit einem Kanister zurück. »Zum Glück hab ich den hier mit. Wir fackeln ihn ab.«

»Aber das Feuer wird meilenweit zu sehen sein«, wandte Hacke ein, der freilich auch keine andere Lösung wusste.

»Vorn ist bloß der Teich, links und rechts Wald.« Finn war nicht mehr zu bremsen. Er schüttete bereits das Benzin über die Motorhaube und die Reifen aus, groß es ins Wageninnere. »Sobald das lodert, hauen wir ab.«

»Ganz verbrennt der nicht, sie werden die Reste finden.«

»Aber nicht unsere Spur, ist ja keine Leiche drin«, erwiderte Finn sarkastisch und griff zum Feuerzeug.

Zweiter Teil

I

Der Kommissar hieß Piet Ronstein und spielte gern Schach. Er hatte es als Zehnjähriger erlernt und war, im Gegensatz zu anderen Kindern, die sich daran versuchten, mit Begeisterung dabeigeblieben. Schach war Denksport hoher Qualität, doch um die Feinheiten zu genießen, musste man in seine Geheimnisse eindringen. Das ging nicht ohne Talent, erforderte aber auch eifriges Studium der umfangreichen Schachtheorie. Talent war Piet, den schon damals wegen seines Nachnamens alle Ron nannten, nicht abzusprechen, und den Willen zum Studium der Materie brachte er auf. So gewann er bald Preise in Kinder- und Jugendturnieren, gehörte zu den Besten seines Klubs. Er stand auf dem Sprung, eine Karriere als Profi einzuschlagen.

Doch wie so oft kam es auch hier anders, die Anforderungen, die das Leben an ihn stellte, als er erwachsen wurde, brachten ihn von diesem Weg ab. Er verliebte sich unglücklich, wurde aus Zorn Polizist, weil sich die von ihm Begehrte nach seiner Ansicht an einen Nichtsnutz wegwarf, und landete bei der Kripo. Zum Schachspielen im Klub oder gar bei Turnieren blieb keine Zeit mehr, zumal eine neue Lebensgefährtin Kraxeltouren im Elbsandsteingebirge bevorzugte. Als er diese Phase dann hinter sich gebracht hatte und desgleichen die Partnerin, war es zu spät, an frühere Erfolge anzuknüpfen. Nichtsdestotrotz konnte er von dem Spiel, das nach seiner Meinung zurecht das königliche genannt wurde, nicht völlig lassen. Er kaufte ein starkes Computerprogramm, das ihn zwar meist besiegte, mit dem er aber trotzdem so manche Woche Urlaub verbrachte. Er glaubte, dass dies seine taktischen und strategischen Fähigkeiten, seine Kombinationsgabe nicht nur auf dem Brett stärken würde, sondern auch bei der Verbrechensbekämpfung.

Als Ron, der Schachspieler – so nannten ihn die Kollegen mitunter – an diesem Morgen ins Büro kam, überraschte ihn die Sekretärin mit der Mitteilung, er solle zum Chef kommen.

»Zum Chef, was gibt's denn so Dringendes?«, erkundigte sich der Kommissar. »Ist jemand umgebracht worden?«

»Glaub ich nicht«, erwiderte die korpulente, nicht mehr ganz junge Dame, die einen Sinn für schwarzen Humor hatte. »Obwohl es wieder einmal an der Zeit wäre. Unser letzter Fall liegt schon drei Wochen zurück.«

Ron nahm an, dass dieser Wunsch nicht ernst gemeint war. Sie hatten auch ohne einen Toten genug zu tun. Zumal ihnen jener letzte ziemliches Kopfzerbrechen bereitet hatte. Ein Familiendrama, bei dem der Vater erstochen worden war. Der Bruder und zwei Söhne hatten sich die Schuld gegenseitig in die Schuhe geschoben.

»Was könnte es dann sein, ein Millionenraub?«, witzelte Ron.

»Da hätte der Chef mehr Dampf gemacht«, gab die Sekretärin zur Antwort.

Wie sich herausstellte, ging es um eine Vermisstenmeldung, die kaum so schnell bei ihnen gelandet wäre, hätten sich der Chef und ein gewisser Dr. Mende aus Bennewitz bei Leipzig nicht von früher her gekannt. Sie stammten beide aus diesem Ort, waren gleichaltrig und hatten gemeinsam über Jahre hinweg Leichtathletik betrieben, was man ihnen freilich nicht mehr ansah.

»Dr. Mendes Tochter ist verschwunden«, erklärte der Chef, nachdem er den Besucher vorgestellt hatte, »er hat seit Tagen kein Wort von ihr gehört. Das wäre an und für sich nicht ungewöhnlich, weil sie ja in verschiedenen Orten wohnen, er in Bennewitz, sie hier bei uns in Dresden, aber sie haben vorher täglich wegen einer Erbschaft telefoniert. Und nun plötzlich meldet sie sich nicht mehr. Vor allem aber hat sie nicht an der Testamentseröffnung am vergangenen Freitag teilgenommen, was sehr ungewöhnlich ist. Als er sie deshalb in ihrer Wohnung aufsuchen wollte, traf er niemanden an.« Und an Dr. Mende gewandt: »Habe ich das richtig wiedergegeben, Dirk?«

»Ganz genau. Sie wohnt mit einer Studentin zusammen, aber die war gleichfalls abwesend. Im Haus konnte ich nichts über die beiden erfahren. Nur dass sie dort in den letzten Tagen niemand gesehen hat, vor allem der Nachbar hat sich über die Stille in der Wohnung gewundert. Das heißt, eine Frau erzählte mir noch, diese Mitbewohnerin sei letzten Sonnabend mit vielem Gepäck hastig weggefahren. Das finde ich sonderbar.«

»Haben Sie mit dem Vermieter der Wohnung gesprochen?«, fragte Ron.

»Ja. Das ist eine ältere Dame. Sie hat ihre Miete Anfang des Monats bekommen und weigerte sich, mir die Wohnung meiner Tochter aufzuschließen. Obwohl sie einen Schlüssel besitzt. Sie meinte, es sei kein Notfall und viel zu wenig Zeit vergangen, um sich Sorgen zu machen.«

»Hast du ihr von der Testamentseröffnung erzählt?«, wollte der Chef wissen.

»Hab ich. Aber die Frau blieb stur.«

»Okay«, sagte der Chef, »dass sie so abrupt abtaucht, ist wirklich eigenartig. Obwohl sie natürlich einfach bei einem Freund sein könnte. Jedenfalls wird sich Kommissar Ronstein der Sache annehmen. Du aber versuch bitte, die Ruhe zu bewahren. Bestimmt wird sich alles zum Guten klären.«

»Ich möchte auf jeden Fall eine Vermisstenanzeige aufgeben.«

»Dazu ist es noch zu früh«, wiegelte der Chef ab. »Vielleicht hat sie einfach den Termin vergessen.«

»Nein. Ihr Onkel war sehr reich und hing an ihr, sie erbt eine

Menge Geld«, erklärte Dr. Mende. »Ich kenne Rendy, so einen Termin verpasst sie nicht.«

»Wir werden die Vermieterin bitten, uns die Wohnung zu öffnen. Vielleicht erfahren wir dann schon mehr.«

»Da möchte ich dabei sein«, sagte der Vater.

Der Chef schaute Ron fragend an, und der nickte. »Dr. Mende kann ein wichtiger Zeuge sein«, stimmte er zu.

»Nimm die Kreuz mit«, sagte der Chef. »Wir sollten das nicht auf die lange Bank schieben.«

Nele Kreuz, eine jüngere Kollegin, war zwar mit einer Betrugsgeschichte beschäftigt, aber nicht unglücklich, sie beiseitelegen zu können. Sie war eine schmale, unauffällige Person, die ihre Arbeit sehr ernst nahm. Exakt in allem, sportlich, eine gute Schützin. Letzteres hatte sie zum Glück in der Praxis noch nicht unter Beweis stellen müssen.

Sie stiegen in den Wagen; Nele Kreuz fuhr. Die Vermieterin, die ein paar Häuser weiter wohnte, erkannte Dr. Mende wieder und machte, nachdem sich die Polizisten ausgewiesen hatten, keine Schwierigkeiten mehr. Sie ging mit hinüber zur Wohnung der beiden Frauen und schloss die Tür auf. Ron bat sie, zunächst zurückzubleiben. »Waren Sie schon mal hier?«, fragte er den Vater.

»Natürlich, es ist aber eine Weile her. Das Zimmer meiner Tochter befindet sich jedenfalls rechts.«

Der Nachbar, ein Mann mittleren Alters, ein blässlicher Typ mit einem Vogelgesicht, schaute neugierig aus der Tür. »Die Polizei bei uns?«, sagte er fragend.

»Nur eine Routinesache«, beruhigte ihn Ron, »kehren Sie bitte in Ihre Wohnung zurück.«

Der Kommissar ging voran, und sie betraten das Zimmer.

»Sieht nicht so aus, als wäre in den letzten Tagen jemand hier gewesen«, stellte Nele Kreuz fest, »da liegt ja nicht ein einziges Kleidungsstück herum.« Sie dachte an die Unordnung in der eigenen Bude.

»Ist Ihre Tochter denn so ordentlich?«, fragte Ron.

»Kann ich nicht behaupten. Sie ist eher das Gegenteil«, erwiderte Mende.

Den Kriminalisten fiel auf, dass Renate Mendes Kleider und Schuhe zum größten Teil nicht aus Billigläden stammten. Sie hatte zwar an Stoff gespart, weniger wohl aber bei der Bezahlung.

»Ihre Tochter scheint nicht schlecht zu verdienen«, sagte Nele. »Was arbeitet sie denn?«

»Irgendwas mit Kosmetik. Genau weiß ich es leider nicht.« Dr. Mende schien leicht verlegen.

»Unterstützen Sie Renate finanziell?«

»Zuletzt brauchte ich das eigentlich nicht mehr«, erwiderte der Vater.

Sie gingen durch die anderen Räume. In der Küche standen Teller und Tassen in den Schränken, zwei Gläser abgewaschen in der Spüle. Wann sie benutzt worden waren, blieb unklar.

Im Zimmer der anderen Bewohnerin, einer Milena Faber, wie sie von der Wirtin erfahren hatten, fielen sofort die leeren Schränke auf. Sie schien fast all ihre Sache mitgenommen zu haben. Das stimmte mit der Auskunft einer gewissen Frau Hassberg gegenüber dem Vater überein, die erklärt hatte, die junge Frau sei mit Gepäck weggefahren.

»Das kann alles Zufall sein, ist aber merkwürdig«, räumte der Kommissar ein.

»Ich möchte jetzt wirklich die Vermisstenanzeige aufgeben«, verlangte beunruhigt der Vater.

»In Ordnung«, erwiderte Ron. »Am besten, meine Kollegin fährt mit Ihnen in die Dienststelle zurück. Ich werde mich noch ein bisschen mit den Leuten im Haus unterhalten. Wenn es etwas Neues gibt, unterrichten wir Sie.«

2

Das Haus besaß vier Stockwerke, war anscheinend vor nicht allzu langer Zeit renoviert worden und machte folglich einen ordentlichen Eindruck. Der Kommissar hatte keine Lust, alle Türen abzuklappern, und baute zunächst auf die unmittelbare Nachbarschaft der beiden. Aber der Mann von nebenan, der schon vorhin aus der Tür geschaut hatte, wusste nicht viel zu sagen. Nur dass eins der Mädchen nett, doch zurückhaltend, das andere huschig sei.

»Huschig?«, fragte Ron. »Was verstehen Sie darunter?«

»Na, so leichthin. Die hatte immer mal 'nen anderen.« Es klang bedauernd.

»Ist das die Huschige?« Der Kommissar zeigte dem Nachbarn ein Foto von Renate Mende, das ihnen der Vater zur Verfügung gestellt hatte.

»Ja, genau, die Frau Mende mein' ich. Will ihr aber nichts anhängen. Die jungen Leute sind heute eben so.«

»Haben Sie einen ihrer Männer in den letzten Tagen hier im Haus gesehen? Mit ihr zusammen vielleicht? Ist sie mit einem weggegangen?«

»Wieso weggegangen?«, fragte der Nachbar ein wenig lauernd zurück. »Was ist denn los mit ihr? Ist der Kleinen etwa was passiert?«

»Nein, das sind nur Routinefragen. Wir müssen etwas abklären«, wiegelte Ron ab.

»Was denn?«, erkundigte sich der Mann. Er war hartnäckig.

»Weshalb wollen Sie das so genau wissen?«, der Kommissar fasste ihn genauer ins Auge.

»Na ja, Sie kommen doch nicht einfach so; da ist doch was im Busch. Und wenn's eine hübsche Nachbarin betrifft …«

»Nichts ist im Busch, Sie brauchen sich keine Sorgen zu machen. Wir gehen bloß einer Anfrage nach«, sagte Ron.

»Ich hab die seit 'ner Woche nicht gesehen.« Der Nachbar merkte, dass man ihn nicht einweihen wollte, und zog sich ins Schneckenhaus zurück. »Einen Mann auch nicht. Ich pass da nicht auf, hab genug anderes zu tun.«

»Okay«, sagte Ron, »Hätte ja sein können. Aber vielleicht haben Sie mal den Namen von einem ihrer Freunde gehört. Zufällig.«

»Ich hab keinen Namen gehört und merke mir auch keine«, erwiderte der Nachbar. »Doch die Mende geht abends immer aus. In die Bars, nehm ich an. Ganz schick, ganz schnuckelig. Kann einem schon heiß werden, wenn man sie so sieht.« Er verdrehte die Augen. »Fragen Sie doch mal hier in der Gegend in den Bars nach.«

»Das wird hoffentlich nicht nötig werden«, entgegnete der Kommissar freundlich. »Ich nehme an, sie ist morgen wieder da und kann mir selbst Auskunft geben. Behandeln Sie unser Gespräch bitte vertraulich.«

Er verabschiedete sich und notierte den Namen des Mannes, eines gewissen Herrn Kappel. Bedauernd stellte er fest, dass man bei solchen Befragungen nicht drum herumkam, ein gewisses Aufsehen zu erregen, man konnte noch so behutsam vorgehen. Im Übrigen aber fragte er sich, ob der Mann nicht doch mehr wusste. Einerseits seine Neugier, andererseits die plötzliche Verschlossenheit. Eins freilich war richtig: Wenn das Bild stimmte, das er von Renate Mende gezeichnet hatte, und wenn man an ihre Garderobe dachte, war es gewiss nicht falsch, Erkundigungen in den Bars und ähnlichen Etablissements der Umgebung einzuholen.

Zunächst jedoch wollte er noch zu der Hausbewohnerin, die schon Dr. Mende Auskunft gegeben hatte. Er stieg hinunter ins Erdgeschoss und klingelte. Frau Hassberg, eine füllige Endfünfzigerin, war das Gegenteil von dem Mann oben. Zwar genauso neugierig, aber viel auskunftsfreudiger. Sie hatte den Besuch der Polizei gleichfalls längst mitgekriegt und war begierig, ihr Wissen loszuwerden. »Die Mende hab ich zum letzten Mal am Mittwoch hier gesehen«, erklärte sie. »Da hat sie mit dem Kerl der anderen gestritten, vor der Wohnungstür, daran erinnere ich mich noch. Am Donnerstag bin ich dann zu meiner Schwester nach Erfurt gefahren, war erst am Sonnabend wieder hier.«

»Streit mit dem Kerl der anderen«, wiederholte Ron, »Sie meinen einen Freund von Frau ...«, er schaute auf einen Zettel, wo er sich Notizen gemacht hatte.

»Faber«, half die Hassberg aus. »Milena Faber. Ja, genau den meine ich. So ein Großer, Kräftiger. Stan heißt er mit Vornamen.«

»Frau Faber war nicht anwesend bei dem Streit?«

»Natürlich nicht. Da hätten sich die beiden bestimmt zurückgehalten. Sie sind dann in die Wohnung, und dort ging's weiter.«

»Haben Sie mitbekommen, worum es bei dem Streit ging?«, fragte der Kommissar.

»Klar, das war nicht zu überhören. Er wollte an sie ran, aber sie machte nicht mit. Ob sie allerdings später, als die Hübsche ihn reingelassen hatte ...« Sie hob vielsagend die Schultern. Dann winkte sie ihn vertraulich mit der Hand näher und flüsterte: »Da könnte Ihnen bestimmt der Herr Kappel mehr sagen. Der wohnt doch Wand an Wand mit ihr.«

Ron ging nicht darauf ein. »Ich denke, dieser Stan ist mit Frau Faber befreundet«, sagte er.

»Das ist es ja! Heutzutage geht doch alles durcheinander. Jeder und jede mit jedem. Deshalb passiert ja so viel.«

»Na ja«, murmelte Ron, der die Sache differenzierter sah, aber ihren Redefluss nicht unterbrechen wollte.

»Die Faber tut mir ein bisschen leid«, fuhr Frau Hassberg unbeeindruckt fort. »Ist zwar 'ne Tschechin, aber ordentlich. Die Tschechen sind fleißig wie wir, wissen Sie, und können auch was. Bei meiner Schwester zum Beispiel wohnt einer, der malt Bilder, sag ich Ihnen, Landschaften, also wirklich prima. Eigentlich ist er sogar Slowake, aber das ändert nichts, früher waren die sowieso eins. Das Land, meine ich.«

Nun griff der Kommissar ein, die wechselvolle Geschichte der Tschechen und Slowaken interessierte ihn im Augenblick weniger. »Frau Faber war also bei dem Streit nicht dabei«, unterbrach er die Hassberg. »Am Sonnabend aber, so haben Sie es Dr. Mende geschildert, ist sie mit viel Gepäck weggefahren. Mit ihrem Auto, nehme ich an. Hat sie Ihnen erzählt, wohin?«

»Kein Wort hat sie gesagt. Ihr Freund war wieder da, und sie standen zu dritt im Hausflur. Aber diesmal haben sie ganz leise geredet.«

»Zu dritt?«, Ron horchte auf. »Ich denke, Sie haben Renate Mende seit Mittwoch nicht mehr gesehen.«

»Doch nicht mit der Mende. Mit dem Ex von ihr, diesem Hacke. Der wohnte eine ganze Weile hier, bevor die Faber einzog. Er kam auch später noch her, zuletzt aber nicht mehr. Diesmal wollte er wohl wieder zu ihr, doch sie war ja nicht da. Wahrscheinlich hat er die beiden gefragt, wo sie steckt. Dann sind sie jedenfalls alle weg.«

»Gemeinsam?«, erkundigte sich Ron, der Mühe hatte, den Überblick zu behalten.

»Nein, jeder für sich und in 'ne andere Richtung. Die Faber und Stan sprachen kein Wort miteinander. Sie wusste bestimmt das mit der Mende und wollte bloß noch fort. Ihr Freund ist zu Fuß los, er war genauso sauer. Der Hacke stieg in sein großes Auto.«

»Hacke, sagen Sie? Ein Spitzname. Wissen Sie, wie er richtig heißt?«

»Weiß ich nicht. Ich spionier den Leuten doch nicht nach.«

»Natürlich nicht«, erwiderte der Kommissar, den seine Miene allerdings Lügen strafte. Dann fügte er hinzu: »Hacke also. Hatte Frau Mende noch andere Bekannte?«

»Klar, da waren zwischendurch welche und vorher, doch die hab ich mir nicht gemerkt. Zuletzt kam noch der mit den Altkleidern, den hab ich mir eingeprägt, weil ich schon bei ihm eingekauft habe. Aber der war höchstens einmal hier.«

»Ein Altkleiderhändler? Kennen Sie zufällig *seinen* Namen?«

»Findeisen«, erwiderte Frau Hassberg wie aus der Pistole geschossen. »Sein Geschäft ist drüben im Zentrum, in der Nähe der Prager Straße.«

Als Ron das Haus verließ und in Richtung Elbe ging, denn Nele Kreuz hatte ja den Wagen genommen, schwirrte es in seinem Kopf von Namen und Fakten. Doch wie beim Schach begann er auch hier die verschiedenen Varianten zu durchdenken. Da war also auf der einen Seite Renate Mende, »huschig« und luxuriös, mit einem Ex-Freund, genannt Hacke, sowie einigen anderen Männern. Als Hacke sie am Sonnabend hatte besuchen wollen, war sie aber bereits verschwunden gewesen, denn die Testamentseröffnung hatte ja schon am Freitag stattgefunden, das hieß, vorher. Falls der Besuch kein Ablenkungsmanöver gewesen war, was ziemliche Raffinesse voraussetzte, kam er deshalb als Täter kaum in Frage.

Auf der anderen Seite stand die Faber mit ihrem Freund Stan, der nach Aussage Frau Hassbergs an die Mende »heran wollte« und sich mit ihr gestritten hatte. Das war schon am Mittwoch gewesen, und wenn der Streit in der Wohnung noch weitergegangen oder später an anderer Stelle erneut ausgebrochen war, hätte es durchaus zu Tätlichkeiten gekommen sein können. So etwas passierte leider immer häufiger.

Handelte es sich um eine Beziehungstat, oder war Frau Mende nur vor dem kräftigen, möglicherweise gewalttätigen Stan geflohen? Gegen die letzte These sprach auch hier der versäumte Erbschaftstermin. Hatte etwa die bislang in der Beschreibung noch blass gebliebene Mitbewohnerin Wind von Stans Versuchen bekommen, fremdzugehen, und ihren Zorn gegen die Rivalin gerichtet? Das sollte vorkommen und wurde besonders wahrscheinlich, wenn Stan doch Erfolg bei der Mende gehabt hatte.

Viele Fragen, doch keine schlüssige Antwort. Wusste Renate Mendes Nachbar noch etwas, das man ihm abringen konnte? Was war mit dem Altkleiderhändler, den man möglichst schnell aufsuchen und befragen musste. Handelte es sich, aus welchem Grund auch immer, um einen Totschlag, eine Entführung? Bis jetzt gab es keine Leiche, also sollte man vorläufig davon ausgehen, dass die Vermisste noch lebte. Doch der Kommissar, alle Fakten bedenkend, hatte ein ungutes Gefühl. Die Partie, wenn es denn eine wird, ist eröffnet, sagte er sich. Ich bin am Zug und muss mit dem Schlimmsten rechnen. Zumal ich mit Schwarz in unübersichtlicher Stellung spiele. Doch es gibt keinen Grund zur Panik: Es ist ja erst der Anfang und nicht meine erste Partie.

3

Milena hatte sich im Süden der Stadt unter falschem Namen in einer Pension eingemietet, die günstig für ihre Pläne schien. Sie hatte sich als Judith Forst vorgestellt und einen selbstgefertigten Ausweis vorgelegt, den sie schon länger bei ihren Papieren liegen hatte. Für alle Fälle! Gut gefertigt, hielt er zumindest einer oberflächlichen Prüfung stand. Als Werbedesignerin kannte sie sich mit diesen Dingen aus.

Sie war die Gegend abgefahren und hatte zu ihrer Genugtuung festgestellt, dass sich in der Nähe ein Friedhof mit einer nicht allzu hohen Mauer befand. Hinter der Mauer gab es außer Gräbern auch Flächen mit Wildwuchs, die nicht mehr genutzt wurden. Ein geeigneter Platz für die Geldübergabe.

Sie war, nachdem sie Stan und Rendys aufdringlichen Ex-Freund verabschiedet hatte, aufatmend davongebraust. Zugleich aber auch erschrocken – wieso war nicht nur bei ihr, sondern auch bei diesem Hacke nach Fotos gesucht worden, und was hatte Rendy damit zu tun? War die ihr auf die Schliche gekommen und hatte unbemerkt etwas von dem Material entwendet? Wann hätte das passiert sein sollen – Milena hatte die Sachen, die bei ihrer Mutter im Versteck lagen, nur kurz in der Wohnung aufbewahrt, und nun ruhte alles sicher in dem Chemnitzer Bankfach. Außerdem hatte die Mende nicht die geringste Ahnung von diesen Dingen. Etwas anderes musste dahinterstecken, aber was? Warum hatte Rendy die wirklich günstige Gelegenheit ausgelassen, sich mit einem ihrer Kerle in der tagelang sturmfreien Bude zu vergnügen, und wo war sie jetzt?

Da verwechselt jemand etwas, dachte die junge Frau, die nicht so abgebrüht war, wie sie sich gab, und niemanden außer sich selbst in Gefahr bringen wollte. Das ist unangenehm, aber Rendy wird schon wieder auftauchen. Unsere Wege trennen sich ab heute ohnehin. Viel hatten wir nie miteinander zu tun, und künftig wird das noch weniger der Fall sein.

Beunruhigt war Milena trotzdem – nach dem Gespräch mit Erik Hackmann war sie erst einmal kreuz und quer durch Dresden gefahren, hatte versucht, den Verkehr hinter sich und um sich herum zu beobachten. Zwar glaubte sie nicht wirklich, dass die Einbrecher ihr momentan auf der Spur wären, aber sicher war sicher. Auch Stan traute sie zu, sich an ihre Fersen zu heften, bloß um zu sehen, ob sie in der Tat nach Prag wollte.

Doch selbst als sie den Wagen vor einem größeren Hotel geparkt hatte, ausgestiegen war und versteckt hinter einem Pfeiler die Straße in Augenschein genommen hatte, war nichts Verdächtiges zu entdecken gewesen. Wer auch immer etwas von ihr wollte, hatte zumindest für den Augenblick ihre Spur verloren.

Das Zimmer, das sie bis Monatsende gemietet hatte, war karg, aber sie brauchte ja nicht viel. Kaum eingerichtet, verlor sie keine Zeit, streifte als Spaziergängerin durch die ihr relativ unbekannte Gegend und fand den Friedhof wieder. Zwei Tage brauchte sie, um den neuen Plan auszuarbeiten, dann rief sie Ahn von Helm an. Sie hielt es nicht mehr für nötig, die Stimme zu verstellen, ging direkt aufs Ziel los: »Sie haben versucht, mich hereinzulegen, das erhöht den Preis.«

»Hören Sie«, von Helm sprach gedämpft, »das ist alles ein Missverständnis, das ich bedaure. Ich wollte nur mit Ihnen verhandeln. Ich biete Ihnen dreihunderttausend und nochmals hunderttausend, wenn ich das Material habe.«

»Eine Million und hunderttausend kostet es Sie inzwischen, keinen Cent weniger.« Milena, deren Zorn anhielt, hatte noch mehr fordern wollen, sich aber inzwischen überlegt, dass sie den Bogen trotz allem nicht überspannen durfte.

»Sie sind verrückt«, keuchte von Helm. »Wie soll ich so viel Geld so schnell zusammenbringen?«

»Sie hatten genug Zeit! Aber ich gebe Ihnen noch zwei Tage. Übermorgen zur gleichen Stunde erfahren Sie mehr. Halten Sie dann einen Koffer mit den Scheinen bereit.«

Der Mann am anderen Ende schien zu überlegen: »Was für eine Garantie bekomme ich?«

»Keine«, erwiderte Milena. »Aber ich spiele fair. Sobald ich mit dem Geld in Sicherheit bin und keine Tricks mehr zu befürchten habe, vernichte ich alles Material. Alles! Sie können und müssen sich darauf verlassen!«

»Ich …«, wollte von Helm wieder anfangen, doch sie hütete sich, das Gespräch weiter in die Länge zu ziehen. Sie legte auf, denn ihrer Meinung nach war alles gesagt. Wenn er nochmals Schwierigkeiten machen würde, wollte sie Verbindung zu einem Journalisten aufnehmen, den sie von ihrer Tätigkeit in Halle her kannte.

Milena wusste, dass ihr Spiel gefährlich war, aber sie vertraute auf ihren scharfen Verstand und die Furcht eines reichen Mannes, bloßgestellt zu werden. Besonders, weil er sich in der Öffentlichkeit bewegte. Gewiss konnte er sich nicht vorstellen, dass sie ganz allein agierte. Sie würde, so dachte er sicherlich, zumindest *einen* Verbündeten haben, der über Kopien oder weitere Fotos verfügte. Auch aus diesem Grund würde er es sich nun, nach seinem bisherigen Misserfolg, überlegen, erneut gegen sie vorzugehen.

Die folgenden Tage verbrachte Milena mit Warten und dem Studium des Dresdner Stadtplans. Ein Lineal und einige Buntstifte zu Hilfe nehmend, arbeitete sie eine Route für Ahn von Helm aus, die ihn von seiner Villa quer durch die ganze Stadt zur Friedhofsmauer führen sollte. Doch es ging ihr keinesfalls um den kürzesten Weg. Vielmehr wollte sie ihn auf Umwegen, mit Stopps zwischendurch und jähen Kehren zum Zielort dirigieren, damit er den Eindruck bekam, es mit einem echten Profi zu tun zu haben. Das Hin und Her durch Dresden sollte ihn durcheinander bringen und auch seine Leute verwirren, falls er die trotz allem erneut auf sie ansetzen würde. Ein bisschen Hokuspokus, wie in den TV-Krimis zu finden, konnte nicht schaden.

Es war am darauffolgenden Dienstag bereits zwei Uhr nachts, als sie glaubte, alles vorbereitet zu haben. Milena ging ins Bad, nahm eine Zolpidem und machte sich fürs Bett fertig. Trotz der Schlaftablette brauchte sie fast eine Stunde, bevor es ihr die Gedanken nahm. Der nächste Tag konnte der wichtigste in ihrem Leben werden.

4

Finn hatte Mühe, in den Alltag zurückzufinden. Rendys Leichnam war endlich weg, der Ford abgefackelt, aber es blieben genug Dinge, die ihm zu schaffen machten. Irgendwann würden die Bullen bei ihm auftauchen, das war klar wie dicker Grießbrei. Entweder weil sie einen Tipp von den Ganoven bekommen würden, die ihn überfallen hatten, oder weil es eine Vermisstenmeldung gab und sie ihn als einen von Rendys Lovern ermittelten. Auch Hacke würden sie deshalb in die Zange nehmen.

Um jede, aber auch jede Spur zu verwischen, putzte Finn die Garage einen halben Tag lang selbst, was er seit Jahren nicht getan hatte. Außerdem räumte er das Durcheinander in der Wohnung auf, das die Drecksäcke am Sonnabend hinterlassen hatten. Ich hab nichts, wirklich nicht das geringste getan und sitz trotzdem in der Scheiße, bedauerte er sich immer wieder.

In hellen Momenten allerdings gestand er sich ein, dass seine Weste, wenngleich nicht blutbefleckt, dennoch alles andere als rein war. Warum vertickte er, obwohl sein Geschäft in der Stadt einiges abwarf, noch immer Hackes geklaute Ware und hatte den gestohlenen Ford untergestellt? Weil ich nicht von den Weibern lassen kann und über meine Verhältnisse lebe, sagte er sich. Statt einen ordentlichen Haushalt zu gründen, treibe ich mich in Puffs und Swingerklubs herum. Ich muss damit aufhören, ich muss ein anderes Leben anfangen.

Zugleich beschäftigte Paul Findeisen aber noch ein anderes Problem. Dass er über Rendys Tod nichts wusste, hatte er Hacke mehrmals versichert, und es stimmte auch. Aber er hatte ihm nicht verraten, dass ihr letzter Besuch erst vergangenen Donnerstag stattgefunden hatte. Sie wollte da nämlich einige Sachen abholen, die sich von ihr noch auf dem Waldgrundstück befanden. Er war mit ihr dorthin gefahren, und sie hatten alles zusammengepackt. Aber dann hatten sie sich wieder gestritten, und er war zu wütend gewesen, um sie mit ihrem Kram zu ihrer Wohnung in die Stadt zu bringen: Er hatte geschrien, sie solle gefälligst den Bus nehmen. Da hatte sie sich die Schlüssel vom Ford geschnappt, der im Schuppen stand. »Den kannst du nicht nehmen, der gehört Hacke«, hatte er gebrüllt, aber sie grinste nur dämlich. »Klar nehm ich den, erst recht, wenn's Hackes Karre ist. Wo hat er die überhaupt her, der ist doch immer klamm. Er hat sie wohl geklaut.«

»Natürlich hat er das feine Auto geklaut und dann das Nummernschild ausgetauscht. Was denn sonst!« Es sollte spöttisch klingen.

Sie grinste wieder und war mit ihrem Zeug einfach losgefahren; er hatte sie nicht daran gehindert. Was ihm fünf Minuten später leidtat. Er griff zum Handy, rief sie an und beschwor sie, den Wagen zurückzubringen, er würde sie dann selbst nach Hause fahren, versprochen!

Rendy aber lachte bloß und sagte, er solle sich nicht in die Hosen machen. Sie kenne Hacke doch und hätte den Blödmann immer noch ganz gern, sie würde niemandem was von dem Ford erzählen, spätestens morgen, war er sich sicher, brächte sie ihn zurück.

Finn musste es akzeptieren, er kehrte in seine Wohnung zurück, soff sich einen an und schlief bis Freitagmittag durch. Als er am Nachmittag zu seiner Waldhütte fuhr, um zu sehen, ob Rendy Wort gehalten hatte, stand der Ford am Zaun, die Schlüssel steckten. »Blödes Weib«, schimpfte er noch, »den kann doch jeder, der vorbeikommt, sehen und sogar mitnehmen. Sie hätte ihn wenigstens abschließen und die Schlüssel in den Briefkasten werfen können.«

Er fuhr das Auto wieder an die alte Stelle, es schien soweit in Ordnung – den Kofferraum freilich öffnete er nicht. Einigermaßen beruhigt ließ er alles, wie es war, und machte sich danach in die Stadt auf. Er schaute kurz in seinem Laden nach dem Rechten und landete schließlich in seiner Lieblingsbar, wo er Daisy mit den großen Titten aufgabelte. Alles lief bestens, die kleine Nutte war sehr versiert. Nur in der Nacht ging dann das Theater mit Hacke los.

Was für ein Fehler, nicht im Kofferraum nachzuschauen, schoss es Finn jetzt, wo er das alles noch einmal überdachte, durch den Kopf. Wenn Hacke sie nicht trotz allem auf dem Gewissen hat, war Rendy zu diesem Zeitpunkt ja schon tot, lag erschlagen im Auto. Aber Hacke war es nicht, der ist nicht so abgefeimt, sie umzubringen und danach das ganze Kuddelmuddel mit mir zu veranstalten. Bloß, wer war es dann, auf wen ist Rendy Donnerstagnacht noch getroffen? Auf einen neuen Lover, eine Zufallsbekanntschaft, einen Kerl, der sie langlegen wollte und nicht bei ihr ankam? Sie hatte den Ford dabei, und er hat sie einfach in den Kofferraum verfrachtet, das war das Bequemste, so zierlich, wie sie war. Doch woher wusste der Mörder, dass der Wagen vorher auf meinem Waldgrundstück stand?

Bei diesem letzten Gedanken wurde es Paul Findeisen echt flau, denn er konnte das Rätsel nicht lösen. Zumal die Sache mit irgendwelchen Fotos dazukam. Wer weiß, was da noch im Busche ist, überlegte er, vielleicht sollte ich doch Hacke einweihen, das ist der Einzige, mit dem ich drüber reden kann.

Er griff zum Handy, verschob das Gespräch aber wieder, dachte, dass es besser wäre, nicht im Wespennest zu stochern. Außerdem hielt Hacke neuerdings auch mit allem Möglichen hinterm Berg, hatte ihm zum Beispiel nach wie vor nicht verraten, wo er Freitagnacht auf Tour gewesen war.

Am Montag hielt sich Finn den ganzen Tag im Laden auf, so wie ein braver, geschäftstüchtiger Händler es tut. Am Abend aber hatte er es satt, er musste sich einfach wieder mal was gönnen. Er holte ein Samtjackett aus dem Schrank, das er in einer der teuersten Boutiquen der Stadt gekauft hatte und das ihn, wie er glaubte, besonders nobel aussehen ließ. Dann fuhr er nach Neustadt ins Szeneviertel.

Im »Sexy Girl«, wo die Flasche Champagner hundert Euro kostete, war er schnell von vollbusigen Blondinen umringt, die seinen Geschmack und seine Großzügigkeit kannten.

Auch Daisy war da, die er in der vorigen Woche abgeschleppt hatte. Sie schien ihm die rüde Verabschiedung vom Freitag nicht weiter übelgenommen zu haben und schmiss sich gleich wieder an ihn ran. Immerhin säuselte sie, als er ihr das erste Bier spendiert hatte: »Das war aber beim letzten Mal gar nicht nett von dir.«

Finn bestellte sich einen edlen amerikanischen Whisky mit wenig Soda, wie er ihn hier immer trank, und erwiderte: »War eine einmalig bekleckerte Nacht, und der folgende Tag war noch bekackter. Ich möchte nicht mehr darüber reden.«

»Richtig, reden wir lieber über was Nettes.«

»Was Nettes fällt mir nicht ein«, sagte Finn, »oder doch – das hier.« Er griff zum Glas und kippte den Schnaps hinunter. »Noch einen, Chef.«

Der »Chef« langte eifrig nach der Flasche, und Daisy flüsterte: »Trink nicht so schnell, der Abend fängt erst an. Das Nette sitzt doch neben dir.«

»Hast vielleicht recht«, entgegnete Findeisen schon einen Ton fröhlicher und grapschte seiner Dame an den Hintern.

Eine fetzige Musik erklang, das Lokal füllte sich, und ein zweites, noch sehr junges Girl mit schwarz untermalten Augen, einem schwarzen Pony und wenig Busen schob sich von der anderen Seite an Finn heran.

»Bist du überhaupt schon achtzehn?«, wollte er wissen.

»Ich bin neunzehn, das sieht man doch.« Sie reckte und zeigte sich.

»Dann ist's gut«, erklärte Finn und grapschte nun beidseitig.

Er grapschte und trank und lebte regelrecht auf. Die Stunden taumelten dahin. Als er pinkeln musste, ging er mit leichtem Wiegeschritt die Treppe zur Toilette hinunter. Bei seiner Rückkehr jedoch saßen zwei neue Gäste an der Bar. Den einen kannte er. Es war ein gewisser Detlef Baum, den Leute, die mit ihm zu tun hatten, den »Direx« nannten. Hacke pumpte ihn immer mal an.

Der Direx war ein grauhaariger, gut gekleideter Mann, dessen harte Gesichtszüge nicht so recht zur übrigen eleganten Erscheinung passen wollten. Aber das störte offenbar die beiden Damen nicht, die sich soeben noch an Finn geschmiegt hatten. Sie saßen nun neben Baum und begurrten ihn.

»Hallo«, sagte Finn, den der Alkohol mutig machte, »das ist doch der Direx. Willkommen in unserer Runde.«

Baum beachtete ihn gar nicht, sondern prostete Daisy zu, was

Finn fuchste. »Nun mal langsam«, protestierte er, »das ist meine Braut.«

»Pah, Braut«, machte Daisy, die anscheinend auf den Platzhirsch setzte, und der Direx reagierte weiterhin nicht. Dafür knurrte sein Begleiter: »Verpiss dich, Penner, das sind jetzt unsere Bräute.« Dabei schaute er, weil er mit dem Gesicht zur Bar saß, Findeisen ebenso wenig an.

Die Stimme, diese Stimme! Finn wurde es plötzlich heiß und kalt. Was für eine Begegnung, was für ein dummes, verfluchtes Zusammentreffen! Nein, das konnte nicht sein, das durfte es einfach nicht, da wirkten seit ein paar Tagen Kräfte im Dunkeln, die ihm einen Streich nach dem anderen spielten. Und doch war es keine Einbildung, sondern die Realität. Er hatte die Stimme des Dreckskerls sofort wiedererkannt, des Großen mit dem Springmesser, der ihn zusammen mit dem Untersetzten heimgesucht und ihm den Hosenbund aufgeschlitzt hatte.

Paul Findeisen prallte zurück, sein Mut war plötzlich wie weggeblasen; nun wusste er, wo er dem anderen früher, ohne ihn zu beachten, begegnet war, und er wollte nur noch weg. Doch er brachte es nicht fertig, sich umzudrehen und davonzurennen. Stattdessen wandte sich der Große um, der ihn gleichfalls erkannt haben musste. »He, wen haben wir denn da«, sagte er und rutschte vom Hocker.

»Ist ja gut, sind eure Bräute, meinetwegen, ich verschwinde schon«, murmelte Finn. Er wich weiter zurück.

»Warum denn verschwinden?« Der krächzende, zugleich scharfe Ton des Direx, der sich nach wie vor nicht umdrehte, nagelte ihn am Boden fest. »Mein Freund hier ist manchmal etwas grob, und wenn Sie glauben, dass Daisy zu Ihnen gehört – bitte. Ich bin nicht mehr jung genug, um zu streiten.«

»So hab ich es nicht gemeint. Ich hab zu viel getrunken. Ich wollte sowieso gehen.«

»Ach was, Herr Findeisen, Sie sind doch ein Freund Erik

Hackmanns, und wir kennen uns. Setzen Sie sich einfach hierher zu Daisy, und tun Sie, was Sie sonst getan hätten. Ich spendier Ihnen ein Glas Champagner.«

Wenigstens hatte er ihm nicht den Platz neben seinem Bodyguard angeboten. Der saß mit der Schwarzhaarigen nun auf der anderen Seite, mit einem Gesicht, als wollte er ihn gleich auffressen. Finn, der es nicht fertigbrachte, das Angebot abzulehnen, kroch auf den Hocker. Auch weil man an den Tischen und weiter hinten an der Bar aufmerksam geworden war.

»Was Neues von Fräulein Mende gehört?«, fragte der Direx und nahm einen Schluck aus seinem Glas. »Sie waren doch mit ihr befreundet, nicht wahr?«

»Nichts! Wir waren ja nur ganz kurz zusammen.«

»Das ist schade. Ich hätte sie gern mal getroffen. Wer könnte mir denn dabei weiterhelfen?«

Was quatschst du da, du scheinheiliger Hund, dachte Finn, du weißt doch Bescheid, dein Gorilla sitzt ja neben dir. Er hat Rendy in meiner Garage im Ford gesehen, im Kofferraum. Oder haben die sie etwa nicht erkannt? – Er erwiderte: »Das kann ich leider nicht sagen. Der Kontakt zu ihr ist abgebrochen. Wahrscheinlich hat sie einen neuen Freund, aber den kenne ich nicht.«

Das »hat«, das längst nicht mehr der wahren Situation entsprach, war ihm rausgerutscht, doch die Unterhaltung war ohnehin ein Scheingefecht. Was wollen die denn noch von mir, dachte Finn.

Die beiden Mädchen, die stumm dabeisaßen, langweilten sich. Daisy war von Finn abgerückt. Die Schwarze, die nicht das Geringste von der Unterhaltung begriff, murrte: »Könnt ihr nicht über was anderes plaudern? Über was, das wir beide auch verstehen?«

»Etwa über schöne Liebesspiele?« Der Gorilla wollte wohl geistreich sein.

»Vielleicht hat sie Ihnen aber verraten, wer der neue Mann in ihrem Leben ist«, meldete sich Detlef Baum wieder, ohne den Einwand der Schwarzen zu beachten.

Finn wagte es, ihn anzuschauen. »Ich hab keine Ahnung. Ehrlich!«

5

Nach diesem Abend war Finn auch das »Sexy Girl« verleidet, wenngleich danach nichts Aufregendes mehr geschehen war. Die beiden hatten die Bar schließlich verlassen, wobei sie die Mädchen zurückließen. Baums Gorilla hatte zwar ein Faible für die Schwarzhaarige gezeigt, doch als sein Chef wie nebenbei äußerte »Heute nicht, ich brauch dich später noch«, hatte das genügt, dass er von ihr abließ. Erstaunlich, wie der Dreckskerl kuscht, dachte Finn, dabei könnte er den Direx mit einer Hand niederstrecken. Möchte wissen, wofür der ihn nach Mitternacht einspannen will.

Er selbst war noch eine Weile in der Bar geblieben, weil er sichergehen wollte, dass die beiden wirklich weg waren. Er hatte keinen Alkohol mehr getrunken, sondern nur noch Wasser. Daisy und die Schwarzhaarige verzogen sich zu irgendwelchen Tattergreisen, die auf ein letztes Abenteuer aus waren.

Zu Hause versuchte Paul Findeisen, seine Gedanken zu ordnen. Für einen Moment hatte er den Eindruck gehabt, die Begegnung mit dem Direx und seinem Bodyguard sei zufällig gewesen, aber mittlerweile sah er es anders. Die wussten, dass er in dieser Bar verkehrte, und hatten darauf gewartet, dass er hinkam. Sie hatten Daisy gekauft und angewiesen, ihnen Bescheid zu geben, wenn er auftauchte. Die kleine Schlampe war an diesem Abend verdächtig oft zur Toilette gelaufen, hatte wahrscheinlich telefoniert, ohne den Direx oder seinen Bodyguard gleich zu erreichen.

Jedenfalls hatten die beiden sehen wollen, wie er sich ihnen gegenüber verhielt, das war es. Das blödsinnige Gespräch, das der Direx mit ihm geführt hatte, war als Drohung zu verstehen. Kein Wort über den Besuch bei dir, zu wem auch immer! Misch dich nicht in unsere Angelegenheiten, dann lassen wir dich gleichfalls in Ruhe. Wir haben dich in der Hand, wir wissen, dass du die Leiche in deiner Garage hattest, und können das jederzeit bezeugen. Wir sind sowieso die Stärkeren, wir sind in der Lage, noch ganz andere Saiten aufzuziehen.

Sie haben begriffen, dass ich nichts mit den gesuchten Fotos zu tun habe, sagte sich Finn, ihnen geht's um Schadensbegrenzung, ich soll sie nicht verpfeifen, wenn die Polizei bei mir vorbeischaut. Aber worum geht es noch? Mit Rendys Tod werden sie wohl nichts zu tun haben, dazu war der Große viel zu erschrocken, als sie die Verblichene entdeckten. Mit gezinkten Karten spielen sie trotzdem. Sie haben bestimmt mächtig Dreck am Stecken.

Paul Findeisen hielt sich an den Vorsatz, den er schon eher gefasst hatte, nicht weiter nachzuforschen und stillzuhalten. So würde er der unausgesprochenen Drohung am besten begegnen. Als am nächsten Tag die Bullen vor der Tür standen, ein Mann und eine Frau in Zivil, spielte er den völlig Ahnungslosen. Sie hatten zuerst im Geschäft nach ihm gefragt, und da ihn die Verkäuferin daraufhin angerufen hatte, war er vorbereitet, konnte ihnen gelassen entgegentreten.

»Es geht um Frau Renate Mende«, erklärte der Mann, der sich als Kommissar Ronstein vorgestellt hatte. »Sie sind bekannt mit ihr?«

»Rendy?« Finn tat überrascht. »Was man so bekannt nennt. Wir waren mal zusammen.«

»Sie waren … Sind es jetzt aber nicht mehr?«

»Nein«, erwiderte Finn, »das ist vorbei. Es war eine sehr flüchtige Beziehung.«

»Wann haben Sie Frau Mende zum letzten Mal gesehen?«

»Das ist schon eine Weile her. Warten Sie … Zum letzten Mal hab ich Renate in der Stadt getroffen. Zufällig. Ich war am Hauptbahnhof. Da studierte sie den Fahrplan.«

Der Kommissar horchte auf. »Ist sie weggefahren? Wissen Sie, wohin?«

»Keine Ahnung. Was ist denn los mit Rendy? Hat sie was pexiert?«

»Nein, wir wollen nur etwas klären. Beantworten Sie einfach unsere Fragen.«

Blablabla, die Bullen wussten nichts, sie stocherten im Dunkeln herum. Die Kriminalistin, kein Typ, der Finn das Herz erwärmt hätte, wollte wissen, wo man die Mende eventuell erreichen könne, und der Kommissar schaute sich im Zimmer um, als könnte Rendy unvermutet hinter einem Schrank hervorkommen.

Ein bisschen ins Stottern kam Finn, als er plötzlich nach Hacke gefragt wurde. Ob er ihn kenne, und ob Renate Mende vielleicht inzwischen zu ihm zurückgekehrt sei.

»Ja, ich hatte ein paarmal mit Herrn Hackmann zu tun«, erwiderte er, »ich kenne ihn vom Dienst im Bund her, doch dass Rendy sich bei ihm aufhält, glaube ich nicht. Der wohnt ja ziemlich beengt bei seiner Mutter und war von Anfang an der falsche Mann für Frau Mende.«

Schließlich zogen die Kriminalisten wieder ab, hinterließen ihre Karte, falls ihm noch etwas einfiele. Er atmete auf, fürs Erste hatte er sie abgewimmelt. Er musste nur noch mit Hacke reden, damit keine Widersprüche auftraten. Er griff zum Handy und es klappte auch, der Kumpel war zu Hause. Finn teilte ihm, so kurz es ging, das Notwendige mit. Nun konnte nichts mehr schiefgehen.

6

Ahn von Helm hatte begriffen, dass er der Erpresserin nichts, aber auch gar nichts entgegensetzen konnte. Immer wieder erwog er die Möglichkeiten, die ihm blieben, falls er nicht auf ihre Forderungen einging. Er konnte die Zahlung noch ein letztes Mal hinauszuzögern versuchen, wenn sie ihn erneut anrief, oder sie bei der Auslieferung des Geldkoffers überrumpeln. Beides war aber mit einem großen Risiko verbunden. Für ihn gab es keinen Zweifel, dass sie das Material gesichert und Leute hinter sich hatte, die ihr halfen, um ein Stück vom Kuchen abzukriegen.

In der Kompromisslosigkeit dieser Frau hatte er Lisa Kramers Entschlossenheit wiedererkannt, eine Sache ohne jedes Schwanken durchzuziehen. Wäre es nicht um seine Existenz gegangen, hätte er Bewunderung empfunden.

So fluchte er nur lautlos in sich hinein, hätte Lisas Tochter am liebsten mit bloßen Händen erwürgt. Er hatte schon die Schlagzeilen in der Presse vor Augen, hörte die Kommentare im Fernsehen, las die hämischen Artikel: »Bekannter Investor und Bauunternehmer mit dunkler Vergangenheit«, »Dresdner Millionär unter Mordverdacht«, »Angeklagt, weil er einen Polizisten erschossen haben soll« oder »War er es? Hat Ahn von Helm vor zwanzig Jahren ein Kapitalverbrechen begangen?«

Dazu die Fotos, von denen es bestimmt mehr gab, als er bisher kannte, die Interviews mit Verwandten und Bekannten des damals Verschollenen, das Hervorzerren aller möglichen Details über ihn aus jenen Jahren. Ein Wassersturz, eine Lawine! Natürlich würde er alles bestreiten, sich die besten Anwälte nehmen, die Ermittlungen zu verschleppen suchen. Aber zum einen waren die Aufnahmen eindeutig, konnten kaum als Montagen angezweifelt werden, zum anderen hatte er keine Lust, seine späten Jahre unter der Belastung endloser Prozesse zu verbringen. Sein Herz war ohnehin angeknackt, der Druck würde ihm womöglich den Rest geben.

Er hatte den Versuch mit dieser Halbweltfigur unternommen, mit diesem Direx, der so genannt wurde, weil er einst ein Schmierentheater in irgendeiner Kleinstadt geleitet hatte, und ihm als Mann für Angelegenheiten empfohlen worden war, die unauffällig erledigt werden mussten. Das aber war ein Reinfall gewesen. Vielleicht hätte sich Lisas Tochter williger gezeigt, wenn man sie gleich geschnappt, ihr ein bisschen an die Nieren geklopft und ihr danach als Kompromiss ein paar Hunderttausend angeboten hätte. Mit ihrer Mutter hatte er sich auf diese Art immer geeinigt. Aber dieser Dummkopf mit seinem blasierten Auftreten war dazu nicht in der Lage gewesen. Ungeschickt und unzuverlässig. Am Sonntag, als der von ihm versprochene Anruf nicht gekommen war, hatte Ahn von Helm ihn selbst ans Handy geholt. »Was ist los«, hatte er verärgert gefragt, »warum melden Sie sich nicht?«

»Das hätte ich ja getan. Alles braucht seine Zeit.«

»Zeit hatten Sie mehr als genug. Was haben Sie erreicht?«

»Hören Sie, Mann«, erwiderte der Direx, »es tut mir ja leid, ist mir gewissermaßen echt peinlich, aber meinen Leuten ist da ein Missgeschick passiert, sie haben die junge Dame verwechselt.«

Von Helm war baff. »Verwechselt? Was soll das um Gottes willen heißen?«

»Na ja. Mit einer gewissen Renate Mende. Die beiden wohnen zusammen, haben ungefähr die gleiche Figur, sehen sich ähnlich. Die Mende hat herumgeprahlt, dass sie bald zu Geld kommt.«

»Aber die Frau, die sie schnappen sollten, hat einen anderen Namen und ist Tschechin!«, brüllte von Helm.

»Das sieht man ihr doch nicht an«, entgegnete der andere kleinlaut. »Wir hatten, übrigens auch von Ihnen, die Information, dass sie häufig die Bars in ihrer Umgebung besucht, was aber, wie sich zu spät herausstellte, nicht stimmt. Dort verkehrte nur die andere. Das hat meine Leute irregeführt.«

123

»Verkehrte?«, fragte von Helm, trotz seiner Empörung stutzig geworden. »Verkehrte? Soll das bedeuten, ihr habt sie …« Er führte den Satz nicht zu Ende.

»Nein, nein, ich sagte ja gestern schon, dass die Frau verschwunden ist. Wir wissen nicht, warum, und das machte sie für uns noch verdächtiger. Nun müssen wir leider wieder von vorn anfangen, bei der Richtigen.«

»Sie Idiot!«, schrie von Helm. »Sie werden gar nichts. Ich entziehe Ihnen den Auftrag. Ich nehme mich der Sache selber an. Wir haben nie voneinander gehört, ist das klar, nie! Scheren Sie sich mit Ihrer unfähigen Mannschaft zum Teufel!« Er knallte das Handy auf den Schreibtisch.

Ahn von Helm schnappte nach Luft, sein Herz raste. Er hatte so laut gebrüllt, dass der Hund zu bellen anfing und seine Frau an die Tür des Arbeitszimmers klopfte: »Was ist denn los, Liebling? Warum schreist du so? Reg dich nicht so auf, denk an dein Herz. Soll ich dir einen Beruhigungstee machen?« Sie öffnete die Tür, sah ihn fragend an.

Ihr Mann brachte es fertig, ein paar beschwichtigende Worte zu stammeln. »Ist schon gut, du hast ja recht. Diese saublöden Architekten sind rein zu nichts nutze.« Er griff zum Spray. Als das Handy klingelte, das keinen Schaden genommen hatte, und er die Nummer vom Direx las, drückte er ihn wütend weg.

Kurz darauf rief seine Tochter aus erster Ehe an, fragte nach seinem Befinden, und seine Frau brachte ihm den versprochenen Tee. Er versicherte allen, dass es ihm bestens gehe, brauchte aber eine ganze Weile, bis der Druck in seiner Brust verschwand. Wie sollte er sich bloß verhalten?

Das Gespräch hatte noch vor dem Anruf von Lisas Tochter stattgefunden, das ihn dann völlig aus dem Häuschen brachte. Doch seine Überlegungen, eine für ihn glimpfliche Lösung zu finden, blieben weiterhin fruchtlos. Da begann er, sich innerlich damit abzufinden, dass die geforderte Summe gezahlt werden musste, er wollte endlich seine Ruhe wiederhaben. Und er glaubte sogar ihrer Versicherung, danach das gesamte belastende Material zu vernichten. Sie war wie Lisa, sie hielt ihr Wort. Die Frage war allerdings, ob der oder die anderen, die sie höchstwahrscheinlich eingeweiht und damit zu ihren Partnern gemacht hatte, sich gleichfalls an dieses Versprechen halten würden.

Ahn von Helm holte einen passenden Koffer aus dem Schrank und begann, Geld aus dem Tresor auf den Tisch zu packen. Da er jenen Teil seiner Geschäfte, von dem das Finanzamt nicht unbedingt etwas wissen musste, in bar abzuwickeln pflegte, hatte er stets einen Notgroschen im Haus, der durchaus eine Million überschreiten konnte. Zudem war er seit der Bankenkrise vorsichtig geworden, legte nicht alles sofort wieder an. Deshalb hatte er auch keine Schwierigkeit, die geforderte Summe zusammenzubringen. Er verkniff sich das Seufzen und zählte. Es war keine angenehme Arbeit.

7

Dass Bernd Erik Hackmann nicht, wie erhofft, den Direx in der »Schwarzen Perle«, seiner Stammkneipe, traf, sondern die zwar nette, aber auch redselige Verena Schulz, passte ihm gar nicht. Noch immer hielt ihn die Geschichte mit Rendy im Griff. Gut, er hatte seine Liebste beerdigt, er hatte sich, der Not gehorchend, damit abgefunden, dass sie umgebracht worden war und ausgerechnet er sie begraben musste, aber der Mord ging ihm weiter im Kopf herum. Er fragte sich, wer das Schwein war, das ihr auf so schreckliche Art mitgespielt hatte.

In der Nacht zum Sonntag, als er endlich zu Mutter in die Wohnung zurückgekehrt war, hatte er erst einmal durchgeatmet. Sie hatte auf ihn gewartet, war aber vor dem Bildschirm eingeschlafen und schimpfte, weil er wieder so spät kam. Zugleich war sie jedoch froh, dass er nicht die ganze Nacht wegblieb. Sie wollte wissen, ob er diese Milena erreicht und sie was gesagt hatte; ob sie etwas von dieser Fotogeschichte oder von Rendys Verbleib wusste.

»Nein«, hatte Hacke erwidert, »sie weiß angeblich nichts.«

»Wieso angeblich?«, fragte die Mama.

»Weil sie mir irgendwie ausgewichen ist. Ich hatte aber Glück, dass ich sie überhaupt erwischte, sie wollte gerade nach Prag.«

Am Sonntag hatte Hacke bis in die Puppen geschlafen und dann gründlicher aufgeräumt, als das am Vortag möglich gewesen wäre. Vor allem hatte er die Pistole und die schwarze Maske auf dem Dachboden am sicheren Platz versteckt. Hinter einem Balken, darauf sollte erst mal einer kommen. Hier herauf stieg allerdings sowieso nur alle Jubeljahre jemand.

Er hatte überlegt, ob er seine Schulden bezahlen sollte, konnte sich freilich nicht von dem erbeuteten Geld trennen. Außerdem war er zu faul, in die Stadt aufzubrechen, er hatte ja kein Auto mehr. Erst am Dienstag setzte er sich in die Straßenbahn, dreitausend Eier in der Tasche. Er konnte das nicht länger hinausschieben.

Es ging auf fünf, als er in die »Perle« kam, wo er den Direx vergeblich zu erreichen versuchte. Der Mann an der Theke behauptete, ihn und seine Leute schon seit ein paar Tagen nicht gesehen zu haben. Dagegen süffelte Verena ihren Cocktail und schmiss sich gleich an ihn ran. Er hatte noch nicht mal sein Bier bestellt, da legte sie schon los. »Du errätst nicht, was vorige Woche passiert ist. Meine Schulbekannte, du weißt schon, die vom Dorf, ist völlig durch den Wind. Stell dir vor, bei denen im Geschäft gab's 'nen Überfall. Ein Mann mit 'ner Pistole hat den halben Laden ausgeräumt und vor allem den Tresor. Den Verkäufer hat er an die Heizung gefesselt, der hat 'nen Schock erlitten.«

»Wirklich schlimm, was heutzutage so passiert«, brummte

Hacke und steckte das mit dem »halben Laden« weg, den er ausgeräumt haben sollte. »Gibt's schon 'nen Verdächtigen?«

Verena rückte näher an ihn heran. »Das nicht, aber es muss jemand sein, der sich dort genau auskennt. Der wusste alles, sogar, dass der Chef nicht da war und sie deshalb mehr Geld im Geschäft hatten.«

»Vielleicht jemand aus dem Dorf«, sagte Hacke. »Da spricht sich so was schnell rum.«

»Kann schon sein. Die Anne, meine Bekannte, quatscht ja so viel. Hat sogar mir erzählt, dass ihr Vater unterwegs ist.«

Und du hast's an mich weitergetratscht, dachte Hacke belustigt, fass dich an die eigene Nase.

Als hätte Verena seine Gedanken erraten, sagte sie: »Und ich hab's dir gesteckt. Vielleicht warst ja du's.«

»Red nicht solchen Blödsinn.« Hacke hatte Mühe, ruhig zu bleiben.

»Brauchst dich nicht aufzuregen, war bloß ein Scherz.«

»Ich reg mich nicht auf, aber auf solche Scherze kann ich verzichten.« Er nahm sein Bier und setzte sich an einen freien Tisch. Im Lokal war noch nicht viel Betrieb.

Verena griff nach ihrem Cocktail und folgte ihm. »Kannst ruhig mal ein bisschen netter zu mir sein«, murrte sie, »du bist immer gleich eingeschnappt. Seit du mit der Rendy auseinander bist, kann man gar nicht mehr mit dir reden.«

»Lass die Rendy aus dem Spiel«, sagte Hacke.

Verena ließ sich nicht bremsen. »Warum denn? Mit euch beiden wird das sowieso nichts mehr. Du bist doch viel zu schade für die. Vorige Woche hab ich sie mit 'nem Kerl gesehn, wie sie rumknutschten. In 'nem Auto. Mann, taten die verliebt.«

Sie wollte ihn provozieren, aber das war es nicht, was ihn elektrisierte. »Mit 'nem Kerl?« Er schrie fast. »Wer war das?«

»Mein Gott, fährst du auf die Schlampe ab«, sagte Verena. »Ich hab die zwei nur von weitem gesehn, hinter der Scheibe. Glaub auch nicht, dass ich den kannte. Seine Karre fand ich jedenfalls nicht toll. Ein großer dreckiger Ford.«

»Ein Ford? Welche Farbe?«

»Spielst du jetzt auch noch Detektiv?« Nun kicherte sie. »So grau, mit 'nem schwarzen Längsstreifen, kannst ja mal gucken, ob er grad draußen parkt. Vielleicht findest du dann deinen Mann. Könnte freilich sein, dass sie mit ihm in der Kiste liegt.« Sie trank ihr Glas leer und wollte an die Theke zurück.

»Warte«, Hacke hielt sie am Arm fest. »Ich spendier dir 'ne Piña Colada. War der schwarze Streifen schmal oder breit?«

»Mann«, sagte sie erneut, »du kannst vielleicht nerven. So genau hab ich da nicht hingeguckt. Schmal, breit, was weiß ich. Eher breit, würd ich sagen.«

Hacke fragte nichts mehr. Er bestellte ihr das Getränk und nahm zur Kenntnis, dass sie wieder näher an ihn heranrückte. Aber das erfasste er mehr im Unterbewusstsein. In Gedanken war er bei Rendy. Sie hatte mit einem Liebhaber in einem Ford gesessen. In seinem, dem gestohlenen Ford? Natürlich, er war schon vor seiner Tour aufs Land dreckig gewesen, und den schwarzen Streifen hatte er selbst mit Folie aufgeklebt, weil es so schnell keine Möglichkeit für ihn gab, die Karre umzuspritzen. Das Zeug klebte wie Ochs, und dadurch hatte er sich sicherer gefühlt.

»Wann war das?«, wollte er nun doch wissen. »Wann hast du die beiden gesehen?«

»Weiß ich nicht mehr. Oder doch, Augenblick mal. Ich kam vom Shoppen, wollte mir 'ne Bluse kaufen. Hab nicht das Richtige gefunden. War spät dran, wollte nach Hause. Am Donnerstag war's, Donnerstagabend.«

Hacke hob sein Bierglas, setzte es aber wieder ab, ohne zu trinken. Sie hat mit ihrem Mörder im Ford gesessen, dachte er. In dem Wagen, der angeblich die ganze Zeit auf Finns Waldgrundstück stand. Nun weiß ich endlich, wie sie in den Kofferraum kam. Aber wer war der Schweinehund, der sie dort hineingelegt hat?

Verena bekam ihren zweiten Cocktail und glaubte, den unglücklich Verliebten trösten zu müssen. Sie war eine leidlich hübsche Person, etwas füllig, mit braunen Löckchen, Wangengrübchen und großen Kulleraugen. Sie stand auf Hacke, was sie ihm schon mehrfach angedeutet hatte. Nun nahm sie seine Hand, tätschelte sie. »Hör doch auf, immer an Rendy zu denken. Die hat's mit vielen getrieben. Mit dem Freund von der andern hab ich sie zusammen gesehen, von dieser Milena, und im ›Ross‹ war sie sogar mal mit ihrem Nachbarn.«

Erik lachte: »Jetzt hör aber auf. Dem hat sie vielleicht ein Bier spendiert, weil er ihr was repariert hat. Er hat den beiden Frauen immer mal geholfen.«

»Eben! Wer weiß, ob's bei dem Bier geblieben ist.«

Hacke wurde einer Antwort enthoben, denn gerade betrat einer von Baums Männern den Raum. Ohne die beiden zu beachten, ging er zum Tresen, schwang sich auf einen Hocker und bestellte ein Bier.

Erik Hackmann kannte den untersetzten Kerl nicht näher, wusste aber, dass er zu den Leuten des Direx gehörte. Er hatte die beiden schon öfter zusammen gesehen. »Moment«, sagte er zu Verena, entzog ihr seine Hand und stand auf. »Ich muss den da drüben mal was fragen.« Er ging zum Tresen und sprach den Mann an.

Der andere drehte sich um, musterte ihn von Kopf bis Fuß. Es war kein freundlicher Blick. »Schau an, Hacke«, sagte er in breitem Sächsisch, »ooch wieder mal hier?«

»Du kennst mich? Um so besser.«

»Du kennst mich doch ooch, oder? Was willst'n vom Direx? Geld pumpen?« Er grinste.

Der Zapfer hinter der Theke, der die Worte gehört hatte, grinste gleichfalls, und Hacke begann sich zu ärgern. »Hab ich nicht nötig«, brummte er, »will eher was zurückgeben. Aber wenn der Direx heute nicht kommt ...« Er wandte sich ab.

Der Untersetzte hielt ihn am Arm fest. »Vielleicht kommt'r, vielleicht nich. Wenn de die Knete loswärn willst, kannstes ooch bei mir. Ich bin ä guter Freind vom Direx. Ich schreib dir sogar 'ne Quittung.«

Hacke machte sich los. »Das geht nicht, ich warte lieber auf den Chef. Ich hab Zeit.«

Mit einem spöttischen Blick beugte sich der Klotz vom Hocker zu ihm herab. »Dann ähmd nich«, sagte er leise, »dann wartste ähmd. Aber verzock nich wieder alles am Automaten, bevor er kommt. Und übrigens – 'nen scheenen Gruß an deine Muddi.«

Hacke schoss das Blut zu Kopf. Was sollte das denn heißen? »Was …«, setzte er an, aber der andere hatte sich schon wieder weggedreht. Er fing ein Gespräch mit dem Zapfer an, beachtete Erik Hackmann nicht mehr.

Hacke wollte keinen Streit. Gereizt und aufgewühlt kehrte er an seinen Platz zurück. Verena hatte die Szene verfolgt und sagte: »Mann, ist das ein doofer Bolzen. Der gibt hier immer so an. Lass dich bloß nicht mit dem ein.«

»Mach ich nicht«, sagte Hacke, war aber nicht bei der Sache. In seinem Hirn hatte ein Funken gezündet. Der war's, hallte es in seinem Schädel, der ist mit seinem Kumpan bei mir zu Hause eingestiegen, hat Mutter gequält und sie mit Schlaftabletten vollgestopft. Ich muss noch mal mit ihr über die Kerle reden, aber es gibt keinen Zweifel. Der hat mir das ja unverblümt geflüstert. Und wenn er wirklich bei mir und später bei Finn war, steht der Direx hinter ihnen. Doch was haben die drei mit Rendy zu schaffen? Mit alten Fotos, die sie angeblich besitzt – besaß? Und warum haben sie mich nicht einfach gefragt, statt einzubrechen?

Hacke saß am Tisch, trank Bier und wartete auf den Direx, der jedoch nicht auftauchte. Stattdessen verschwand der Untersetzte aufs Klo und dann ganz, wahrscheinlich durch die Hintertür, jedenfalls kam er nicht wieder.

Erik Hackmann wusste nicht, was er tun sollte. Verena betatschte erneut seine Hand, und er betrachtete das lustige Harlekin-Tattoo auf ihrem nackten Oberarm. Er wollte ernsthaft nachdenken, schaffte es aber nicht mehr. Vom Oberarm schaute er in den Blusenausschnitt, der großzügig angelegt war, griff ihr an den Schenkel und fragte sie unvermittelt, ob sie eigentlich untenherum rasiert sei.

»Also, weißt du«, erwiderte Verena und wurde rot.

»Ist doch nichts dabei, das machen fast alle.«

»Du bist betrunken, aber wenn du's genau wissen willst – nein. Für dich würd' ich's vielleicht machen.«

»Ich bin nicht betrunken«, sagte er, »ich fühl mich nur beschissen, und jetzt will ich zahlen.«

»Gut, dann zahl«, flüsterte Verena, »und danach kommst du mit zu mir.«

8

»Langsam muss man das Schlimmste befürchten«, sagte Nele Kreuz und bog in Richtung Norden ab. »Renate Mende ist wie vom Erdboden verschluckt. Die Befragung in den Kneipen und Bars der Umgebung hat kaum etwas ergeben. Zwar ist sie in einigen Lokalen gut bekannt, aber gesehen hat man sie seit Mitte voriger Woche nicht mehr.«

Kommissar Ronstein nickte. »Sie hat in einem Kosmetikladen gearbeitet, war aber wohl nicht sehr zuverlässig. Vor zwei Wochen hat sie gekündigt, und die Leute dort waren nicht gut auf sie zu sprechen. Weiterhelfen konnten sie mir jedenfalls nicht. Im übrigen hatte ich mir ein bisschen mehr von diesem Findeisen erhofft. Dass er seine Freundin zufällig auf dem Bahnhof getroffen haben soll, kommt mir suspekt vor.«

»Möglich wäre es. Zumal sie zu dem Zeitpunkt ja nicht mehr seine Freundin war.«

»Warum fragt er nicht wenigstens, wohin sie fährt? Das Ganze klingt, als hätte er eine falsche Spur legen wollen«, sagte Ron.

»Vielleicht waren sie so zerstritten, dass er sie nicht mehr ansprechen wollte«, erwiderte Nele. »Wir hätten nachhaken sollen.«

Sie waren auf dem Weg zu Erik Hackmann. Wie sich nach kurzen Recherchen herausgestellt hatte, war der Mann kein unbeschriebenes Blatt. Er hatte eine Bewährungsstrafe wegen Diebstahls hinter sich und war in Schlägereien verwickelt gewesen. Auch von gelegentlichem Drogenmissbrauch stand etwas in den Akten.

»Die Stube bei diesem Findeisen war aufgeräumt, als hätte er nichts anderes zu tun«, fing Nele wieder an. »Da solltest du mal meine Wohnung sehen.«

»Du hast Mann und Kind zu Hause, er ist allein und beschäftigt ganz bestimmt jemanden, der bei ihm saubermacht.« Ron lachte.

»Dennoch, er ist ja kein Beamter, der seine Stifte in Reih und Glied auf den Schreibtisch legt. Als hätte uns nichts bei ihm auffallen sollen. Und mit diesem windigen Hackmann ist er auch bekannt.«

»Richtig. Der Verbindung zwischen den beiden müssen wir nachgehen«, stimmte der Kommissar zu. »Insbesondere noch, weil er Hackes Freundin übernommen hat.«

Sie waren angekommen und parkten den Wagen. Die Mutter öffnete. »Mein Sohn ist nicht da«, erklärte sie auf Ronsteins Frage hin.

»Wo können wir ihn denn erreichen? Auf der Arbeit?« Ron wusste, dass der Sohn Hartz IV bekam, wollte sie aber nicht gleich verstimmen.

»Er ist viel unterwegs«, wich die Mutter aus. »Worum geht es denn?«

»Wir müssen ihn wegen Renate Mende befragen«, schaltete sich die Kreuz ein. »Kennen Sie die junge Dame?«

»Rendy? Klar. Das war Eriks Freundin. Vor einiger Zeit hat er sich aber von ihr getrennt.«

»Das wissen wir«, sagte Nele. »Vielleicht haben sich die beiden hinterher trotzdem noch getroffen.«

Die Frau zögerte. »Sollten wir nicht besser reingehen?«, schlug sie vor.

Sie betraten das Wohnzimmer, und dem Kommissar fielen sofort einige Fotos überm Sofa auf. Sie waren ungewöhnlich, stellten einen Sportler in verschiedenen Posen dar, vor allem beim Sprung von einem Felsen ins Meer. »Ihr Mann, nehme ich an. War er Schwimmer?«

»Klippenspringer.« Aus ihren Worten klang Stolz. »Er ist leider tödlich verunglückt.«

»Entschuldigung. Ich wollte nicht aufdringlich sein.«

»Nein, nein, ist schon lange her. Hier ist übrigens auch mein Sohn zu sehen. Als Kind und später mit Rendy.« Sie deutete auf eine andere Wand.

»Er hat wohl sehr an ihr gehangen?«, fragte Nele.

»Das kann man so sagen. Aber wie die jungen Leute heute eben sind, man streitet sich, und keiner will zurückstecken.«

»Dennoch ist es möglich, dass sie sich nach der Trennung noch mal getroffen haben«, beharrte die Kriminalistin. »Wissen Sie etwas darüber?«

»Nicht mehr sehr oft. Ich will ja nichts Schlechtes über sie reden, aber sie trug den Kopf hoch, Erik war ihr nicht gut genug. Er dagegen … Ständig wollte er sie anrufen, mit ihr sprechen. Sie ging bloß nicht ran. Kürzlich ist er sogar zu ihr gefahren, hat sie aber nicht zu Hause angetroffen.«

»Deshalb sind wir hier«, erklärte Ron. »Wir dachten, er könnte uns etwas über ihren Verbleib erzählen.«

»Rendy ist irgendwie verschwunden«, sagte die Mutter. »Nicht mal die andere aus ihrer Wohnung hätte was gewusst, meint Erik. Und dann …«, sie unterbrach sich.

»Und dann?«, hakte der Kommissar ein.

»Ach nichts«, erwiderte sie unsicher. »Der Erik ist bloß so selten da. Und jetzt kommen Sie und fragen mich alles Mögliche über die Rendy.«

Ron wurde ernst. »Wenn Sie etwas über Renate Mende wissen, Frau Hackmann, müssen Sie uns das mitteilen. Wir suchen sie und befürchten, dass ihr etwas zugestoßen ist. Was bedeutet Ihr ›Und dann …‹«

»Ich hab ja auch 'ne mächtige Wut auf die«, platzte die Frau heraus. »Brechen hier ein, pöbeln rum, durchsuchen alles und betäuben mich mit Schlafpillen. Bedroht haben sie mich, damit ich nicht zur Polizei gehe! Und Erik hat Schiss, zieht den Schwanz ein.«

»Sie sind überfallen worden, haben es aber nicht der Polizei gemeldet?«, fragte die stets korrekte Nele Kreuz überrascht. »Wann war das?« Und Ron, der nicht ganz verstanden hatte, ergänzte: »Wer ist bei Ihnen eingebrochen? Weshalb?«

»Ich kannte die doch nicht«, erwiderte Frau Hackmann. »Das waren zwei Mann mit Maske, Banditen, richtige Verbrecher mit Pistole und Messer. Deshalb hab ich's ja für mich behalten. Aber wo es der Polizei doch um die Rendy geht. Nach *der* haben sie gesucht und nach Fotos. Sie dachten, Erik hat die.«

»Mal langsam, eins nach dem anderen.« Ron war genauso verblüfft wie seine Kollegin. »Jetzt komme ich nicht mehr mit. Wann waren diese Männer hier?«

»Freitag Nacht.«

»Vor vier Tagen also. War Ihr Sohn da?«

»Nein, nicht. Ich sagte ja schon, dass er immer unterwegs ist, wenn man ihn braucht.« Die Mutter seufzte.

»Die beiden haben nichts mitgenommen? Geld, Wertsachen?«

»Bei mir gibt's nichts zu holen«, entgegnete Frau Hackmann.

»Ich komme als Kellnerin gerade so über die Runden. Trotzdem hab ich mich darüber auch gewundert. Etwas zum Klauen finden solche Ganoven doch immer.«

»Gut«, sagte Ron. »Und nun erzählen Sie bitte mal, was die beiden von Frau Mende wollten.«

Sie hatten inzwischen Platz genommen, und Hackes Mutter berichtete. Dass es nicht um Rendys Foto an der Wand gegangen sei, sondern um irgendein Material. Um Aufnahmen oder so, die von früher stammen müssten und die sie wohl gemacht hätte. Ihr Sohn habe vermutet, dass die Bilder jemanden belasten würden, der keine reine Weste hätte.

»Seine Freundin hat ihm nie was von diesem Material erzählt?«, erkundigte sich Ron noch.

»Das hätte er mir gesagt. Er hat keine Ahnung davon.«

Der Kommissar war sich da nicht so sicher, ließ es aber dabei bewenden. Als sie fertig waren, fragte die Mutter: »Was mache ich denn, wenn die Banditen wiederkommen?«

»Wenn sie alles durchsucht und nichts gefunden haben, tauchen sie wahrscheinlich nicht noch mal hier auf«, erwiderte Nele Kreuz. »Tauschen Sie aber das Schloss aus, und bitten Sie Ihren Sohn, nachts zu Hause zu bleiben. Wenigstens in der nächsten Zeit. Er soll uns übrigens sofort anrufen, wenn er sich bei Ihnen meldet. Und erstatten Sie Anzeige.«

Sie nannte ihr die nötigen Nummern, dann verabschiedeten sie sich. Wieder im Wagen, versuchten sie erst einmal, das Gehörte zu verdauen. Beide wussten sie nicht, was sie von der Sache halten sollten.

9

Diesmal setzte sich Ron ans Steuer. »Ein Kriminalfall ist anfangs immer eine Partie gegen unbekannte Gegner, sinnierte er laut, »aber hier kommen auch noch völlig verwirrende Varianten ins Spiel.«

»Immerhin wissen wir jetzt, dass es tatsächlich Gegner gibt. Sie haben nach der Mende gesucht oder suchen sie noch. Und nach irgendwelchen alten Fotos.«

»Du solltest endlich Schach spielen lernen. Du hast Talent«, sagte Ron.

»Vielleicht haben die beiden, die uns Hackmanns Mutter beschrieben hat, diese Rendy inzwischen erwischt und halten sie fest«, fuhr Nele unbeirrt fort.

»Wenn sie ihr Opfer nicht schon umgebracht haben.«

Nele seufzte. »Zwei Maskenmänner, brutal und gefährlich. Der eine groß und bullig, der andere kleiner, aber gleichfalls kräftig. Außerdem auffällig durch sein breites Sächsisch! In einer Stadt, wo fast jeder so redet. Das ist nicht gerade viel, um jemanden aufzuspüren.«

»Trotzdem sollten wir uns in den einschlägigen Kneipen nach so einem Pärchen umschauen«, erwiderte der Kommissar. »Und im Computer all unsere Spezien überprüfen.«

»Hoffentlich meldet sich Erik Hackmann bald. Damit wir wenigstens das abklären können.«

Der Verkehr wurde dichter, und sie unterbrachen ihr Gespräch. Kurz bevor sie die Dienststelle erreichten, kam der Kommissar auf eine andere Spur zu sprechen: »Bei all dem dürfen wir die Variante Faber nicht aus den Augen lassen. Die Mitbewohnerin der Mende ist ja ebenfalls wie vom Erdboden verschluckt. Schon eigenartig, dass sie in dem Augenblick verschwindet, wo Rendy vermisst wird. Noch dazu, wenn sie ihre Sachen mitnimmt.«

»Vielleicht hat sie jemandem erzählt, wo sie hinwollte. Wir sollten noch mal bei den Nachbarn nachfragen.«

»Mach das«, erwiderte Ron. »Ich nehme mir inzwischen unsere schweren Jungs aus der Kartei vor.«

»Leider fehlt uns auch der Name von Frau Fabers Freund«, sagte Nele. »Ich werde mich an die Strippe hängen und diese Frau Hassberg fragen oder den Herrn Kappel. Vielleicht weiß auch die Vermieterin etwas.«

Ronstein machte sich an die Arbeit, zunächst ohne viel zu erreichen, aber Nele Kreuz hatte Erfolg. Die Wirtin hatte den gesuchten Namen einmal gehört und gleich notiert. Es handelte sich um einen gewissen Stan Rothe – die Adresse war schnell ermittelt. Während Ron Berichte schrieb, mit dem Chef sprach und die Computerdatei nach einem bestimmten Ganovenpärchen durchforstete, fuhr sie zu Milena Fabers Freund. Sie erwischte ihn, als er gerade weg wollte. Nele fragte zunächst nach seiner Bekannten Milena.

»Ich bin sauer auf sie«, erklärte der Student, der die Polizistin durch seine sportliche Gestalt beeindruckte. »Ich weiß überhaupt nicht, wo sie sich aufhält. Angeblich in Prag, aber wer's glaubt, wird selig. Sie ist mit Sack und Pack davon, hat mir nicht das Geringste erzählt. Auf Anrufe und Mails reagiert sie nicht.«

»Entschuldigen Sie, wenn ich privat werde. Hat sie mit Ihnen Schluss gemacht oder das wenigstens angedeutet?«

Der Student tat ein bisschen beleidigt. »Ach was. Sie ist bloß sehr launisch.«

Wenn jemand von heute auf morgen aus der Wohnung abhaut, ist das mehr als launisch, dachte Nele. »Können Sie sich einen Grund denken, weshalb sie nach Prag wollte?«, stieß sie nach. »Falls das doch stimmen sollte.«

»Sie behauptete, in Prag noch etwas regeln zu müssen. Wegen dem Tod ihrer Mutter.«

»Wenn ihre Mutter gestorben ist, wäre das ja wirklich eine Erklärung«, sagte Nele. »Vielleicht ist ihr Wegbleiben in der Tat nur ein Zufall.«

»Deshalb braucht sie mich doch nicht so abzuhängen«, murrte Stan. »Kann ich jetzt los?«

»Sofort. Aber ich bin nicht nur wegen Frau Faber hier, sondern auch wegen Frau Mende. Besonders wegen Renate Mende. Es gibt eine Vermisstenanzeige.«

»Wegen Rendy? Von wem?«

»Von ihrem Vater«, sagte die Kommissarin. »Haben Sie eine Ahnung, wo sie sein könnte?«

»Nicht die geringste. Vielleicht weiß der Kerl in ihrem Haus was, der Elektriker.«

»Der Elektriker?«

»Ja, der Clown hängt doch so an Rendy. Ihr Nachbar ist das. Dauernd will er ihr was in der Wohnung reparieren oder ihr was schenken.«

»Dieser Herr Kappel?«, vergewisserte sich Nele.

»Genau der.«

Die Kommissarin notierte die Auskunft bei sich, bezweifelte aber, dass Stan selbst so gar nichts von Rendy wusste. Sie stellte ihm noch ein paar Fragen, und als er behauptete, sie in der letzten Zeit kaum gesehen zu haben, hakte sie ein.

»Das kann nicht sein. Sie hatten erst kürzlich einen Streit mit ihr.«

Er machte ein finsteres Gesicht. »Wer sagt das?«

»Das tut doch nichts zur Sache.«

»Ich weiß schon, aus welcher Ecke das kommt. Die Hassberg erzählt so was, die schnüffelt doch jedem hinterher.«

»Stimmt es oder nicht?«

»Na ja. Weil Milena immer so zickig war, hab ich's eben mal bei Rendy versucht. Da war aber nichts weiter.«

»Sie hatten kein Verhältnis mit ihr?«, fragte Nele.

»Absolut nicht«, erwiderte Stan, »die Rendy ist doch nur 'ne bessere Hure. Die macht's zwar nicht mit jedem, aber mit jedem, der anständig Knete hat.«

»Sie haben keine besonders gute Meinung von Frau Mende.«

»Das kann man so sehen«, erwiderte der Student.

»Können Sie mir sagen, in welchen Lokalen sie verkehrt?«

»Vor allem wohl im ›Sexy Girl‹, das ist keine drei Straßen weiter.«

»Was haben Sie am Donnerstagabend gemacht, Herr Rothe?«

»Donnerstag letzter Woche?«, fragte er gedehnt.

»Ja, letzte Woche.«

»Für die Prüfungen gebüffelt, wie immer.«

»Kann das jemand bestätigen?«

»Natürlich nicht, beim Lernen brauche ich keine Gesellschaft.«

»Gut«, sagte Nele, »dann noch eine letzte Frage. Haben Sie mal etwas von älteren Fotos gehört, die Frau Mende in Besitz hat und die möglicherweise sehr wichtig für sie waren?«

Es war, als würde Stan Rothe kurz zögern. Dann jedoch entgegnete er: »Fotos, wovon denn? Für älteren Schmuck hat sie sich vielleicht interessiert, wenn er denn was taugte, aber sonst … Und in etwas Wichtiges hätte sie mich bestimmt zuallerletzt eingeweiht.«

10

Das Telefon schnarrte, und Beatrice von Helm nahm ab. Ihr Mann war gerade mit dem Labrador spazieren gegangen, nachdem er mehrere Stunden in seinem Arbeitszimmer zugebracht und gearbeitet hatte. Sonst war nur die Zugehfrau im Haus, sie werkte in der Küche.

»Ja, bitte?«, sagte Beatrice. Sie rechnete mit dem Anruf eines befreundeten Fotografen.

»Spreche ich mit Frau von Helm?« Die Stimme klang fremd.

»So ist es. Worum geht's?«

»Um Ihren Mann. Er betrügt Sie.«

»Was ist los?«, fragte Beatrice erstaunt. Sie war zu verblüfft, um zu lachen.

»Sie haben richtig gehört. Ich wollte es Ihnen nur zur Kenntnis bringen. Falls Sie ahnungslos sein sollten.«

»Wer sind Sie?«, wollte Beatrice wissen. »Wer spricht dort?«

»Das tut nichts zur Sache.«

»Für mich schon. Ich mag solche Witze nicht.«

»Das ist alles andere als ein Witz«, sagte der Mann.

»Und worauf gründet sich Ihre absurde Behauptung?«

»Darauf, dass ich seine Situation kenne. Es ist weder eine bloße Behauptung noch absurd. Oder stimmt es nicht, dass er heimlich Anrufe entgegennimmt, Post empfängt? Bestimmt zieht er sich öfter als vorher in seine Räume zurück.«

Das war richtig. Seit kurzem waren ihr sein verändertes Verhalten aufgefallen, seine Heimlichkeiten. Sie hatte ihn darauf angesprochen, aber er war ausgewichen, hatte es auf die Geschäfte geschoben, mit denen er sie angeblich nicht belasten wollte.

»Das stört mich nicht, es ist nicht ungewöhnlich«, murmelte Beatrice wider besseren Wissens und ärgerte sich, dass sie überhaupt antwortete. Sie war dem Mann – es handelte sich bestimmt um einen Mann – keine Rechenschaft schuldig.

»Jedenfalls sollten Sie auf Ihren Gemahl aufpassen. Sonst könnte es Sie teuer zu stehen kommen. Im wahrsten Sinne des Wortes.«

»Wie meinen Sie das nun wieder?«, fragte Beatrice. »Noch mal, wer sind Sie?«

»Betrachten Sie mich einfach als jemanden, der es gut mit Ihnen meint«, erwiderte der andere und legte auf.

Beatrice von Helm war verblüfft, genau genommen sogar verstört. Sie hätte den Anruf als üblen Scherz abtun können, wäre

Ahn wirklich wie früher gewesen. Aber das war er eben nicht, sie brauchte nur an seine Hektik und Aufgeregtheit kürzlich zu denken. Mit dem Herzen hatte er es schon lange, neuerdings kochte es aber bedenklich schnell in ihm hoch. Vor allem dann, wenn er irgendwelche geheimnisvollen Anrufe bekam oder Post aus dem Kasten holte, die er ihr nicht zeigen wollte.

›Betrug‹, wiederholte Beatrice bei sich, ›es könnte mich teuer zu stehen kommen‹ – was will der Mann andeuten? Dass Ahn in krumme Geschäfte verwickelt ist, dass ihm größere Verluste drohen? Warum ruft er ihn nicht selber an, was will er von mir? ›Einer, der es gut mit Ihnen meint‹, da kann ich nur lachen.

Oder war eine Frau im Spiel, von der sich Ahn ausnehmen ließ? Dann wäre besser zu begreifen, wer der Anrufer war, ein betrogener Ehemann, der sie, Beatrice, aufklären wollte, um sie womöglich als Verbündete zu gewinnen. Natürlich, das war es, das war die Erklärung. In diesem Fall hätte er allerdings seinen Namen und überhaupt etwas mehr verraten können. Vielleicht wollte er es vermeiden, seine Frau bloßzustellen.

Beatrice überlegte, ob sie den Anruf ernst nehmen und ihren Mann zur Rede stellen sollte. Aus früheren Affären, die allerdings schon länger zurücklagen, wusste sie, dass er darauf bockig reagierte. Besser war es, die Sache austrudeln zu lassen, abzuwarten, bis sie im Sand verliefe. Da sie gleichfalls schon fremdgegangen war, kam sie damit zurecht.

Allerdings waren sie, um es etwas pathetisch auszudrücken, zuletzt einander ziemlich lange treu gewesen, und so fuchste sie diese Geschichte doch. Falls etwas dran war! – Warum soll ich mich nicht mal in seinem Zimmer umsehn?, dachte Beatrice. So weit, dass er den Raum vor mir abschließt, wenn er weggeht, sind wir noch nicht.

Sie betrat Ahns Arbeitsraum mit dem breiten Schreibtisch aus Eichenholz, den hohen Bücherregalen voller Klassiker, in denen er nur wenig blätterte, und den tiefen Ledersesseln. Auf dem

Schreibtisch Papiere, an denen sie nichts Besonderes entdecken konnte, das obere Fach verschlossen. Sie hätte es gern geöffnet, aber das hätte Gewalt gebraucht. Das wollte sie nicht.

Ein Kalender lag aufgeschlagen da, angekreuzt der morgige Tag. Kein Hinweis auf was auch immer. Sie konnte nichts Ungewöhnliches daran finden.

Beatrice schaute sich im Zimmer um. Durch einen Sessel verdeckt, so dass man ihn von der Tür aus nicht sah, stand ein abgeschabter Lederkoffer. Sie erinnerte sich, ihn vor Jahren selbst benutzt, aber eine Ewigkeit nicht mehr gesehen zu haben. Sie hatte gar nicht gewusst, dass er noch existierte.

Der Koffer war leer. Beatrice fragte sich, was Ahn damit transportieren wollte. Etwa Geld? Erneut kamen ihr die Worte des Anrufers in den Sinn, es könnte teuer für sie werden oder so ähnlich. Hatte er das so direkt gemeint?

Da sie sonst nichts Verdächtiges fand, wandte sich Beatrice dem Papierkorb zu, in dem etliche zerknüllte und zerrissene Blätter lagen. Sie versuchte, einiges davon zu glätten und zusammenzusetzen. Undefinierbare Kritzeleien, wie er sie hin und wieder machte, vor allem, wenn er verärgert oder wütend war! Dazwischen, mehrfach durchgestrichen, zwei Namen: Milena, Lisa. Was sollte das nun wieder heißen?

Wie in Liebe hingemalt, sieht das nicht aus, sagte sich Ahn von Helms Frau, vielleicht ist es der Doppelname einer Person, einer Tschechin oder Slowakin – mit denen hat er ja oft genug zu tun. Jedenfalls scheint er sehr sauer auf die Dame zu sein. Da kann ich wohl in Ruhe abwarten.

Sie warf die Fetzen wieder in den Korb und verließ das Zimmer. Nein, sie würde ihm im Moment nichts von dem Telefonat sagen, sich ganz normal verhalten. Beobachten würde sie ihren Mann allerdings schon, sie wollte wissen, was er mit dem Koffer vorhatte. Und sie würde auf den nächsten Anruf des Unbekannten warten, denn sie war sicher, dass sich der Mann wieder melden würde.

11

Am Montag buchte Milena in der Nachbarstadt Chemnitz für drei Nächte ein Zimmer. Gleich nach der Geldübernahme würde sie ihre Pension und Dresden verlassen, um aus dem Bankfach dort das Fotomaterial zu holen. Danach wollte sie aber bald weiterziehen. Zunächst vielleicht in eine Stadt wie Riesa, wo sie keiner vermutete. Sie würde ins europäische Ausland und später nach Südamerika gehen. Nach Brasilien vielleicht oder Chile. Sie würde ihr Wort halten und das brisante Material vernichten. Allerdings erst, wenn sie in Sicherheit wäre.

Milena schmiedete Pläne und spann sich alle möglichen Glücksgeschichten zusammen. Nicht mit einem Schauspieler oder Musiker als Geliebtem, der sie in die große Welt der Reichen und Prominenten einführen würde – das war ihr zu kitschig. Eher träumte sie von einer Wohnung am Meer, die ihr viel Freiheit und den nötigen Wohlstand erlaubte, denn sie war ja dann selbst reich. Sie glaubte sich clever genug, das Richtige zu finden.

Im Augenblick aber galt es, die Million nebst Zusatzsumme einzutreiben, da durfte nichts schiefgehen. Die Scheine sollten ohne laufende Nummern und vernünftig gestückelt sein, so hatte es Milena von ihrem Opfer verlangt, denn solche Kleinigkeiten waren wichtig. Sie wollte das Geld nicht vergraben oder lange Zeit mit sich herumschleppen müssen. Vielleicht konnte sie das eine oder andere in Tschechien unterbringen, wozu sie freilich vorübergehend Verbindungen der verstorbenen Mutter würde nutzen müssen. Eine Sache, die ihr missfiel, doch es würde wohl nicht anders gehen.

Dresden mit seinen historischen Prachtbauten, mit seinen Kunstschätzen, den Gemälden, Skulpturen und Schmucksammlungen war Milena in der kurzen Zeit, die sie hier wohnte, schon ans Herz gewachsen, und es tat ihr leid, nie mehr in die Stadt zurückkehren zu können. Wenigstens solange die Sippe von Helms hier lebte. Denn wenn sie das Material entsorgt haben würde, wäre sie nicht mehr abgesichert. Vielleicht war es besser, die Fotos etwas länger als geplant zu behalten. Na egal, jetzt gab es anderes zu bedenken.

Sie hatte dem Unternehmer noch die Frist eines zweiten Tages gegeben, damit er das zusätzliche Geld heranschaffen konnte, nun nahm sie sich dieses Zugeständnis fast übel. Sie wurde immer unruhiger, die Geschichte dauerte ihr zu lang. Sie lief zum Friedhof, prüfte die Stelle der Übergabe, schaute sich erneut den Fluchtweg an, der frei von Hindernissen sein sollte. Wieder in der Pension, probierte sie zum x-ten Mal die Kleidung an, die sie tragen würde: eine dunkle Kapuzenjacke, ums Gesicht eng zusammengezogen, und drum herum einen Schal, der bis über die Nase reichte.

Am Abend war nichts mehr neu zu planen und zu überlegen. Milena hockte vor dem Fernseher, ohne hinzuschauen, starrte endlos aus dem Fenster. Wie an den Vortagen nahm sie schließlich ein Schlafmittel und ging zu Bett. Doch am Morgen, gerade als sie zum Handy greifen wollte, warf sie ihren sorgfältig ausgetüftelten Plan für Ahn von Helms Fahrtroute plötzlich über den Haufen.

Was für eine blöde Idee, den Mann kreuz und quer durch die Stadt zu schicken, sagte sie sich, das bringt nichts als Zeitverlust, und womöglich baut er noch einen Unfall. Außerdem müsste er ständig das Navi neu ausrichten, die meisten finden sich heutzutage ohne das Gerät ja kaum noch zurecht. Er wäre auch gezwungen, bei jedem Zwischenstopp auf meinen Anruf zu warten, damit ich ihn entsprechend weiterleite. Nein! Damit er nicht von Anfang an weiß, wohin die Reise geht, genügen zwei, drei Richtungsänderungen. Von seiner Villa aus über die Bautzener Straße und die Marienbrücke ein Stück in südlicher Richtung und schließlich wieder nach Osten über Dölzschen, Coschütz, Racknitz, Strehlen hierher zu mir.

Das war's nun aber wirklich. Nachdem Milena diese neue Route festgelegt hatte, holte sie endlich das Handy hervor und wählte die Nummer, mit deren Hilfe sich ihr Leben verändern sollte. Obwohl von Helm den Anruf erwartet haben musste, dauerte es eine Weile, bis er abnahm.

»Ja«, sagte er knapp.

»Haben Sie das Geld?«

»Es ist im Koffer. In unterschiedlich großen Scheinen, wie Sie es wollten.«

»Keine Seriennummern?«

»Natürlich nicht. Ich bin weder die Polizei noch die Staatsbank.«

»Sie brauchen außer dem Koffer das Handy«, erklärte Milena, obwohl er das sicher ohnehin mit sich geführt hätte. »Steigen Sie jetzt in Ihren Wagen und fahren Sie in Richtung Westen. Stellen Sie den Navigator auf den Pohnsdorfer Weg ein. Dort angekommen, halten Sie an und warten auf meinen nächsten Anruf. Alles verstanden?«

»Pohnsdorfer Weg«, sagte von Helm, »okay.«

»Nochmals – keine Tricks! Sie wissen ja, dass *ich* die Trümpfe in der Hand halte.«

»Leider«, konnte er sich nicht enthalten, zu murren. Sie hörte an seinem keuchenden Atem, dass er sehr aufgeregt war.

Glaub nur nicht, dass *mich* die Sache kalt lässt, dachte Milena und sagte: »Sie können es verschmerzen. Fahren Sie jetzt los.«

Sie legte auf, und damit war der letzte Akt des Spiels in Gang gesetzt. Milena ließ sich auf einen Stuhl fallen, atmete tief durch. Was für ein verrücktes, zwar gefährliches, aber auch glücksverheißendes Abenteuer! Noch ein wenig Geduld, und sie war Millionärin. Millionärin – wie herrlich das klang!

12

»Rasiert wird erst beim nächsten Mal«, kicherte Verena. Sie saß nackt auf einem mit Samt gepolsterten Hocker und polierte ihre Fingernägel. Sie hatte die Beine ein Stück auseinandergenommen, was Hacke aber nur im Spiegel sah, weil sie ihm den Rücken zuwandte. Er begutachtete ihr Hinterteil und stellte fest, dass sie auch dort hübsche Grübchen besaß.

»Muss ja nicht sein«, erwiderte Hacke, »es genügt, wenn du mit deinem hübschen Arsch wackelst.

»Sei doch nicht so ordinär«, sagte Verena, legte aber die Nagelfeile weg, stand betont langsam auf und wackelte mit dem Po. Sie sah wirklich appetitlich aus und hatte Talent zur Bauchtänzerin.

Hacke, der schon den Unterhose an und die Hose in der Hand hatte, hielt inne. »Treiben wir uns nicht schon lange genug im Bett herum?«

»Braucht ja nicht immer das Bett zu sein.« Sie wandte sich ihm voll zu.

»Ich müsste langsam gehen.«

»Wirklich?«

»Hätte nicht gedacht, dass du so ein kleines Luder bist«, sagte Hacke und hatte bereits die Hände an ihrem Körper. Vorn, hinten, oben, unten. Sie revanchierte sich. Eine heiße Welle floss durch ihre Glieder. Vor dem Bett lag warm und weich ein Schaffell. Die Sache funktionierte.

Als es vorbei war, dachte Hacke mit einem Mal an Rendy; es war gemein, und er fand es gegenüber Verena, die zufrieden dalag, ungerecht, doch er konnte nichts dagegen tun. Er hütete sich, sie etwas davon merken zu lassen. Er wartete noch eine Weile, dann zog er sich an.

»Du könntest bleiben, ich muss morgen zwar früh raus, aber ich lass dir den Schlüssel da.«

»Das geht nicht. Ich hab meiner Mutter versprochen, am Abend nach Hause zu kommen.«

»Da hältst du dich doch sonst nicht dran.« Verena schlüpfte ihrerseits in die Hose.

»Na ja, im Augenblick fürchtet sie sich vor allen möglichen Einbrechern. Angeblich sind kürzlich welche ums Haus geschlichen.«

»Braver Junge«, sagte sie spöttisch. »Aber wehe, du fängst wieder was mit Rendy an.«

»Das wird bestimmt nicht passieren«, entgegnete Hacke, »bestimmt nicht.«

In Wirklichkeit dachte er nicht daran, mit der Bahn nach Radebeul zurückzukehren. Zumal die Mutter bis Mitternacht in der Gaststätte arbeitete. Er hatte zu viel im Kopf, um sich zu Hause einem sanften Schlummer hinzugeben. In der Jackentasche spürte er die Brieftasche mit den dreitausend Euro, die er noch immer nicht zurückgezahlt hatte, und er fragte sich, ob er der »Schwarzen Perle« heute zum zweites Mal einen Besuch abstatten sollte. Vielleicht war der Direx jetzt da.

Hacke lief über den Schlesischen Platz und setzte sich irgendwo auf eine Bank. Er hatte ein schlechtes Gewissen gegenüber Verena, weil sie im Grunde ein patentes Mädchen war und er sie ausgenutzt hatte. Wenn sie wüsste, dass *ich* den Bruch in der »Siedlerkiste« gemacht habe, dachte er, und dass meine Informationen von ihr stammen, wäre ich bei ihr unten durch. Völlig zu recht, sie ist zwar schwatzhaft, aber sie hat mir das alles im Vertrauen erzählt. Sie hat mich vorhin auch mit zu sich genommen, ohne von Geld zu reden. Okay, sie ist keine Nutte, aber sie hat ja mein Gespräch mit diesem Angeber am Tresen gehört, wo es um die Knete ging. Als wir dann bei ihr waren, hat sie nicht mal in meine Brieftasche geguckt, wie früher die Rendy. Obwohl ich da nicht ganz sicher bin, ich hab ja zwischendurch gepennt. Auf jeden Fall ist das Geld noch voll da. Er holte die Brieftasche mit einem schnellen Griff heraus, überzeugte sich.

Der Alkohol saß Hacke zwar immer noch im Hirn, aber langsam verflüchtigte er sich, und den freiwerdenden Platz nahmen erneut Überlegungen zu Rendy ein. Die war anders gewesen als Verena, lange nicht so naiv. Gerissen war sie gewesen und mächtig hinter der Knete her. Sie muss da in was reingeraten sein, dachte er. Andererseits hatte sie knutschend mit irgendeinem Kerl im Ford gesessen. Wahrscheinlich hat der ihr eins über die Rübe gegeben. Ich muss Finn anrufen, der Lump weiß doch mehr, als er zugegeben hat. Bei ihm war die Karre abgestellt, vielleicht saß trotz allem er mit Rendy im Auto.

Es ging auf elf Uhr abends, Hacke hatte die Brieftasche wieder eingesteckt, er fasste nach dem Handy, wählte Finns Nummer. Wie üblich dauerte es, bis jemand ranging, aber wenigstens war es Findeisen selbst und keine seiner Tussen. Er schien tatsächlich mal keine Frau dabei zu haben.

»Du«, sagte Finn mürrisch, »ich dachte, wir hätten alles besprochen. Was willst du denn noch?«

»Dir 'ne Frage stellen.«

»Um Mitternacht? Jetzt geht das schon wieder los.«

»Rendy ist am Donnerstag in unserem Ford – er sagte bewusst ›in unserem‹ – in der Stadt gesehen worden. Wie erklärst du dir das?«

»Puste doch nicht dauernd diesen Namen durch die Drähte«, zischte Finn. »Ich denke, du bist froh, dass wir sie endlich loshaben.«

»Sie saß mit einem Kerl in der Karre, knutschend und was weiß ich noch. Warst du das?«

»Bist du verrückt? Natürlich nicht, ich hab's dir schon zehnmal gesagt. Ich hab mit ihrem Tod nichts zu tun!« Er sprach so leise, dass man ihn kaum verstand.

»Aber der Ford stand bei dir! Wer hat ihn in die Stadt gebracht und warum, zum Henker?«

»Das kann man nicht am Telefon ... Na gut, ich wollte dir's

sowieso stecken, damit du Ruhe gibst. Diese eine Winzigkeit hab ich dir verschwiegen. *Sie* war's, *sie* hat ihn ausgeborgt. Weil wir uns gestritten hatten und ich sie nicht mit meinem Audi bringen wollte.«

»Da gibst du ihr einfach den geklauten Ford!« Hacke schrie fast.

»Brüll doch nicht so«, beschwichtigte Finn, »muss ja dort bei dir nicht jeder hören. Ich hab ihn ihr nicht gegeben. Sie hat ihn einfach genommen.«

»Und warum hast du mir das nicht eher erzählt?«

»Ich wollte nicht noch mehr Stress.«

»Verdammt, begreifst du denn nicht!« Hacke wurde erneut laut. »Der Mann im Wagen war höchstwahrscheinlich ihr Mörder.«

»Dann war er's eben. Leiche und Auto gibt's nicht mehr. Lass die Sache ruhn.«

Hacke wollte antworten, aber im gleichen Moment hörte er Schritte hinter sich. Er wandte sich halb um und bemerkte einen Kerl, der gerade mit einem Knüppel ausholte. Er warf sich zur Seite, konnte dem Hieb jedoch nicht mehr ausweichen. Die Wucht des Schlags warf ihn zu Boden. Der Schmerz nahm ihm die Luft.

Der Bursche, kaum älter als siebzehn, achtzehn Jahre, stand leicht breitbeinig da und sah mit erneut einsatzbereitem Knüppel auf Hacke herab. »Lieken bleib«, sagte er in gebrochenem Deutsch, als Erik Hackmann sich aufrichten wollte. »Brieftasch her!«

Ein ausgemergeltes Gesicht, rundum tätowierte, eher dünne Arme – besonders kräftig sah er nicht aus. Der Schlag hatte trotzdem gewirkt.

»Du bist kein Ausländer«, knurrte Hacke, »du tust bloß so.«

»Geht nichts an. Brieftasch her!«

Ist denn nicht mal ein Bulle in der Nähe, wenn man ihn braucht, dachte Hacke. Ich hör doch da hinten Leute, warum kommt keiner her und hilft mir?

Der Bursche holte wieder mit dem Knüppel aus. Hacke zog widerstrebend die Brieftasche hervor.

Doch der Räuber handelte überstürzt und ungeschickt. Hastig griff er nach dem begehrten Geld und vernachlässigte dabei die eigene Deckung. Mit voller Wucht trat ihm Hacke gegen das linke Schienbein. Der Mann heulte auf und taumelte. Trotz seiner Schmerzen war Erik sofort auf den Beinen, entriss ihm den Knüppel. »Hast es dir ein bisschen zu einfach vorgestellt, Freundchen!«, schrie er.

Das »Freundchen« wusste, dass es verloren hatte, fluchte erbärmlich auf Deutsch und hinkte eilig davon. »Dummes Schwein«, brummte Hacke verärgert, »wärst besser bei deiner Mama geblieben, als dich auf der Straße herumzutreiben.«

Das Handy war ihm bei seinem Sturz aus der Hand geflogen, schien aber noch in Ordnung zu sein, Hacke hörte es unter der Bank quarren. Er steckte die Brieftasche wieder ein und hob es auf. Finn am anderen Ende rief: »Was ist denn nun wieder los, Himmel noch mal! Hast du das Handy runtergeschmissen?«

»So ähnlich. Mir wollte einer mit einem Knüppel die Brieftasche abziehen.«

»Wo steckst du eigentlich, verdammte Scheiße?«, fragte Findeisen.

»Mitten im Dresdner Nachtleben«, sagte Hacke. »Und jetzt geh ich weiter, in die ›Schwarze Perle‹, such nach meinem Mörder.«

13

Diese Bemerkung war doppeldeutig, was Erik Hackmann aber nicht auffiel. Er beendete das Gespräch, knetete den Oberarm, der anschwoll, als hätte er die Elephantiasis, und suchte das Lokal auf, in dem er heute schon einmal am frühen Abend mit Verena gewesen war. Inzwischen hatte sich der Raum gefüllt, einige Gesichter hatten gewechselt. Auch die arrogante Visage des muskelbepackten Kerls, der den Gruß an die Mutter ausgerichtet hatte, war zum Glück nicht mehr zu sehen.

Hacke ging zum Tresen und bestellte ein Tonic. Ihm war nicht nach Bier.

»Was ist denn mit dir passiert?«, fragte der Mann am Zapfhahn und deutete auf seinen Arm. »Hat dich 'n Schwarm Hornissen erwischt?«

»Es war nur eine, aber die hatte 'nen Knüppel.«

»Überall Verbrechen«, sagte der Zapfer, »es wird immer schlimmer. Du solltest nicht hier rumhängen, sondern ins Bett gehn. Oder noch besser zur Rettungsstelle.«

»Später. Erst will ich dich was fragen.«

»Mich? Ich weiß nichts.«

»Gar nichts?«, sagte Hacke und kramte einen Zwanzig-Euro-Schein hervor. Leicht fiel ihm das nicht. Wenigstens blieb die große Summe in der Brieftasche unberührt.

»Warum wollen heute bloß alle was über Rendy wissen?« Der Mann hinterm Tresen seufzte.

»Wer ist alle?«, fragte Hacke, der sich nur wenig darüber wunderte, dass der andere erraten hatte, worum es ihm ging.

»Die Kripo zum Beispiel. Du. Einer, mit dem du vorhin kurz wegen der Schulden geredet hast. Oder nein, der hat mich schon vor ein paar Tagen gefragt.« Er ließ den Geldschein in der Tasche verschwinden.

»Was hast du den anderen gesagt?« Hacke hatte Durst und leerte das Glas in einem Zug.

»Dass ich nichts gehört und gesehen habe. Was sonst? Aber bei dir mach ich 'ne Ausnahme.«

»Schieß los.« Erik beugte sich nach vorn.

»Weil du nicht so 'n Arschloch bist wie die andern und natürlich auch kein Bulle«, ergänzte der Zapfer.

»Danke. Spann mich nicht auf die Folter.«

»Sie war hier«, sagte der Zapfer leise. »Am Donnerstag, ziemlich spät.«

»Allein?«

»Ja, und sie ist auch schnell wieder weg. Hat bloß was getrunken und ist mit dem Auto weiter. Er stellte Hacke unaufgefordert ein neues Tonic hin.

Ein bärtiger Jüngling trat an die Theke und verlangte ein Pils. Auch die Kellnerin brauchte Nachschub. Der Mann am Hahn wandte sich von Erik ab und seiner Arbeit zu. Als er wieder Zeit hatte, fragte Hacke: »Weißt du zufällig, was das für ein Wagen war?«

»Keine Ahnung. Ich konnte ja nicht ahnen, dass sich plötzlich alle Welt für die Rendy interessiert.«

Im Hinterzimmer wurde um diese Zeit gezockt. Hacke tat der Arm weh, trotzdem hätten ihm unter anderen Umständen die Finger gezuckt. Aber da waren seine Schulden, die er nun endlich loswerden wollte. »Ist der Direx hinten?«, fragte er.

»Ja, doch den würde ich jetzt nicht stören.«

»Ich geh bloß mal gucken.«

»Wie du willst. Lass dich aber nicht wieder von denen abziehn.« Der Zapfer wandte sich ab.

Hacke kannte den Weg. Er trank sein Tonic und nahm den Ausgang zu den Toiletten. Rechts stand an einer Tür »Privat«. Im hinteren Raum saßen die Kartenspieler. Es ging, wie immer, um größere Summen.

»Du willst doch nicht etwa einsteigen?«, sagte eins der Pokergesichter spöttisch, als Hacke sich behutsam durch die Tür schob.

»Kein Geld und auch noch schwer verwundet.« Sein Gegenüber warf ein paar Karten auf den Tisch.

»Wem bist du denn in die Klauen geraten?«, wollte ein Dritter wissen.

Der Direx stand, auf einen Stock gestützt, neben dem großen

Tisch und kiebitzte. »Erik will nicht spielen, sondern seine Schulden bezahlen«, murmelte er. »Stimmt's?«

»Stimmt«, erwiderte Hacke, »das hat Ihnen gewiss Ihr Bekannter geflüstert. Er hätt's auch gern genommen, aber ich brauch die Quittung ja von Ihnen.«

»Ja, der Max hat davon geredet«, erklärte aufgeräumt Baum. »Man erlebt immer wieder Überraschungen.«

14

Paul Findeisen hatte es satt; dieser Hacke brachte ihn um den Verstand. Da hatte man sich nun, mit viel Mühe und noch mehr Angstschweiß auf der Stirn, der lästigen Leiche und der verräterischen Schrottkarre entledigt, hatte den Kumpel nicht ans Messer geliefert, sondern nach bestem Können unterstützt, aber der gab keine Ruhe. Er hörte einfach nicht auf, zu suchen und den Dreck aufzuwühlen, wollte unbedingt Rendys Mörder finden. Als wenn ihm das irgendetwas bringen würde außer neue Fragen der Polizei. Und möglicherweise weitere gefährliche Begegnungen mit Ganoven, die zu jeder Schweinerei fähig waren. Nach Hackes Meinung hatte bei Rendy höchstwahrscheinlich der Kerl im Ford gesessen, der sie dann umgebracht hatte. Na und? Dann mussten die *Bullen* den Mörder finden, nicht *sie beide*. Vielleicht war es gar kein Mord gewesen, sondern ein blöder Unfall. Ein Streit, ein Stoß, eine Tischkante oder so. Das passierte immer wieder.

Jemand hat versucht, Hacke die Brieftasche abzunehmen, dachte Finn, ihn offensichtlich im Augenblick überfallen, als wir gerade telefonierten – was ist das nun wieder für ein beknacktes Ding! Der hat doch gar nichts in der Brieftasche! Vielleicht hat seine Mutter ausgeholfen, oder er hat was gekrallt. Jedenfalls will er in die »Schwarze Perle«, fängt anscheinend an, seine Stammkneipen abzusuchen. Das darf ich nicht zulassen. Ich muss ihn bremsen, bevor er sich wieder in die Nesseln setzt und mich mit reinzieht!

Finn hatte nicht viel Lust, um diese Zeit sein friedliches Haus zu verlassen. Er hätte lieber noch ein Bier getrunken, einen Joint geraucht, Pornos geguckt und sich dann ins Bett gehauen, aber er hatte das Gefühl, sich einschalten zu müssen, weniger in Hackes als im eigenen Interesse. Er wollte dabei sein, falls der andere erneut gefährlichen Blödsinn anstellte, wollte notfalls das Schlimmste verhindern.

Paul Findeisen holte die Lederjacke von der Garderobe und stellte dabei fest, dass die Beleuchtung dort nicht mehr funktionierte. Auch ein Anschluss in der Garage war kaputt: Ich kümmre mich um überhaupt nichts mehr, ich müsste wieder mal den Elektriker holen, dachte er. Er hatte mal einen gehabt, der sein Fach verstand, einen aus Rendys Haus. Rendy, immer wieder sie! Der war in sie verknallt gewesen, aber auch gut in seinem Fach, und er hatte alles zum halben Preis erledigt. Vielleicht ihr zuliebe – na, das war jetzt auch vorbei.

Finn überlegte und holte nach kurzem Zögern noch den Revolver aus der Schublade. Er zog die Jacke über, versenkte die Waffe, die zwar gesichert, aber auch scharf geladen war, in der Hosentasche. Ich werde Hacke finden und zur Vernunft bringen, sagte er sich, wenn's sein muss, mit Gewalt. Ich setz ihn zu mir ins Auto und schlepp ihn hierher. Wer weiß, ob er inzwischen nicht schon voll ist wie eine Haubitze. Morgen früh red ich noch mal Klartext mit ihm: Er muss begreifen, dass er nicht nur die eigene Haut zu Markte trägt.

Kurz darauf fuhr Finn den Audi aus der Garage, schloss sorgfältig Haus und Garten ab. Wenn er sich schon auf dieses Abenteuer einließ, wollte er wenigstens die Gewissheit haben, dass hier alles geschützt blieb.

15

Außer dem Schachspiel liebte Kommissar Ronstein den Maler Canaletto, dessen venezianisch geprägte Sicht auf Dresden ihn immer wieder begeisterte. Gewiss, der Künstler hatte im 18. Jahrhundert gelebt, und seither war eine ganze Menge mit der Stadt passiert, er hatte als Hofmaler August III. alles etwas geschönt gesehen. Aber sein Blick vom rechten Elbufer aus unterhalb der Augustusbrücke auf das Zentrum mit Hof- und Frauenkirche, seine Darstellung der sich im Fluss spiegelnden Gebäude, seine Abbildung des Neustädter Marktes, der Brücken, Paläste, Bürgerhäuser boten sowohl Romantik als auch Klarheit. Bilder wie eine gut geordnete Schachpartie, dachte Ron, der einen Stich des Italieners als Kopie über dem Schreibtisch hängen hatte.

Der Fall Renate Mende war leider weder romantisch noch klar, er befand sich noch in der Verwirrphase. Findeisen, Hackmann, Milena Faber und eventuell noch ihr Freund Stan wussten angeblich nichts oder waren erst gar nicht greifbar. Rendys Nachbar, der nach Aussagen Stan Rothes gleichfalls eine Menge für sie übrig gehabt hatte, rückte plötzlich auch ins Blickfeld, man musste sein Alibi überprüfen. Nele Kreuz hatte erfahren, dass die Faber in Prag sein sollte, doch die Antwort auf Nachfragen dort stand aus. Womöglich wurde, um mit ihr weiterzukommen, sogar eine Fahndung notwendig.

Doch dann geschah unvermutet etwas, das auf Ron und Nele wie ein Paukenschlag wirkte. Es begann mit einem Polizisten, der in der Nacht mit Kollegen wegen eines Familienstreits unterwegs gewesen war und einen gewissen Erik Hackmann, genannt Hacke, in der Nähe des Lokals »Schwarze Perle« gesehen haben wollte. Er sei mit dieser anderen Sache befasst gewesen, sagte der Beamte, und habe erst später begriffen, dass es der im Zusammenhang mit Renate Mende Gesuchte gewesen sei. Ihm wäre aber aufgefallen, dass der Mann einen geschwollenen Arm gehabt hätte. Vielleicht hätte er sich vorher geprügelt.

»Na wunderbar«, sagte Ron spöttisch, »dann wissen wir wenigstens, dass es Hackmann noch gibt.«

»Tut mir leid, aber wir waren wegen dieser Schlägerei wirklich in Eile.«

»Sie hätten die Bereitschaft anrufen können, die hätten mich informiert.«

»Sorry«, sagte der Polizist.

Ron wollte Hackes Mutter anrufen, vielleicht war der Sohn ja wieder zu Hause, da kam eine Eilmeldung herein. In der Dresdner Heide, in einer Sandgrube unweit des Flüsschens Prießnitz, war eine nur wenige Stunden alte männliche Leiche gefunden worden. Der oder die Täter hatten versucht, den Toten unkenntlich zu machen, indem sie ihn mit Benzin übergossen und angezündet hatten. Aber sie hatten ihr Werk nicht zu Ende gebracht, waren von einem Förster gestört worden, der dann auch die Polizei benachrichtigte.

Die Kollegen waren schon vor Ort, der Chef wollte ihnen die Angelegenheit übertragen, gab aber den in der Dienststelle anwesenden Polizisten noch ein paar Einzelheiten preis. »Der Mann ist erschossen worden«, erklärte er, »von hinten. Doch obwohl sie ihm alles abgenommen haben, was ihn hätte identifizieren können – Papiere, Bankkarten, Handy –, gibt es ein paar Auffälligkeiten.«

»Und die wären?«, fragte Ron.

»Erstens sind wohl einige Tattoos erhalten geblieben, wie man mir übermittelte, zweitens hatte der Tote einen geschwollenen Arm. Vielleicht wurde er vorher geschlagen.«

Ron und Nele sahen sich an. »Verdammt«, sagte Ron, »das ist fies, das gefällt mir überhaupt nicht.«

»Mir genauso wenig«, ergänzte Nele.

»Natürlich ist das fies«, bestätigte der Chef, »aber das ist für uns ja nichts Neues.«

»Ron meint etwas anderes«, erklärte Nele, »er glaubt, dass der Fall damit an uns übergehen könnte.«

»Wieso denn das?«

»Weil gestern Nacht Erik Hackmann, der Ex-Freund Renate Mendes, mit so einem Arm in der Neustadt gesehen wurde, im dortigen Szeneviertel. Er scheint sich geprügelt zu haben.«

»Warum weiß ich nichts davon?«, fragte der Chef leicht pikiert.

»Der Polizist, der ihn gesehen hat, war gerade erst bei uns.«

»Das kann ein dummer Zufall sein«, sagte der Chef. »Solche Prügeleien gibt es ständig.«

»Auf jeden Fall müssen wir uns den Toten anschauen«, erklärte Ron.

»Okay, tut das. Soweit ich informiert bin, wird er schon hierher überführt.«

Es ging nicht anders, sie mussten Hackes Mutter unterrichten und um die Identifizierung der Leiche bitten. Eine schwierige Aufgabe, die Kommissarin Kreuz übernahm. Petra Hackmann war überrascht und verzweifelt wie jede Mutter, die eine so schreckliche Nachricht erhält, sie saß wie versteinert im Wagen, sagte auf der Fahrt zur Rechtsmedizin kein Wort. Trotz Neles Vorwarnung zuckte sie zusammen, als sie die entstellte, versengte Leiche sah, und musste von der Kriminalistin gestützt werden, damit sie nicht fiel. »Er ist es, es ist Erik«, flüsterte sie.

Ihr Schmerz war still und unsäglich; Ron, der seine Mutter nicht häufig sah, weil sie in Mecklenburg wohnte und seine Schwester, mit der er sich nie gut verstanden hatte, im gleichen Dorf lebte, bekam sofort ein schlechtes Gewissen. »Wir werden alles tun, um den Mörder Ihres Sohnes zu finden«, murmelte er. Nele nahm sie in den Arm, das half ihr mehr.

Einige Stunden später betraten sie das Restaurant »Schwarze Perle«. Es machte einen freundlichen Eindruck; nichts mit Schwärze, die Wände waren hell gestrichen, Flaschen und Zeichnungen von Elbkähnen zierten die Wände. An den beiden Schmalwänden befanden sich Bilder leichtbekleideter dunkler Schönheiten, das waren dann wohl die Perlen. Die Tische waren mäßig besetzt.

Ron wandte sich an den Mann hinterm Tresen und zeigte ihm ein von Frau Hackmann ausgeliehenes Foto ihres Sohnes. »War vergangene Nacht dieser Mann hier?«

»Wer will das wissen?«

Der Kommissar hielt ihm seinen Ausweis hin. »Die Kripo.«

»Wenn ich mir jedes Gesicht merken wollte, das am Trinkhalm saugt ...«, murrte der Zapfer.

»Überlegen Sie gut. Es geht um ein Kapitalverbrechen.«

Nele ergänzte: »Hackmann ist bei Ihnen doch Stammgast.«

War es das steife Wort Kapitalverbrechen oder die Tatsache, dass die Polizei Bescheid wusste, der Tresenmann bequemte sich: »Und wenn?«

»War er allein hier?«, fragte Nele.

»Ja. Er hatte sich verletzt. Trank bloß Tonic«, erwiderte der Mann so, als ob es das Wichtigste wäre.

»Hat er gesagt, wie er sich verletzt hat?«

»Nee. Ich wollte ihn zum Notarzt schicken, er ist aber nicht hin. Was ist mit ihm?«

»Wie lange ist er geblieben?«, erkundigte sich Ron weiter. Die letzte Frage ließ er noch unbeantwortet.

»Nicht lange. Vielleicht bis eins.«

Eine junge Frau kam zur Tür herein. Die Kellnerin, die hinzugetreten war, sagte: »Wenden Sie sich doch mal an Verena. Die saß gestern Nachmittag hier mit Hacke zusammen.«

Nele trat zu der jungen Frau, die sie erstaunt musterte.

»Es geht um Hacke«, klärte die Kellnerin sie auf.

»Hacke? Was ist mit ihm? Ich hab vorhin versucht, ihn anzurufen. Er meldet sich nicht.«

»Sie kennen ihn näher?«, erkundigte sich Nele.

»Na klar. Schon lange. Ihm ist doch nichts passiert?«

»Kommen Sie«, sagte die Kommissarin, »setzen wir uns einen Augenblick an den leeren Tisch dort. Da lässt es sich besser reden.«

Verena folgte ihr verwundert und leicht beunruhigt. Nele und sie nahmen Platz. Ron, der aus dem Mann am Zapfhahn im Augenblick nichts mehr herausbekam, gesellte sich zu den beiden.

16

Verena wusste nichts von der vergangenen Nacht, sie fiel aus allen Wolken, als sie erfuhr, dass Hacke in eine Prügelei verwickelt gewesen sein sollte oder vielleicht angegriffen worden war. Als die Kriminalisten ihr die restliche Wahrheit erzählten, brach sie in hemmungsloses Schluchzen aus. Nele beruhigte sie, so gut es ging, und schlug ihr vor, mit zur Dienststelle zu kommen. Sie solle alles berichten, was sie über Hackmanns Bekannte oder Beziehungen wisse, damit man seinen Mörder fassen könne.

Die Frauen verließen den Raum, und Ron wandte sich noch einmal an den Zapfer und die Kellnerin. Nun unterrichtete er sie von Hackes Tod und versuchte, weitere Auskünfte zu bekommen. Plötzlich sagte der Mann: »Jetzt fällt mir's wieder ein. Gegen eins kam noch einer vorbei, hat nach Hackmann gefragt. Aber der war schon weg.«

»Kannten Sie ihn? Wie sah er aus?«

»Ich kenne ihn«, erwiderte die Kellnerin. »Sie nennen ihn Finn.«

»Findeisen, der den Secondhand-Laden in der Stadt hat?«, erkundigte sich der Kommissar.

»Genau der. Er ist allerdings gleich wieder weg«, erklärte der Zapfer.

»Er wollte wissen, wo Hacke hin ist«, sagte die Kellnerin, »ich hatte aber keine Ahnung. Der Mann kam mir ziemlich aufgeregt vor, und um ihn loszuwerden, hab ich ihn in so 'ne Nachtbar geschickt, ins ›Sexy Girl‹.«

»Warum gerade dorthin?«

»Das war immer Rendys und Hackes Anlaufstelle, als sie noch zusammen …«, sie verstummte.

Das »Sexy Girl« hatte noch nicht geöffnet – auf Rons energisches Klingeln hin zeigte sich niemand. Dem Kommissar blieb zunächst nichts anderes übrig, er kehrte mit der Tram zur Dienststelle zurück, wo Nele eine Weile gebraucht hatte, Verena zu beruhigen. Inzwischen hatte sie aber den ersten Schock überwunden und bemühte sich redlich, der Kripo zu helfen. Sie hatte bereits von Hackes Gespräch mit dem unangenehmen Kerl erzählt, der mit am Tresen gestanden hatte. »Es ging um Schulden«, sagte sie.

»Hacke hatte bei dem Mann Schulden?«, fragte Nele.

»Nicht bei ihm, wenn ich richtig verstanden habe. Das ist ja nur der Bodyguard. Beim Direx!«

»Beim Direx?«

»Mit dem hatte ich schon zu tun«, schaltete sich Ron ein. »Ausgebufft und aalglatt. Soll in der Vergangenheit mit Drogenhandel und illegalem Glücksspiel zu tun gehabt haben. So richtig zu fassen haben ihn die Kollegen bisher nicht gekriegt.«

»Hacke wollte die Schulden ja bezahlen«, sagte Verena. »Aber nicht bei diesem Klotz. Vielleicht ist er deshalb abends noch mal hin.«

»Das waren doch bestimmt mehr als fünfzig Euro«, mutmaßte Ron. »Er war arbeitslos, soviel wir wissen. Wo hatte er denn das Geld her?«

»Das kann ich nicht sagen.«

»Aber Sie können diesen Bodyguard beschreiben?«

»Klar. Nicht viel größer als ich, sehr kräftig. Gesicht wie ein Schnittlauchbrett. Er ist oft mit 'nem größeren Schlägertyp zusammen. Der arbeitet auch für den Direx.«

Obwohl die Kriminalisten mit dem »Schnittlauchbrett« nichts

Direktes verbinden konnten, mussten sie schmunzeln. Beide hatten aber den gleichen Gedanken. Die Beschreibung passte auf die Typen, die bei Frau Hackmann eingebrochen waren.

»Hat Hacke mal etwas von älteren Fotos erzählt, die Renate Mende besaß?«, fragte Nele.

»Mir nicht. Aber an der Rendy hing er nach wie vor, da durfte man nichts Schlechtes sagen. Obwohl sie's auch mit dem Finn hatte und mit sonst wem. Sogar der Direx soll auf die scharf gewesen sein, man munkelt, dass der solche Partys gegeben hat, na Sie wissen schon. Ich war ja nicht dabei.«

»Kennen Sie jemanden, der dabei war?«, fragte Ronstein unschuldig. Er hatte das Gefühl, dass sie nicht unbedingt etwas gegen eine Einladung gehabt hätte.

»Ich doch nicht. Wenn's um die Rendy ging, war Hacke jedenfalls empfindlich. Als ich ihm erzählt hab, dass ich sie vorige Woche mit einem Kerl in einem Ford knutschen sah, ist er fast ausgeflippt.« Sie fing wieder an zu weinen. »Das mit dem Knutschen hab ich erfunden und bloß gesagt, damit er nicht wieder was mit ihr anfängt. Und jetzt soll er tot sein!«

Nele gab sich erneut Mühe, sie zu beruhigen, und Ron suchte noch etwas über den Mann im Wagen in Erfahrung zu bringen. Doch da konnte Verena keine Auskunft geben, sie wäre zu weit weg gewesen. Die Autonummer hätte sie sich auch nicht gemerkt. Bloß dass Erik Hackmann unbedingt wissen wollte, ob an der Karre breite schwarze Streifen waren, erzählte sie noch.

»Und«, fragte Nele, »waren welche dran?«

»Das ja. Sehr breite sogar.«

Als Verena gegangen war, zog Ron Zwischenbilanz. »Fassen wir zusammen: Wir haben immer noch keine Spur von Renate Mende, aber einen toten Ex-Freund, der nach wie vor in sie verknallt war. Dieser Ex-Freund wurde hinterrücks erschossen, man hat versucht, ihn unkenntlich zu machen. Er hatte Schulden bei einem windigen Typ, der in seinen Kreisen aber eine Art Boss ist

161

und möglicherweise an Rendy interessiert. Der Freund wollte die Schulden bezahlen, hatte deswegen in der ›Schwarzen Perle‹ ein Gespräch mit einem Bodyguard vom Boss ...«

Nele unterbrach ihn. »Glaubst du, dass dieser Leibwächter Hackmann verprügelt hat? Vielleicht mit dem anderen Zerberus?«

»Weiß ich nicht. Kann sein, aber ich sehe im Moment keinen rechten Grund dafür.«

»Hackmann tauchte am Abend wieder in der ›Schwarzen Perle‹ auf, »und zwar mit verletztem Arm. Was hat er eigentlich in der Stunde gemacht, die er dort war?«

»Tonic getrunken, seine Schulden doch noch beglichen? Eine Stunde vergeht schnell.«

»Wenn er die Schulden bezahlt hat, müsste er den Direx getroffen haben.«

»Und als er weg war, tauchte noch Findeisen im Lokal auf. Er suchte nach Hacke«, sagte der Kommissar. »Er macht sich immer verdächtiger. Ihn und den Direx müssen wir als erstes in die Zange nehmen.«

»Finn wird von der Kellnerin ins ›Sexy Girl‹ verwiesen, von Hacke aber verliert sich die Spur. Er taucht erst als Leiche wieder auf. Ausgeraubt und halb verbrannt.«

»Bei dem Wort ›verbrannt‹ fällt mir allerdings etwas ein«, begann Ron wieder. »Hat man nicht kürzlich nördlich der Stadt irgend so ein halb verkohltes Auto entdeckt, einen Ford?«

»Stimmt, da kam eine Meldung durch. Und Verena hat einen Unbekannten mit Rendy in einem Ford erwähnt. Aber wie viele Fords gibt es wohl in Dresden und Umgebung?«

»Schaun wir uns im Computer mal das Wrack an, ob noch ein Rest von schwarzen Streifen zu entdecken ist.«

»Ja, vielleicht geschieht ein Wunder, und wir kommen einen Schritt weiter«, seufzte Nele. »Ich glaube aber, wir brauchen Verstärkung, allein schaffen wir das alles nicht mehr.«

17

Beatrice von Helm wurde von den Ereignissen überrollt. Während sie mit einer Mischung aus Gereiztheit und Besorgnis das Verhalten ihres Mannes beobachtete, insgeheim auf einen weiteren Anruf des Unbekannten wartend, der sie so in Unruhe versetzt hatte, überlegte sie ständig, ob sie Ahn zur Rede stellen sollte. Sie sah, wie nervös er war und dass er sich das nicht anmerken lassen wollte. Irgendetwas hatte er vor. Bis morgen werde ich warten, dachte sie, dann frag ich ihn ganz direkt, ob er eine Geliebte hat.

Doch dazu kam es nicht mehr. Am nächsten Morgen behauptete er, sich unwohl zu fühlen, wollte noch etwas im Bett bleiben. Er bat sie, mit Rix Gassi zu gehen. Da der Hund schon an der Tür stand und keine Ruhe gab, blieb ihr nichts anderes übrig. Sie tat sogar, als würde sie Ahn bedauern, sagte, er solle ruhig schlafen, sie würde Frühstück machen, sobald sie zurück sei. In Wirklichkeit wird er jetzt mit seiner kleinen Schlampe telefonieren, dachte sie, und ein neues Rendezvous mit ihr vereinbaren.

Was ihr vor allem Sorge machte, war der Koffer, deshalb beschloss sie, mit dem Hund nur einen kurzen Ausflug zu machen. Leider hatte der Labrador etwas dagegen, er entdeckte eine Katze mitten auf der Wiese und stürmte in wilden Sätzen davon. Verzweifeltes Rufen brachte ihn nicht zurück. Auch darüber musste sie mit ihrem Mann sprechen, er verwöhnte Rix viel zu sehr.

Als der Hund endlich wiederkam, wurde zur Strafe nur noch eine kurze Runde mit ihm gedreht. Trotzdem wäre sie um ein Haar zu spät gekommen. Sie hatte nicht geahnt, dass Ahn sie hereinlegen und die Villa verlassen wollte. Gerade betrat sie mit Rix das Haus, da schloss er vorn das Gartentor auf, setzte sich in seinen Wagen und fuhr davon. Sie hatte nur noch gesehen, dass er den alten Koffer dabei hatte. Also doch, er hatte etwas mit der anderen vor, womöglich wollte er sich sogar mit ihr aus dem Staub zu machen.

Das war nun wirklich ein starkes Stück, und Beatrice von Helm handelte entschlossen. Ohne lange zu überlegen, griff sie nach der Jacke, in der sich ihr Handy und die Autoschlüssel befanden. Sie rannte aus dem Haus, schlug einfach die Tür hinter sich zu, so dass sich der Hund, der ihr folgte, beinahe den Schwanz einklemmte. Er kam aber mit dem Schrecken davon und sprang noch vor seiner Herrin in ihren Flitzer, einen Mini. Mit aufjaulendem Motor raste Beatrice hinter ihrem Mann her, der in Richtung Bautzener Landstraße davonfuhr.

Da Ahn ruhig dahinrollte, die zulässige Geschwindigkeit kaum überschritt, gelang es ihr, sich ihm langsam zu nähern. Das war der Vorteil des kleinen sportlichen Wagens, der dessen ungeachtet eine hübsche Stange Geld gekostet hatte: Man konnte im Straßenverkehr hervorragend die Lücken nutzen.

Sie durchquerten Dresden-Neustadt, bogen dann über die Elbe in südlicher Richtung auf die Löbtauer Straße ab. Hotels, der Zwinger und die Altstadt blieben linkerhand zurück. Beatrice, die sich bemühte, ihren Mann im Auge zu behalten, achtete nicht darauf, sie hatte bei dem starken Verkehr Mühe, die Übersicht zu wahren.

Plötzlich hielt Ahn von Helm an und fuhr nicht weiter. Was hat er vor, dachte seine Frau, ob *sie* jetzt zusteigt? Sie hatte eine Parklücke gefunden, sprang aus dem Wagen und pirschte sich näher an ihn heran.

Auch er stieg aus und zündete sich eine Zigarette an, obwohl er sich das Rauchen längst abgewöhnt hatte. Nervös lief er einige Schritte auf und ab. Dann klingelte wohl das Handy, denn er griff hastig danach. Hören konnte sie es nicht, sie war zu weit weg und hatte sich, als er das Auto verlassen hatte, schnell in eine offene Haustür gestellt. Er hörte kurz zu, steckte das Handy wieder weg und stieg erneut ein. Zu ihrer Verblüffung wendete er und kam auf sie zu.

Für einen Augenblick nahm sie an, er habe sie entdeckt und wolle sie zur Rede stellen, doch er fuhr an ihr vorbei, ohne sie oder den Mini zu bemerken. Er will die Frau an anderer Stelle treffen, überlegte sie, die scheint ihn ganz schön am Zügel zu führen. Das sollte *ich* mal mit ihm machen. Sie schlüpfte in den Wagen, folgte ihm erneut. Diesmal ging es nach Osten.

Allmählich wurde Beatrice die Sache unheimlich. Was war das, eine Filmaufnahme, für einen Krimi vielleicht? Quatsch, er war kein Schauspieler, und Kameras gab es hier gleichfalls nicht. Als sie zum zweiten Mal stoppten und er wieder telefonierte, beschloss sie, nicht länger zu warten, sondern zu ihm zu gehen. Doch nun verließ er den Wagen mit dem Koffer, blickte sich suchend um und verschwand in einer Seitengasse.

Beatrice brauchte ein paar Minuten, um ihm folgen zu können. Sie musste eine Parklücke finden, sich einordnen. Rix, der sich langsam über die eigenartige Fahrt kreuz und quer durch die Stadt, bei der man nicht aussteigen durfte, zu wundern schien, fing zu winseln an, und so nahm sie ihn an der Leine mit. Sie rannten zu der Straße, in der Ahn verschwunden war. Wir müssen schon wieder in Elbnähe sein, dachte sie.

Ahn war nicht zu sehen, stattdessen schrillte in ihrer Tasche das Handy. Für einen Moment hoffte sie, er sei es und wolle ihr das Ganze erklären. Sie nahm ab: »Ja …« Ihre Stimme bebte.

»Guten Tag, Frau von Helm. Ich bin es noch mal.«

Der Unbekannte. Er hatte ihr gerade noch gefehlt. »Woher haben Sie meine Handynummer?«

»Ach, das war kein Problem. Sie haben Bekannte, von denen ich wiederum den einen und anderen kenne. Aber Sie klingen so gehetzt. Sind Sie gerannt?«

»Hören Sie, ich hab jetzt überhaupt keine Zeit zum Reden. Ich verfolge meinen Mann, der offenbar zu jener Frau unterwegs ist, vor der Sie mich gewarnt haben. Ich hab ihn aus den Augen verloren und muss ihn wiederfinden. Wer ist diese Frau?«

Der Fremde verstummte kurz, er schien überrascht. »Sie verfolgen Ihren Mann? Wo genau befinden Sie sich?«

»Woher soll ich das wissen, zum Teufel. Wir sind kreuz und quer durch die Stadt gefahren. Jetzt sind wir wieder im Osten. Auf der anderen Seite der Elbe muss Pillnitz liegen. ›Neue Straße‹, steht hier. Wer ist die Frau?«

Es klickte in der Leitung, der Unbekannte hatte aufgelegt. »Du dreimal dämlicher Idiot!«, brüllte Beatrice und hätte das Gerät am liebsten auf den Boden geknallt. »Was treibst du für ein Spiel? Was habt ihr alle mit mir vor?« Sie stopfte das Handy wütend in die Tasche zurück.

Rix, der die ganze Aufregung nicht verstand und dem sie auch nicht zusagte, begann laut zu bellen. »Komm, wir finden Herrchen«, rief Helms Frau und rannte in die Straße hinein.

Sie lief bis zur nächsten Ecke, sah Ahn nicht, hechelte weiter, wieder vergeblich. Rix gefiel die Rennerei, sie aber fand dieses Herumfahren und –laufen plötzlich unter ihrer Würde. Kindisch war das und sinnlos obendrein. Sie wusste nicht mehr, warum sie hier an diesem Ort war, der, wenn man die Luftlinie nahm, übrigens gar nicht so weit von ihrer Villa entfernt lag. Der unbekannte Anrufer verfolgte eigene obskure Interessen, das glaubte sie nun zu begreifen, aber was war mit ihrem Mann? Wurde er von jemandem erpresst, von einer Frau, gab es sie trotz allem? Sollte er wegen einer Affäre zahlen? Das kann nicht sein, sagte sie sich, wegen einer Affäre würde er nie ein solches Theater veranstalten.

Ich geh zu seinem Auto zurück und warte, bis er kommt, dachte Beatrice schließlich, doch genau in diesem Augenblick sah sie ihn ein ganzes Stück weit weg an einer Mauer stehen. Dort befand sich ein Friedhof, und Ahn schien zu überlegen, ob er hineingehen sollte. Er lief dann aber weiter, die Mauer entlang. Den Koffer trug er bei sich.

Auf der Straße gab es mäßigen Verkehr, und niemand außer seiner Frau beachtete Ahn von Helm. Der aber spürte zum einen starke Schmerzen in der Brust und bewegte sich zum anderen in einem Strudel wilder Gedanken und Empfindungen. Gleich würde er die Stelle erreichen, wo er sich von dem Koffer mit dem millionenschweren Inhalt trennen sollte. Bis hierher war er Milena Fabers Anweisungen gefolgt, aber würde er wirklich diesen letzten Schritt tun? Ich muss es, sagte er sich zum hundertsten Mal, es gibt nur diese Lösung, und er merkte, wie ihm die Hitze in den Kopf schoss. Bis er endlich an der Stelle anlangte, die sie ihm genannt hatte und die mit einem dicken weißen Kreidekreuz gekennzeichnet war.

Von jenseits der Mauer ertönte eine leise, aber deutliche Stimme: »Los, werfen Sie ihn herüber!« Ahn von Helm nahm den Koffer in beide Hände und merkte erst jetzt sein Gewicht. Er hob ihn an und wollte ihn hinüberschleudern. In diesem Moment geschah etwas Unerwartetes, hinter ihm ertönte ein schrilles und lautes: »Aaahn ...« Zugleich erscholl Hundegebell, ein Kläffen, das er unter hundert Kötern herausgehört hätte. Er ließ den Koffer fallen und drehte sich um. Von drüben, von der Seite her, wo hinten sein Wagen stand, kamen sie angerannt. Ihm jedoch wurde plötzlich schlecht. Ein Stahlring legte sich ihm um die Brust.

Auch Milena hinter der Friedhofsmauer hatte den Ruf gehört und war zusammengezuckt. Der Koffer war zu Boden geklatscht, was war da los. Sollte etwa in letzter Minute etwas schiefgehen, nachdem bisher alles so gut gelaufen war? Sie stand auf einer niedrigen Leiter, die sie mitgebracht hatte, und hatte ihn schon von weitem kommen sehen. Nun riskierte sie einen Blick nach drüben. Verdammt, der Mann konnte den Koffer nicht mehr herüberwerfen, er war zusammengesackt, stöhnte leise. Auf der anderen Straßenseite aber, mit einem Hund an der Leine, kam eine Frau gerannt, rief erneut: »Aaahn!«

Milena wusste nicht, was geschehen war, doch sie hatte keine Sekunde zu verlieren. Wenn sie jetzt zögerte, war die Chance für immer vertan. Sie kletterte auf die Friedhofsmauer, sprang hinunter und riss den Koffer an sich. Sie nahm sich nicht die Zeit, nach dem Inhalt zu schauen, stieß die Hand des Mannes zurück, die nach ihr greifen wollte, vielleicht nur um Hilfe flehend. Er kauerte auf dem Boden, rot im Gesicht, lehnte mit dem Rücken an der Mauer. Seine Lippen formten ein paar Wörter, die sie nicht verstand. Sie rannte davon, auf den Eingang des Friedhofs zu. Über die Mauer konnte sie nicht zurück, die war zu hoch.

Auf der anderen Seite der Straße hatte Beatrice inzwischen eine Lücke zwischen den Fahrzeugen entdeckt, lief los und ließ auch den Hund von der Leine. Er sauste begeistert hinüber zu seinem Herrn, sie hinter ihm her. Ihr Mann aber begrüßte beide nur mit einer Handbewegung und rutschte dann, als wäre diese Geste endgültig zu viel gewesen, auf die Seite.

»Haltet die Frau mit dem Koffer!«, rief Beatrice, begriff jedoch, dass es sinnlos war, sie selbst zu verfolgen – ihr Mann war jetzt wichtiger. Rix auf die Flüchtende zu hetzen, hatte gleichfalls keinen Zweck, er war für solche Aufgaben nicht ausgebildet und hätte ihren Befehl missachtet. Zumal er jetzt voll mit seinem kranken Herrchen beschäftigt war: Schwach mit dem Schwanz wedelnd, legte er sich hin und leckte dem Ohnmächtigen das Gesicht.

Leute blieben stehen, stellten Fragen, ein Mann rief die Polizei. Beatrice stammelte etwas von Überfall, tat ansonsten, was zu tun war. Sie drehte Ahn auf den Rücken, legte ihm ihre Jacke unter den Kopf, öffnete sein Hemd und benachrichtigte die Feuerwehr: »Kommen Sie schnell, ein Infarkt!«, sagte sie und schilderte kurz die Symptome. Jemand, der sich in der Gegend auskannte, nannte den genauen Standort.

Kurz darauf traf der Notarzt ein, und sie fuhren in die Rettungsstelle. Als sie die Klinik erreichten, war Ahn noch nicht wieder zu Bewusstsein gekommen. Geschockt saß Beatrice im Flur des Krankenhauses, konnte das Geschehene nicht auf die Reihe bringen. Sie hatte die Tochter benachrichtigt und die Zugehfrau, damit sie den Hund von einem Anwohner abholte, der ihn vorübergehend in Obhut genommen hatte. Sie begriff nach wie vor nichts von den Ereignissen der letzten Stunden.

18

Milena hatte Glück gehabt – auf das Geschrei der Frau hin waren zwar zwei dicke Männer hinter ihr hergerannt, hatten aber bald aufgegeben. Trotz des Koffers, der sie am Laufen hinderte. Aber sie hatte hinter der Mauer die richtige Seite gewählt, war mitten durch hohe Brennnesseln gerannt, was die Verfolger zusätzlich abgeschreckt hatte. Jedenfalls waren sie schwer atmend stehengeblieben. Milena, die gut eingehüllt war, so dass ihr von den Nesseln nur die Hände brannten, hetzte eilig weiter. Die Leiter ließ sie zurück, das war ohnehin so geplant gewesen.

Die Pension lag nicht weit entfernt, und als sie dort ankam, atmete sie auf. Das war knapp gewesen, sehr knapp sogar. Aber nun hatte sie Ruhe, niemand würde ihr hier irgendwelche Fragen stellen. Zwar gab es eine Rezeption, doch die war so gut wie nie besetzt. Wer unangemeldet kam, musste per Telefon zwei Häuser weiter anfragen.

Sie schaute sich noch einmal prüfend um, bevor sie die Haustür aufschloss – die Luft schien rein zu sein, sie wurde von niemandem beobachtet. In ihrem Zimmer legte sie den Koffer auf den Tisch und warf sich, vom Rennen noch keuchend, in den einzigen Sessel. Flüchtig kamen ihr das irgendwie fassungslose Gesicht ihres Opfers vor Augen und die bittende Hand, die sie weggestoßen hatte. Ob er vor Aufregung umgekippt war, einen Infarkt erlitten hatte? »Tut mir leid«, sagte sie laut in den Raum hinein, »aber das ist nicht mehr meine Sache.« Sie stand wieder auf und näherte sich geradezu ehrfürchtig dem alten abgeschabten Koffer. Das war nun der große Schatz! Nicht einen Augenblick lang fürchtete sie, er könne mit Papier oder wertlosem Spielgeld gefüllt sein.

Er war es auch nicht, und eine Zeitlang stand sie einfach überwältigt da. Noch nie hatte sie so viele Scheine auf einem Haufen gesehen. Wie der Geizige in Molières Komödie in seinem Gold, vergrub sie beide Hände in den Banknotenbündeln. Sie spürte keinen Schmerz von den Brennnesseln auf der Haut mehr, kein Jucken. Das ist also eine Million, dachte sie, eine ganze Million.

Milena begann, zu zählen, aber es war zu viel Geld, und sie brachte auch nicht die Konzentration dafür auf. Sie staunte über sich selbst: Dass ich das wirklich geschafft habe! Sie fing erneut zu wühlen an, holte dann zwei Taschen aus dem Schrank und packte die Bündel hinein. Schon am Abend wollte sie in Chemnitz sein.

Als sie das Geld verstaut hatte, das, wie verlangt, nicht nur aus großen Scheinen bestand, stellte sie die Taschen in den Schrank zurück. Sie hatte in den letzten Tagen wenig gegessen, am Morgen nur ein Glas Milch getrunken, und kam vor Hunger um. Aber sie würde sich hüten, in ein Restaurant zu gehen und ihre Schätze auch nur eine Stunde unbeaufsichtigt zu lassen. Sie musste alles im Auge behalten, solange sie sich in Dresden befand, anders hatte sie keine Ruhe.

Es gab eine kleine Küche auf der Etage: Milena rührte sich eine Suppe ein, aß ein altbackenes Brötchen dazu. Bald kann ich jeden Tag Kaviar speisen, dachte sie, obwohl sie Kaviar eigentlich nicht mochte. Aber Stan hatte oft davon geschwärmt. Stan, Rendy – wenn die wüssten!

Ermüdet durch all die Anstrengungen der letzten Zeit und auch durch die an den Abenden zu viel geschluckten Tabletten, legte sich Milena aufs Bett, schlief traumlos mehrere Stunden. Erwacht und erschrocken, weil es später war als gedacht, packte sie zusammen. Sie griff nach ihrer Schultertasche mit Ausweisen, Portemonnaie und den Schminkutensilien, holte die beiden Geldtaschen aus dem Schrank. Sie schrieb einen Zettel, in dem sie der Wirtin mitteilte, dass sie für ein paar Tage wegfahren müsse. Da die Miete bis Monatsende bezahlt war, würde so schnell niemand nach ihr suchen.

Sie ging hinunter in den Hof, wo ihr Wagen parkte. Ein paar

weitere Gäste hatten ihre Autos dort abgestellt, aber nur ein einzelner, nicht mehr ganz junger Mann, schlank, gut angezogen, stand neben einem großen Mazda. Milena nickte ihm einen Gruß zu, den er freundlich erwiderte. Sie setzte das Gepäck ab und öffnete ihren VW. Doch als sie die Taschen wieder anhob, um sie einzuladen, spürte sie plötzlich eine Pistolenmündung im Rücken.

»Sie können das gleich in *mein* Fahrzeug bringen«, sagte der freundliche Mann vom Mazda, »dann brauchen wir es nicht erst umzupacken.«

19

Finn hatte Angst, er fühlte sich verfolgt. Sie waren hinter ihm her und würden ihn nicht verschonen, er wusste es. Sie hatten ihn in der Nacht, als es um Hacke ging, gesehen und gaben nun keine Ruhe mehr. Schon am Vormittag, als er ins Geschäft gefahren war, weil er im Haus verrückt wurde, waren sie aufgetaucht, hatten herumgeschnüffelt. Sie hatten auch ungeniert nach ihm gefragt, doch die Verkäuferin hatte ihn nicht verraten, sie hatte behauptet, er sei gerade weg. Mit seinem Mercedes; sie wussten nicht, dass ihm der Audi gehörte, der vor der Tür stand. Sie waren nicht nach hinten gekommen, sondern wieder gegangen, vielleicht wollten sie nicht zu viel Aufsehen erregen. Er hatte der Verkäuferin erklärt, das wären Bekannte von früher, mit denen er nichts mehr zu tun haben wolle, mehr stecke nicht dahinter. Aber sie war inzwischen schon mehr als verwundert.

Er hatte es im Laden nicht mehr ausgehalten, wollte auch nicht nach Hause, hatte sich vielmehr ins Auto gesetzt und war nach Meißen gefahren. Einfach so, um in Ruhe nachdenken zu können, hier vermutete ihn bestimmt keiner. Er hatte den Wagen abgestellt, war auf die Brücke gegangen und schaute nun auf den

Fluss hinab. Wie friedlich doch das Wasser dahinströmte, wie unschuldig zu Füßen der majestätischen Albrechtsburg. Zu Zeiten der schlimmen Überschwemmungen hatte es hier anders ausgesehen.

Das mit Hacke traf ihn stärker, als er je vermutet hätte. Aber so etwas vermutet man ja sowieso nicht, es geschieht einfach. Man telefoniert mit einem Kumpel, merkt, dass er im Begriff ist, Dummheiten zu machen, grässliche Dummheiten, in die er einen mit hineinzieht, will ihm helfen, sucht um Mitternacht sonst wo nach ihm, und dann …

»Ja, Hacke war hier«, hatte die Kellnerin in der »Schwarzen Perle« gesagt. »Er hatte einen dick geschwollenen Arm und sah insgesamt nicht gut aus. Aber er hat sich nicht lange hier aufgehalten, ist weiter ins ›Sexy Girl‹. Sie müssten dort mal nachfragen.«

Okay, er hatte das geglaubt und war wieder raus aus dem Lokal. Doch dann war ihm der Gedanke gekommen, im Hof nachzuschauen, denn er wusste, dass im hinteren Teil des Gebäudes ein bestimmter Raum fürs Kartenspiel existierte, und er kannte Erik. Er war also durch die Einfahrt dorthin geschlichen, und da waren sie gerade aus der Hintertür gekommen: der Direx, Hacke und der Große, dieser gefährliche Bandit, der vor kurzem mit dem kleineren Ganoven bei ihm gewesen war und ihn fast massakriert hätte. Von denen hatte Finn auf keinen Fall entdeckt werden wollen. Er verkroch sich zwischen den Mülltonnen.

Die drei stritten miteinander, das heißt, hauptsächlich stritt Hacke mit dem Direx. Soviel Finn begriff, ging es um Schulden, die er gerade bezahlt hatte. »Ihr habt eure dreitausend Eier gekriegt, und jetzt will ich meine Quittung«, sagte Erik wütend, »sonst geh ich hier nicht weg, von Zinsen war nie die Rede.«

»Hör zu, Hackmann, jede Bank nimmt Zinsen für ihre Kredite, vielleicht nicht so viel, doch überleg mal, wie lange du mich hast warten lassen.« Die Stimme von Baum war scharf.

»Fünfzig Prozent, das ist Wucher«, rief Hacke, »da komm ich

ja bei der Pfandleihe besser weg! Noch mal tausendfünfhundert kriegt ihr von mir nicht, darauf lass ich mich nicht ein.«

»Pfandleihe«, mischte sich der Große ein, der Bodyguard vom Direx, du hast doch gar nichts zum Verpfänden. Ihr seid arm wie die Kirchenmäuse, du und deine Mutter, da braucht man bloß mal 'nen Blick in eure Bude zu werfen.«

Es sah aus, als wollte Hacke auf ihn losgehen. »Ah, darauf hab ich nur gewartet, jetzt habt ihr euch verraten, ihr wart's also wirklich, die bei mir eingebrochen sind und meine Mutter schikaniert haben.«

Dem Direx schien diese Diskussion nicht zu passen. Er sagte: »Schluss mit dem Gequatsche. Das mit deiner Mutter war ein Versehen und ist jetzt abgehakt. Du stehst bei mir in der Kreide, mit tausendfünfhundert, und solange du nicht bezahlst, kommt jeden Tag was dazu. Jetzt aber lass mich in Ruhe, mir wird hier draußen kalt.«

»Abgehakt? Bei euch vielleicht, aber nicht bei mir«, brauste Hacke auf.

Baum winkte nur ab und wandte sich zum Haus zurück, aber Hacke wollte sich damit offensichtlich nicht zufriedengeben. Er packte den Direx mit der gesunden Hand am Arm. »Ich hab meine Schulden bezahlt, von mir kriegt ihr nichts mehr!«, schrie er. »Außerdem seid ihr mir noch eine Erklärung schuldig. Weshalb brecht ihr bei mir und Finn ein? Was sind das für verdammte Fotos?«

Die Wut schien ihm Kraft zu verleihen, der Direx hatte Mühe, sich loszumachen. Sein Bodyguard kam ihm zu Hilfe, er packte Erik und schleuderte ihn zu Boden. Hacke fiel auf den schon verletzten Arm und schrie vor Schmerz auf. Aber er kam wieder auf die Beine und hatte plötzlich ein Messer in der Hand. Der Große machte eine abwehrende Bewegung, schnappte nach dem Messer, erwischte es aber nicht. Stattdessen bekam er die Klinge in die Seite. Vor Schmerz und Zorn aufheulend, krümmte er sich zusammen.

Hacke begriff anscheinend, dass die Sache nicht gut für ihn ausgehen würde, und setzte zur Flucht an. Er wollte das Überraschungsmoment ausnutzen, kam freilich nicht weit. Nur zwei, drei Meter schaffte er, dann ertönte unversehens ein kurzer, trockener Knall. Ein Schuss aus dem Dunkel der Türöffnung: Er strauchelte, fiel. Aber nicht der Direx hatte auf ihn gefeuert und auch nicht der verwundete Bodyguard, der sich mit der Hand weiterhin die Seite hielt, sein Kumpan war es gewesen, der zweite Einbrecher, den Finn bisher noch gar nicht gesehen hatte. Er musste halb hinter dem Direx gestanden haben. Der Kerl hielt noch die Pistole in der Hand und sagte: »Scheiße, ich gloobe, den hat's richtig erwischt.«

»Verdammter Idiot«, brüllte sein Kumpan, »den hätten wir auch so geschnappt.«

Sie rannten alle drei zu Hacke, und Baum, der sich über ihn beugte, murmelte: »Der ist hinüber, dem hilft keiner mehr.«

»Und nun?«, japste der Große.

»Na was schon, hier kann er nicht liegen bleiben, ihr müsst ihn wegbringen.«

»Wohin denn?«, fragte der mit der Pistole dümmlich.

»In euer Auto, wohin sonst? Dann sehn wir weiter.«

Finn, der bis dahin stillgehalten hatte und ganz starr vor Schreck war, dachte in Panik: Ich muss hier verschwinden, ich muss unbedingt hier verschwinden. Das schien auch zu klappen, denn zum Glück parkte der Wagen, zu dem sie Hacke schleppten, auf der anderen Seite des Hofes. Als sie sich anschickten, die Leiche im Auto zu verstauen, glaubte er seine Chance gekommen und zog sich zurück. Dummerweise stieß er dabei an eine Schaufel, die an der Wand lehnte – sie fiel polternd um. Die drei ließen von Hacke ab und drehten sich um. Sie sahen Finn davonrennen und stürzten hinter ihm her. Zumindest nahmen Baum und der Kerl mit der Pistole die Verfolgung auf. Der mit der Wunde hatte offensichtlich Schwierigkeiten, zu folgen.

174

Finn rannte um sein Leben. Er gewann einen Vorsprung und schaffte es, sich hinter einer Baubude zu verstecken. Das Schießeisen, das er bei sich trug, wollte er nur im äußersten Fall benutzen. Der Direx war zurückgeblieben, eine gute Lunge schien er nicht zu haben; der Kerl, der Hacke auf dem Gewissen hatte, lief zum Glück vorbei. Ein kleiner Park war in der Nähe, Finn sauste erneut los, und es gelang ihm, sich in einem weiten Bogen zu seinem Auto zu pirschen. Er sprang hinein, brauste los, kam heil, wenn auch aufgewühlt und ganz durcheinander, wieder zu Hause an. Aber als er am nächsten Tag ins Geschäft fuhr und die Banditen dort nach ihm fragten, wusste er, dass sie ihn erkannt hatten. Oder sie ahnten zumindest, dass er es war, der sie beobachtet hatte – vielleicht hatte die Kellnerin im Lokal erzählt, dass er da gewesen war.

Jedenfalls stand er nun hier auf der Brücke, schaute in die Elbe und fragte sich, was er tun sollte. Hacke, Rendy befanden sich neben ihm, waren in ihm und zugleich unendlich weit weg. Er versuchte eine Lösung für sich zu finden und wusste: Viele Möglichkeiten blieben ihm nicht mehr. Im Grunde gab es sogar nur noch eine einzige: Er musste zurück nach Dresden und in die Schießstraße, denn dort befand sich das Polizeipräsidium, und dort saß die Kripo.

20

Stan hatte es satt, hinter Milena herzulaufen. Sie ging nicht ans Handy, wenn er sie anrief, sie beantwortete weder Mail noch SMS, er wusste noch immer nicht, wo sie steckte. Das war keine Freundin, sondern eine Eisprinzessin, die mit ihm ein Versteckspiel trieb. Aber warum bloß? Etwa weil sie gemerkt hatte, dass er ein- zweimal mit Rendy zugange gewesen war? Das glaubte er nicht, sie hatte sich nie um seine Angelegenheiten gekümmert, schien so etwas wie Eifersucht gar nicht zu kennen. Und wenn, dann wäre das ein Grund gewesen, sich auszusprechen, ihm eine Szene zu machen, ihm ein paar Teller an den Kopf zu werfen, aber nicht, ihn derart abzuhängen.

Oder steckte etwas anderes dahinter? Einmal hatte sie so etwas angedeutet, erklärt, dass sie jemanden in der Hand hätte und zu Geld kommen könnte, wenn sie nur wollte. Doch als er genauer nachgefragt hatte, war sie zurückgerudert, hatte die eigenen Worte als Scherz abgetan. Er hatte nicht auf der Sache bestanden und sie nie wieder davon angefangen.

War ein anderer Mann im Spiel? Stan glaubte es nicht, es gab keinerlei Anzeichen dafür. Warum, wenn sie zu einem anderen wollte, sagte sie ihm das nicht, schickte wenigstens jetzt eine Nachricht. Er verstand das alles nicht.

Stan legte Ernst Blochs »Prinzip Hoffnung«, das er liebte und über das er einen Vortrag in der Seminargruppe halten sollte, beiseite und stützte den Kopf in beide Hände. Milena war ihm ein Rätsel, und er hatte keine Lust, sich weiter mit diesem Rätsel zu befassen. Er hatte andere Sorgen. Sollte die Dame bleiben, wo der Pfeffer wuchs.

Stan ging zum Fenster, schaute hinaus. Ein schöner sonniger Herbsttag, kein Grund, Trübsal zu blasen. Er griff zum Handy, wählte die Nummer einer Kommilitonin, die ihn bestimmt nicht von der Bettkante stoßen würde, wenn er nett zu ihr war. Christina war jünger als er, nicht gerade sittenstreng und stand auf strahlend blaue Männeraugen, das wusste er von ihren Freundinnen.

Die Sache klappte. Sie war zu Hause, hatte, genau wie er, gerade keine Lust zum Lernen. Stan lud sie ins Kino ein, in einen amerikanischen Film, in dem es um die sexuellen Probleme junger Menschen ging. Der geeignete Stoff, sich dieser Thematik in der Praxis anzunähern. Doch das brauchte ja nicht überstürzt zu geschehen. Nach dem Film gingen sie zunächst in die Kneipe nebenan, tranken Bier und unterhielten sich über die Architektur zur Zeit August des Starken, denn Christina studierte Kunstgeschichte. Von den Künsten war es nicht weit zu den Frauen des Kurfürsten, zum Beispiel zur Gräfin Cosel, die er zunächst über alle Maßen verwöhnt und später, nach einer höfischen Intrige, bis an ihr Lebensende in die Burg Stolpen gesperrt hatte.

Christina gefiel diese Behandlungsweise naturgemäß wenig; Stan, der nicht ganz von Milena loskam, meinte, Frauen brauchten mitunter eine starke Hand.

»Mit dieser Meinung kannst du beim Alten Fritz anheuern, aber nicht bei mir«, sagte die Schwarzhaarige.

Fast wären sie ins Streiten gekommen, doch Stan lenkte ein, und sie vertrugen sich wieder. Sie dachten daran, aufzubrechen, als Daisy, eine vollbusige Blondine, an ihren Tisch trat. Sie kannte Christina von einigen Barbesuchen und schien ihnen die Stimmung verderben zu wollen: »Sei vorsichtig mit diesem Kerl da«, säuselte sie, »er ist ein Freund von Rendy, du weißt schon, nach der überall die Polizei sucht.«

»Was quatscht du da?«, fuhr Stan sie an. »Ich hab nie was mit Rendy gehabt.«

»Nie? Vorige Woche hab ich dich noch mit ihr zusammen gesehen. Gib's zu, du bist scharf auf sie.«

»Das bin ich nicht, verdammt noch mal! Die Hure hat mich nie interessiert. Lass dir von der nichts einreden, Chris.«

Daisy lachte spöttisch: »Gut, dann hab ich euch eben nicht gesehen. Obwohl ich eigentlich gute Augen hab. Die besten in der Familie, meint meine Mutter.« Sie ging weiter und setzte sich an einen Tisch, an dem eine gemischte Gesellschaft Platz genommen hatte.

Die Schwarzhaarige sagte: »Ist mir egal, ob du was mit dieser Rendy hattest oder nicht. Aber warum sucht die Polizei nach ihr? Was ist das für eine Geschichte?«

»Sie ist verschwunden, abgetaucht. Warum, weiß ich nicht. Es interessiert mich aber auch einen Dreck.«

»Und warum kommt Daisy damit an?«

»Weil sie 'ne Giftnatter ist. Wollte schon immer an mich ran, aber ich hab sie abblitzen lassen. Nun rächt sie sich auf diese Art.«

»Das wird nicht klappen mit der Rache.« Sie schob ihre Hand in seine.

Stan drückte so fest zu, dass sie leise aufjammerte. Er spürte zugleich Lust und wilde Wut in sich.

21

»Ihr solltet mal mit einer gewissen Beatrice von Helm sprechen, einer Dame von Adel«, sagte Rons Chef, »da ist eine sonderbare Sache passiert, eine Art Liebesgeschichte mit Überfall oder Erpressung. Bellmann ist damit befasst.«

»Von Helm, ist das nicht dieser bekannte Bauunternehmer, einer mit Verbindungen sonst wohin?«

»Genau, aber darum geht's nicht. Die Angelegenheit ist gewissermaßen auf normalem Weg zu uns gelangt.«

»Für Liebesgeschichten mit Erpressung oder Überfall fehlt uns im Augenblick wirklich die Zeit«, erklärte Nele. »Wie du weißt, stecken wir bis über die Ohren in der Sache Renate Mende.«

Der Chef setzte ein Grienen auf. »Gerade deshalb komme ich ja zu euch. Von Helm hat einen schweren Infarkt erlitten, er liegt im Koma. Doch als er zwischendurch mal zu sich kam, hat er einen Namen erwähnt. Und nun wundert euch bitte mal: Der Name lautet Milena Faber.«

»Milena Faber?«, wiederholten Ron und Nele gleichzeitig.

»Exakt. Endlich kann ich euch mal verblüffen. Frau von Helm konnte mit dem Namen nichts anfangen, aber bei Bellmann hat's geklickt. Er hat mich gleich unterrichtet.«

»Okay, das ist in der Tat mal 'ne gute Nachricht«, sagte Ron.

»Ich setze mich mit ihm in Verbindung.«

Er verlor keine Zeit, erreichte den Kollegen auch und ließ sich den Fall schildern. Die Fakten waren allerdings dünn: Ein Mann, eben der erwähnte Ahn von Helm, war auf dem Bürgersteig zusammengebrochen, und eine junge Frau, die hinter ihm von einer Friedhofsmauer gesprungen kam, war mit seinem Koffer davongerannt. Ob es wirklich eine junge Frau war, wusste man freilich nicht genau. Das nahmen nur ein paar Zeugen der Ereignisse an, sowie Beatrice von Helm, die eine Liebesaffäre ihres Gatten dahinter vermutete. Angaben eines anonymen Anrufers bei ihr kurz vor dem Raub würden darauf hindeuten. In dem Koffer müsse viel Geld gewesen sein, behauptete die Adlige, die ihren Mann durch die halbe Stadt verfolgt hatte, um ihn in flagranti zu erwischen. Doch dann habe es sogar wie Erpressung ausgesehen – von Helm hätte zu Hause den Safe ausgeräumt, in dem sich wohl eine größere Summe befunden hatte.

Ronstein fuhr in die Klinik, aber Ahn von Helm war nicht ansprechbar. In welchem Zusammenhang ihr Mann den Namen Faber erwähnt habe, wollte er von Beatrice wissen, die sorgenvoll an seinem Bett wachte.

»Das weiß ich nicht, da kann ich nur Vermutungen anstellen, Kommissar«, erwiderte sie. »Aber ich denke, dass die Frau so heißt, die uns das alles eingebrockt und den Koffer gestohlen hat. Ahn hat mir nämlich klarzumachen versucht, dass ich keine Polizei einschalten soll. Aber die war ja eh schon vor Ort, und in diesem Punkt bin ich auch nicht seiner Meinung.«

»Da haben Sie durchaus recht«, bestätigte Ron.

Er erkundigte sich, ob der Name einer Renate Mende, genannt Rendy, von Helm erwähnt worden sei oder ob er von alten Fotos gesprochen hätte, doch auch das verneinte die Frau. »Nur einen Brief hat er mal bekommen und sich darüber mächtig aufgeregt. Der ist aber nicht mehr zu finden.«

»Würden Sie uns erlauben, seine Sachen durchzusehen?«

»Selbstverständlich«, erwiderte sie. »Wir haben nichts zu verbergen.«

Es war eine wirklich prächtige Villa und ein Blick auf Dresden, wie ihn Nele und er noch nicht genossen hatten, doch neue Erkenntnisse gewannen sie nicht. Ron, unzufrieden, stellte gewagte Überlegungen an, um in der Partie einen Vorteil zu erlangen, wie er meinte, oder wenigstens klarer zu sehen: »Hatte von Helm womöglich ein Verhältnis mit Rendy gehabt und sie umgebracht, so dass die Faber ihn erpressen konnte? Oder hatte Milena die Mende verschwinden lassen, um an die Fotos zu kommen und den Bauunternehmer zu erpressen? Doch was war auf den ominösen Fotos zu sehen, wenn es sie überhaupt gab, und was spielte der anonyme Anrufer für eine Rolle? Handelte es sich um den Freund der Faber, diesen Stan Rothe? Hielten die beiden vielleicht die Mende, von der ja noch nicht feststand, dass sie tot war, irgendwo fest?

Fragen über Fragen, die er und Nele Kreuz sich immer wieder stellten, auf die sie aber auch keine Antworten hatten. Als praktische Person, die bei Familienproblemen oft schnelle Lösungen finden musste, schlug die Kommissarin schließlich das Naheliegendste vor, nach Milena nämlich dort zu suchen, wo sie zuletzt gesehen worden war, in der Nähe des Friedhofs. »Wir klappern die Hotels und Pensionen der Umgebung ab«, sagte sie. »Vielleicht hat sie sich in dem Viertel irgendwo unter falschem Namen eingemietet.«

Sie nahmen sich das Handy Ahn von Helms vor, auf dem zwar nicht die Gespräche, wohl aber die Nummern zu finden waren, die er zuletzt kontaktiert hatte. Wie kaum anders zu erwarten, meldete sich niemand, der verdächtig schien. Das gleiche beim Handy von Beatrice. Nun gut, sie würden Genaueres über den Anbieter herausbekommen. Vielleicht brachte das wenigstens in Bezug auf den anonymen Anrufer etwas.

Ein schneller Erfolg gelang ihnen bei der Suche nach Milena Fabers Unterkunft. Die Wirtin erkannte in ihrer Mieterin Judith

Forst eindeutig die gesuchte Person wieder. Aber die Forst war nicht da, für einige Tage verreist, wie aus einem kurzen Schreiben auf ihrem Tisch hervorging.

»Die werden sie hier wohl nicht mehr wiedersehen«, erklärte Ron der bestürzten Frau.

Auf und davon, sie hatten Milena Faber zum zweiten Mal verpasst, aber nun würde sie wohl für immer und ewig ins Ausland verschwinden. Falls sie nicht schon dort war mit ihren Taschen voller Geld. Den leeren Koffer hatte sie, wie sich schnell herausstellte, in der Pension zurückgelassen. Egal, man musste das noch Mögliche versuchen, sie zur Fahndung ausschreiben, Zoll und Polizei auf sie aufmerksam machen. Doch ob das etwas brachte? Kümmern wir uns erst einmal um Paul Findeisen, dachte der Kommissar, denn der Kleiderhändler, der aller Wahrscheinlichkeit nach etwas über Hackmanns Tod wusste, schien ebenfalls untergetaucht. Er war weder in seinem Haus noch im Geschäft angetroffen worden. Es eilte, sonst würden sie womöglich eine weitere böse Überraschung erleben.

22

Widerstand war zwecklos, das verstand Milena, an Flucht mit den Taschen nicht zu denken. Sie gehorchte, setzte sich mechanisch in Bewegung. Wer war dieser Mensch, und wie hatte er sie gefunden?

»So ist's gut«, sagte der Mann, »packen Sie die Geldtaschen zwischen Vorderlehne und Rückbank meines Wagens, und setzen Sie sich ans Steuer. Den Schlüssel bekommen Sie, wenn ich neben Ihnen sitze. Bitte machen Sie keine Dummheiten.«

Immerhin war er höflich. »Man wird meinen Wagen finden und sich wundern, dass ich ihn zurückgelassen habe«, wandte Milena ein.

»Kann sein, dass man sich wundert, kann auch nicht sein. Vielleicht denkt die Polizei, dass ein guter Freund Sie mit seinem Auto abgeholt hat. Auf mich wird man nicht kommen.«

Milena war übel. Das hier konnte nicht die Realität sein. In letzter Minute alles umsonst! Es war zum Verzweifeln.

Sie stiegen ein – Milena startete. Das Geld ist noch hier, und er ist allein, dachte sie. Ich muss ihn im Gespräch halten. Vielleicht kann ich ihn irgendwie austricksen.

»Womöglich lasse ich den Wagen auch von meinen Leuten abholen«, sinnierte der Mann. Er hielt die Waffe, auf den Knien unter einem Schal verborgen, auf Milena gerichtet.

»In dem Projekt steckt eine wochenlange Vorbereitung. Harte Arbeit. Das können Sie mir nicht einfach wegnehmen.«

»Ich kann, wie Sie sehen.« Der Unbekannte lächelte selbstgefällig. »Für mich war es übrigens nicht weniger hart. Gedanklich vor allem.«

»Wie meinen Sie das? Wie sind Sie überhaupt auf mich gekommen?«, fragte Milena.

Sie fuhren. Rollten aus dem Hof auf die wenig belebte Straße, bogen zur Elbe hin ab.

»Ich war von Anfang an dabei«, sagte der Mann. »Als mich von Helm beauftragte, nach der Erpresserin zu suchen, um ihr das Material abzunehmen oder sie zum Kompromiss zu bewegen, erkannte ich meine Chance. Meine Idee war einzigartig.«

»Was für eine Idee?«

»Die Suche scheitern zu lassen. Sein Geld zu nehmen und nichts zu tun. Okay, zunächst zögerte ich noch, sorgte dafür, dass meine Männer aktiv wurden. Aber als er ausflippte, bloß weil wir für Augenblicke die Falsche ins Visier nahmen – ein bedauerlicher Irrtum – und mich wie einen Schuljungen abkanzelte, entschied ich mich.«

»Ich vermag nicht ganz zu folgen«, sagte Milena.

»Nicht? Aber es liegt doch auf der Hand! Ich konzentrierte

mich voll auf Sie, um selbst an das Geld zu kommen. Ohne mich konnte er nichts erreichen, musste auf Ihre Forderungen eingehen. Und sobald er gezahlt haben würde ...« Der Mann lächelte in sich hinein.

»Ich verstehe es trotzdem nicht. Woher wussten Sie von der Pension? Von der Geldübergabe?«

»Sie haben ganz recht, danach zu fragen. Sie hatten sich aus dem Staub gemacht, und es wäre zum Schluss fast noch schiefgegangen. Da war das Glück des Tüchtigen vonnöten. Ich hatte zwar versucht, eine Verbindung zu Beatrice von Helm aufzubauen, durch die sie mich unbeabsichtigt auf dem Laufenden hielt, aber Sie haben sehr schnell gehandelt. Kompliment. Erst in letzter Minute erfuhr ich von ihr den ungefähren Ort der Übergabe. Es gelang mir noch, Ihre Spur aufzunehmen. In dieser Gegend gibt es nicht so viele Orte, an denen man sich verkriechen kann. Ich wusste auch, welchen Wagen Sie haben.«

Milena schwieg. Sie fuhren inzwischen längs der Elbe stadtauswärts. Sie überlegte sich, dass sie den Wagen gegen einen Baum setzen könnte oder in den Graben, um den Mann danach vielleicht zu übertölpeln. Aber das war gefährlich, konnte auch für sie schiefgehen. Vor allem jedoch: Wie kam sie mit den vollen Taschen weg?

»Probieren Sie es gar nicht erst«, sagte er.

Milena versuchte, kaltes Blut zu bewahren. »Ich tu ja, was Sie wollen.« Dann nahm sie den Faden wieder auf. »Die Falsche, war das Rendy? Hatten Sie ihre Leute auf sie angesetzt?«

»Ja, leider. Sie hatte mächtig mit ihrem künftigen Reichtum geprahlt. Aber dann war sie plötzlich verschwunden, ist vielleicht sogar tot.«

»Rendy tot?!«, rief Milena erschrocken. Sie verzog reflexartig das Steuer, so dass der Wagen seitlich ausscherte und fast einen entgegenkommenden Kleintransporter gestreift hätte.

»Passen Sie doch auf, Menschenskind ... Können Sie denn

183

keine Überraschung verdauen … Sie verderben uns noch den schönen Tag.« Und nachdem sie wieder in ruhigere Bahnen zurückgefunden hatten: »Ja, meine Leute behaupten, sie leblos in einem Kofferraum gesehen zu haben. Das hat auch mich erschüttert.«

Milena war erneut schockiert. »In einem Kofferraum? Das ist ja furchtbar! Wie ist das passiert? Hatte sie einen Unfall? Wurde sie umgebracht?«

»Ein gewisser Findeisen soll dafür verantwortlich sein«, erklärte der Mann. »Einer ihrer Liebhaber. Man ermittelt wohl noch.«

»Rendy …«, murmelte Milena. »Wir hatten nicht viel gemeinsam, aber es ist trotzdem schrecklich. So etwas habe ich nicht gewollt.«

Der Mann lachte leise. »Sie sind wirklich gut. Was können Sie dafür? Sie haben ihr doch nichts getan.«

»Trotzdem …«

»Ach, pissen Sie sich doch nicht ins Höschen«, sagte der Unbekannte kalt.

Offenbar waren sie nun angekommen, denn er gebot ihr zu halten. Ein niedriges Gebäude, das einen unbewohnten Eindruck machte und noch die Schäden der letzten Überschwemmung aufwies.

Sie stiegen aus. »Leider kann ich Sie nicht komfortabler unterbringen«, sagte der Mann, »aber vielleicht dauert Ihr Aufenthalt gar nicht so lange.«

»Was haben Sie mit mir vor?«

»Das überlege ich mir später. Erst müssen Sie mir noch die Fotos aushändigen, die Sie ganz bestimmt nicht bei sich tragen. Sie sind eine intelligente Frau und wissen, dass man daraus weiteres Kapital schlagen kann.«

»Ich habe von Helm versprochen, das Material zu vernichten«, erklärte Milena.

»Wie edel. Sie verstehen, dass dies nicht für mich gilt.«

Sie betraten das ungemütliche, verschmutzte Gebäude. Eine Treppe führte nach unten zum Keller. Er deutete hinab, doch sie zögerte. Es wäre eine letzte Gelegenheit, die Flucht zu ergreifen oder noch besser, ihn zu attackieren. Aber er war ein zwar schon älterer, jedoch sehniger Mann mit Pistole, sie eine kleine, unbewaffnete, wenn auch flinke Person. Ihre Chancen standen nicht gut.

»Wir könnten teilen und jeder seiner Wege gehen«, schlug sie vor.

Der Direx schenkte ihr nur ein mitleidiges Lächeln.

23

Sabine Hassberg hatte gebacken, einen großen Pflaumenkuchen, und er war ihr, wie sie fand, auch gut gelungen. Backen gehörte zu ihren Leidenschaften und war – das sagten alle Bekannten – eine ihrer großen Stärken. Diesmal aber verband sie eine besondere Absicht damit. Sie wusste, dass Herr Kappel aus dem dritten Stock Geburtstag hatte. Der Elektriker, ein netter Mensch, wenngleich nach ihrer Meinung zu sehr für sich hausend, hatte es nicht verdient, dass er selbst an diesem Tag allein in seiner Stube hockte. Sie war überzeugt, er würde sich über ihren Besuch freuen.

Mit einem Korb voll Kuchen und einer Kanne Kaffee stieg Frau Hassberg die Treppe hinauf, klingelte. Sie hätte vorher anrufen können, doch sie wollte ihn ja überraschen. Dass er eine Weile brauchte, um zur Tür zu kommen, störte sie nicht.

Gerade drückte sie ein zweites Mal auf den Klingelknopf, da öffnete er. So plötzlich stand er vor ihr, dass sie erschrak. Ohne ein Wort zu sagen, starrte er sie mit großen Augen an.

»Guten Tag, Herr Kappel, ich wollte Ihnen zum Geburtstag gratulieren. Ich habe Kaffee und Kuchen mitgebracht. Sie essen doch Pflaumenkuchen?«

»Ach, die Sabine«, erst jetzt schien er sie zu erkennen, »nicht die Rendy und nicht die Milena, die Sabine. Bitte bedien dich.«

Frau Hassberg fand es ungewöhnlich, beim Vornamen genannt zu werden, man hatte sich bisher nicht geduzt. Auch womit sie sich bedienen sollte, verstand sie nicht, es waren – zumindest im Augenblick noch – ihr Kuchen und ihr Kaffee. Er ist betrunken, dachte sie, aber meinetwegen, warum soll er an seinem Geburtstag nicht ein Glas trinken. Sie fragte sich allerdings, ob sie Kaffee und Kuchen besser dalassen und wieder umkehren sollte.

»Komm rein, Sabine, komm rein«, sagte der Mann und machte eine Handbewegung wie ein Verkehrspolizist beim Durchwinken von Fahrzeugen.

Sie entschloss sich, trat ein. Vom Flur abgehend, standen die Türen zur Küche und zum Wohnzimmer offen. Auf dem Küchentisch war eine halbgeleerte Flasche Doppelkorn zu sehen, im großen Zimmer lief laut der Fernseher.

Kappel gab der Wohnungstür einen Schubs, so dass sie krachend ins Schloss fiel, und machte eine Art Verbeugung. »Was willst du, Sabine, Schnaps oder Porno?« Im TV küsste man sich gerade.

»Ihnen gratulieren, Herr Kappel. Und eine Tasse Kaffee mit Ihnen trinken. Alles, alles Gute!«

»Alles Gute? Was ist gut? Das Leben ist beschissen!«

»Na, na«, sagte die Hassberg besänftigend. Da sie aber, wenn es nötig wurde, auch energisch werden konnte, entschloss sie sich, marschierte ihm voran ins Wohnzimmer. Sie stellte Korb und Kanne ab, griff zur Fernbedienung und schaltete den Fernseher aus. Plötzlich füllte Stille den Raum.

Kappel war ihr gefolgt und lümmelte sich aufs Sofa. Dass sie ausgeschaltet hatte, schien er gar nicht wahrzunehmen. »Sie mochte beides, Schnaps und Porno«, sagte er, »sie war so.«

»Wer war so?«, fragte die Hassberg und packte den Kuchen aus.

»Na, wer schon. Die Rendy. Das kleine Luder. Die Hure.«

»Weil sie ein paar Tage weg ist, brauchen Sie Rendy nicht so schlecht zu machen«, tadelte die Frau. »Ich weiß doch, dass Sie die Renate mögen.«

»Du machst sie doch auch bei jeder Gelegenheit schlecht, oder?« Er lachte triumphierend.

Frau Hassberg schluckte. So direkt hatte ihr das noch niemand gesagt.

»Aber ist ja egal, ist vorbei.« Kappel winkte ab. »Essen wir Pflaumenkuchen.« Er nahm ein Stück in die Hand und biss hinein. Der Rest zerbrach und fiel aufs Sofa.

»Ach, Herr Kappel«, schimpfte Sabine Hassberg, »was machen Sie denn da für eine Schweinerei.« Sie versuchte, die Stelle zu säubern. »So hab ich mir das Kaffeetrinken mit Ihnen nicht vorgestellt.«

Der Elektriker achtete nicht darauf. Er kramte ein halb geknicktes Foto mit dem Konterfei Renate Mendes aus der Tasche und knallte es auf den Tisch: »Die gab's einmal, Sabine, verstehst du, die Rendy gab's einmal. Die kleine Hure ist tot, mausetot.«

Frau Hassberg schüttelte den Kopf. »Reden Sie doch nicht solchen Unsinn, Herr Kappel, malen Sie nicht den Teufel an die Wand. Sie wird schon irgendwo stecken. Sie lebt, und man wird sie finden.«

»Sie ist gestorben, meine Kleine ist tot. Für mich.« Er gab einen Schluchzer von sich, nahm ein zweites Stück Kuchen, begann zu mampfen und krümelte erneut aufs Sofa.

Sabine Hassberg begriff, dass zumindest heute aus einem gemütlichen Kaffeetrinken nichts werden konnte. Sie sollte jetzt besser gehen. Dann fiel ihr aber noch etwas ein. »Wenn Sie alles aufs Sofa schmeißen, Herr Kappel, legen Sie doch wenigstens eine Decke hin. Sie hatten hier doch immer eine. Wo ist die denn?«

Der Elektriker schien etwas zu sich zu kommen. Er richtete

den Oberkörper straff auf, und seine Augen wurden klarer. »Was für eine Decke? Hier war keine Decke.«

»Doch«, sagte die Hassberg. »Eine mit grünem Muster. Als ich Ihnen vorige Woche den Zucker mitbrachte, war sie noch da. Ich erinnere mich genau.«

»Grün? Niemals! Hier gab's keine Decke mit Muster. Und wenn, hab ich sie weggetan. Entsorgt, klar! Weil sie schmutzig war und mir nicht mehr gefiel. Aber Rendy gefiel mir!«

»Jetzt regen Sie sich bloß nicht noch auf.« Frau Hassberg erhob sich. »Deswegen streite ich doch nicht mit Ihnen, noch dazu an Ihrem Geburtstag. Und überhaupt müssen Sie erst mal schlafen. Ich lasse Ihnen die Sachen hier, Sie können mir Korb und Kanne ja später runterbringen.«

»Es gibt keine Decke, und es gibt keine Rendy mehr, verstanden!«, beharrte Kappel.

Es war misslungen, sie zog sich zurück. Der Elektriker schien nun endgültig erschöpft, er streckte sich auf dem Sofa aus, beachtete sie nicht mehr. Gleich darauf fing er an zu schnarchen. Kopfschüttelnd verließ Sabine Hassberg die Wohnung, zog die Tür hinter sich zu. Ein wenig verärgert stapfte sie die Treppe hinunter. Da wollte man nun jemandem eine Freude machen, und der war völlig von der Rolle. Die Leute sollten nicht so viel saufen, dachte sie, selbst an ihrem Geburtstag nicht. Streitet sich mit mir um 'ne Decke. Fest steht, dass er sie vor kurzem noch liegen hatte, dort, in seiner Stube. Und ein grünes Muster hatte sie auch.

24

Die Kriminalisten hatten den Altkleiderhändler zu Hause und in seinem Geschäft zu erreichen versucht, sie hatten sogar Leute auf sein Waldgrundstück geschickt – alles vergeblich. »Er könnte ein so wichtiger Zeuge sein«, sagte Piet Ronstein, »denn ich glaube letztendlich doch nicht, dass er Hackmann erschossen hat. Ich sehe in ihm jedoch eine Schlüsselfigur, die unsere Partie zwar nicht entscheiden kann, von der aber ihr weiterer Verlauf abhängt.«

»Du mit deiner Schachphilosophie«, erwiderte der Chef. »Gibt es da nicht noch ein paar andere Gestalten, die man vom Brett nehmen sollte? Diesen Direx zum Beispiel, der seine Leute offenbar in fremde Wohnungen einbrechen lässt?«

»Du hast recht, und wir sind dabei, uns die Adressen zu besorgen. Vor allem Detlef Baum selbst interessiert uns. Es geht aber nicht alles gleichzeitig. Wir haben zu wenig Leute.«

»Immer diese Klagen. Du weißt, dass ich es auch gern anders hätte.«

»Schon gut«, sagte Ron.

»Wie sieht's bei der Faber aus?«

»Ihr Wagen ist sichergestellt. Er stand noch auf dem Hof der Pension. Da sie mit dem Geld bestimmt nicht zu Fuß weg ist, könnte sie ein Taxi genommen haben. Oder sie hatte einen Komplizen.«

»Vielleicht den anonymen Anrufer bei Frau von Helm?«, vermutete der Chef.

»Das ist unwahrscheinlich«, sagte Ron. »Der wusste doch offenbar bis zuletzt nichts vom Verlauf der Angelegenheit.«

Der Chef ging, und der Kommissar überlegte, ob er sich den VW der Faber einmal selbst ansehen sollte, als Nele Kreuz ins Zimmer stürzte. So aufgeregt hatte Ron sie lange nicht erlebt.

»Wir haben ihn«, rief die Kommissarin, »und er ist bereit, auszusagen.«

»Wer? Findeisen?«

»Genau der. Er sitzt drüben bei mir. Er ist von sich aus gekommen.«

»Endlich«, seufzte Ron und meinte damit sowohl Finn als auch die Möglichkeiten, die sich nun vielleicht eröffneten.

Sie eilten hinüber, wo der Kleiderhändler nicht gerade fröhlich auf seine schmutzigen Schuhe starrte. Ohne es zu merken, musste er durch eine Meißner Schlammpfütze gewatet sein.

Finn wusste noch nicht, ob er alles erzählen sollte. Das über Hackes Ermordung ja, nicht jedoch die verrückte Sache mit Rendys Leiche. Andererseits wäre es ungünstig, ja gefährlich, wenn sie die Geschichte der Toten in seiner Garage später von den Leuten des Direx serviert bekämen. Sie müssen mir glauben, dass nicht ich sie umgebracht habe, sondern dass es einer ihrer späteren Liebhaber war, dachte er, auch wenn alles gegen mich zu sprechen scheint.

»Sie sind doch einverstanden, wenn wir Ihre Aussage aufzeichnen?«, sagte Nele.

»Wenn's sein muss.«

Finn begann zu erzählen, und es wurde ein langer Bericht. Die Sätze flossen wie von selbst aus ihm heraus, nur ab und zu hakten die Kommissare nach. Als er endlich fertig war, baten sie ihn, im Nebenraum zu warten. Klar, dass sich die Partie nun wirklich ein Stück weiterentwickelt hatte. Zu Gunsten Rons und der anderen Kriminalisten! Sie hatten es noch nicht bestätigt bekommen, durften jedoch als fast sicher annehmen, dass Erik Hackmann von einem Bodyguard des Direx erschossen worden und dass Renate Mende gleichfalls tot war, offenbar erschlagen. Das von Hacke gestohlene Auto, in dem Rendys Leiche gelegen hatte, war wohl in der Tat mit jenem identisch, in dem man sie einen Tag vorher noch lebend mit einem Mann gesehen hatte. Sie selbst ruhte, laut Aussage, in einem provisorischen Grab in der Nähe der Dippelsdorfer Teiche. Klar war schließlich noch, dass die Einbrüche bei Frau Hackmann, und, wie sich nun herausstellte, auch bei Findeisen, auf das Konto von Baums Leuten gingen.

»Halt«, sagte Nele an dieser Stelle, »mir fällt da noch was ein. Ich hatte mich doch so über die wunderbare Ordnung in Rendys Zimmer gewundert. Könnte es nicht sein, dass die Ganoven auch dort nach den ominösen Fotos suchten und dabei alles durcheinander brachten?«

»Schon möglich. Das wäre dann ein Einbruch mehr. Oder willst du noch etwas anderes andeuten?«

»Die Frage ist, *wer* aufgeräumt hat.«

»Die ordentliche Milena Faber, denke ich.«

»Das glaube ich auch, aber warum?«, fragte Nele.

»Vielleicht wollte sie Renate Mende etwas Gutes tun?«

»Na ja, so sehr mochten sie sich wohl nicht.«

»Jeder andere Mensch hätte in so einem Fall die Polizei gerufen«, erklärte der Kommissar.

»Genau. Aber sie wollte untertauchen. Vielleicht wegen der Ganoven, vielleicht aber auch, weil gar keine Ganoven da waren und sie Rendy etwas angetan hatte. Dann hätte sie durch das Aufräumen die Spuren verwischt.«

»Ich weiß nicht«, sagte Ron, »wie soll die Leiche denn in Hackmanns Auto und wieder zurück zu Findeisen gekommen sein? Die Faber wird uns eher als zierliche Person geschildert.«

»Sie könnte einen Helfer gehabt haben, der sich bei Findeisen auskannte. Ihren Freund vielleicht.«

Sie diskutierten, kamen aber nicht weiter. »Das sind alles Spekulationen«, sagte Ron schließlich, »wir müssen uns noch mal gründlich den ausgebrannten Wagen vornehmen und die Leiche ausgraben. Wenn du einverstanden bist, übernehme ich das.«

»Wir sollten auch den Vater von Renate Mende informieren«, erinnerte Nele.

»Erst wenn wir sie wirklich haben.«

Ron nahm Findeisen mit, der ihnen den Weg zu dem Grab zwischen den Bäumen zeigen sollte, und ging. Nele setzte sich an den Computer. Die Sekretärin kam herein und legte einen Zettel auf den Tisch: »Soeben gekommen.« Es war die Adresse einer der Leute vom Direx.

Der Chef steckte den Kopf durch die Tür. »Von Findeisen was Neues erfahren?«

»Eine ganze Menge«, sagte Nele. »Ist aber noch in der Rohfassung. Hören Sie es sich ruhig an. Ich muss erst mal einen Verbrecher fangen.«

25

Max Doll, der Bodyguard vom Direx, der Erik Hackmann in den Rücken geschossen hatte, war äußerst mieser Stimmung. Er hatte den Mann eigentlich nur ins Bein treffen wollen, doch nun schleppte er einen Mord mit sich herum. Außerdem war ihm dieser Findeisen durch die Lappen gegangen, der ihn ans Messer liefern konnte. Zwar hatte der Kerl selbst 'ne Leiche im Gepäck – Max hatte sie ja mit eigenen Augen in der Garage gesehen – und würde wohl deshalb vorläufig schweigen, doch sicher sein konnte man sich nicht. Das war ein Feigling erster Güte. Wenn die Polizei ihn schnappte und in die Zange nahm, würde er plaudern wie ein Waschweib.

Am besten wär's, nach Frankfurt abzuhauen, wo er Bekannte hatte, und dort unterzutauchen. Aber dazu brauchte er Geld. Dreißig Riesen hatte der Chef jedem von beiden versprochen, sobald er ein größeres Geschäft zum Abschluss gebracht hätte. Aber wann war das? Er hatte nicht mehr viel Zeit.

Max saß am Tisch in seiner Hinterhausbude und grübelte. Er war noch nicht lange beim Direx, ein Vierteljahr vielleicht, und hatte bisher seine Arbeit getan, ohne nachzufragen. Meist ging es weniger darum, den Boss zu beschützen, als Schuldner zur Ordnung zu rufen, die nicht zahlen wollten. Weil sie Pillen schluckten, ohne das nötige Kleingeld zu haben, an Automaten zockten oder alles beim Pokern verloren. Weil sie sich verspekulierten und trotz der gepumpten Kröten nicht mehr auf die Beine kamen. Viele jammerten dann über die hohen Zinsen, die ihnen aufgedrückt wurden, oder glaubten, wie dieser Hacke, der Direx würde ihnen ihrer treuen Augen wegen was erlassen. Hörten sie nicht hin, wenn sie das Geld in Empfang nahmen? Die Schwächlinge, die erst Prügel beziehen mussten, damit sie die Knete wieder hergaben, waren selber schuld.

Eine besondere Sache war die Suche nach diesen Fotos gewesen und nach Rendy. Ein Auftrag, der einiges Geld hatte bringen sollen, mehr wusste Max nicht. Aber plötzlich war Rendy die Falsche gewesen, und alles war abgeblasen worden. Nachdem er, Max, ihre Leiche bei diesem Findeisen in der Garage gesehen hatte. Mit eigenen Augen. Hatte er geträumt? Bestimmt nicht! Was war eigentlich aus der Toten geworden? Vor allem aber: Was steckte hinter diesem Hin und Her vom Direx?

Max stand auf und ging zum Schrank, wo er die Drogen hatte. Er hielt sich mit dem Crystal Meth zurück, solange es nur ging, aber jetzt brauchte er eine Bahn. Denn er war sauer. Er hatte funktioniert, so gut er es konnte, hatte sich manchmal gewundert, aber die Schnauze gehalten. Doch irgendwann war er stutzig geworden. Der Boss selbst hatte ihm damals das Foto in die Hand gedrückt, mit dem sie nach Rendy hatten suchen sollen, und dann war plötzlich eine ganz andere gemeint gewesen. Eine Schnepfe, die mit Rendy zusammenwohnte. Aber die war inzwischen auch abgetaucht. Dadurch war ihnen die Prämie flöten gegangen, und der Chef hatte sie auf später vertröstet. Das sollte einer begreifen.

Und nun, nach dem Unfall mit diesem Hacke, saß vor allem er in der Scheiße. Er hatte geschossen, ihm konnte man einen Mord anhängen. Max vermutete sogar, dass ihn der Direx fallen lassen würde, wenn es hart auf hart kam. Auch bei seinem Kumpel Bombe konnte er sich nicht sicher sein. Das aber war mehr, als er vertrug.

Max trug das Tütchen mit dem Zeug, das von jenseits der Grenze kam und so herrlich berauschen konnte, zum Tisch und schüttete es auf ein Blatt Papier. Er hatte die Kristalle zerstampft und begann das Pulver einzuziehen. Allerdings nahm er nur wenig davon, denn viel hatte er nicht mehr, er brauchte Nachschub. Weswegen ein kleiner Ausflug nötig wurde. Zwar meinte der Direx, er solle in der Wohnung bleiben, sich vorerst nicht draußen blicken lassen, aber eine Stippvisite zum Vietnamesenmarkt gleich hinter der Grenze musste drin sein. Da konnte nichts passieren, die hatten viel zu wenig Leute, um aufzupassen. Außerdem fiel ihm hier die Decke auf den Kopf, weil sich Bombe nicht blicken ließ.

Max saugte die letzten Krümel auf und lehnte sich zurück. Der Chef hatte Geheimnisse, gut, das war seine Sache, aber warum weihte er sie nicht wenigstens im Groben ins Geschäft ein. Wollte er sie am Ende ausbooten? Oder wenigstens ihn? Mit Bombe konnte Max nicht reden. Der war wie ein Bernhardiner, stark aber seinem Herrn auch treu ergeben, der tratschte weiter, was man ihm anvertraute. Einmal, als er ungewollt Fetzen eines Telefonats mitgekriegt hatte, das der Boss mit einem Kunden führte, hatte Max Doll sich über die Summen gewundert, um die es da ging. »Das hat uns nicht zu interessieren«, hatte Bombe ihn angeblafft, »du kriegst schon, was dir zusteht.«

Aus diesem Grund hatte Max auch für sich behalten, dass er den beiden kürzlich gefolgt war. Heimlich, als sie mit einem vollbeladenen Auto stadtauswärts gerollt waren. Richtung Heidenau, sie hatten zufällig an der gleichen Tankstelle die Reifen überprüft, wo er sich eine Cola geholt hatte. Sie hatten ihn nicht gesehen, und er hatte sich gewundert, wo sie mit Decken, Matratze und Lebensmitteln hin gewollt hatten. Ein Herbstquartier einrichten? Für wen und wozu?

Es geht mich nichts an, hatte sich Max gesagt, war ihnen aber trotzdem gefolgt. Sie waren in einem Gebiet gelandet, wo noch die Folgen der letzten Überschwemmungen zu sehen waren, und hatten die Sachen in ein abgewracktes Gebäude geschafft. Wollten die beiden dort jemanden unterbringen? Da sie ihn nicht sehen sollten, war er nicht näher herangekommen und hatte sich schließlich getrollt. Jedenfalls hatten sie etwas vor, von dem sie ihm nichts sagten, und das missfiel ihm.

Doch nun war es soweit, das Gefühl der Leichtigkeit, auf das Max beim Einsaugen der Kristalle gebaut hatte, stellte sich ein, und er hörte auf, zu grübeln. Die tolle Empfindung, nichts befürchten zu müssen und alles vollbringen zu können, was man sich wünschte! Zugleich verstand er nicht mehr, weshalb er stundenlang in seiner düsteren Bude hockte, statt nach draußen zu gehen, sich auf die Maschine zu klemmen, kreuz und quer durch die Stadt zu brettern. Ja, auch er liebte die Schönheiten Dresdens, die prächtigen Bauten und die Elbe! Wenn er mit seiner Yamaha durch die breiten oder auch engen Straßen donnerte, den Fluss entlangbrauste oder die Elbe über die neuerbaute umstrittene Waldschlösschen-Brücke hinweg überquerte, auf der eigentlich nur dreißig Kilometer pro Stunde erlaubt waren, stellten sich bei ihm ungeahnte Glücksgefühle ein.

Max schnappte den Zündschlüssel, streifte die Lederjacke über und verließ die Wohnung. Die Maschine stand auf dem Hof und wartete darauf, dass er sie bestieg. Wie ein Vollblutweib, dachte der Muskelmann und nahm nur unterbewusst die beiden Polizisten und die Frau in Zivil zur Kenntnis, die aus der Torausfahrt auf ihn zutraten.

»Herr Max Doll«, sagte Nele, »ich fordere Sie auf, mit uns zu kommen, ohne Widerstand zu leisten. Sie stehen unter dem Verdacht, Bernd Erik Hackmann erschossen und den Versuch unternommen zu haben, seine Leiche zu beseitigen.«

26

Sie stiegen die Treppe zum Keller hinunter. Im Gegensatz zum Erdgeschoss, wo einige alte Möbel gestanden hatten, war er spartanisch eingerichtet: ein Metallbett, ein Tisch, ein Stuhl, eine alte Kiste. Auf dem Bett allerdings eine relativ neue Matratze und zwei Decken. Ein Garderobenständer befand sich, aus welchem Grund auch immer, in einer Ecke. Kaum anzunehmen, dass hier jemand seinen Mantel aufhängen würde.

»Setzen Sie sich auf den Stuhl«, sagte der Direx, »ich muss Sie jetzt festbinden.«

»Warum? Hier komme ich sowieso nicht weg.«

»Los, machen Sie schon.« Er winkte sie mit der Pistole weiter.

Milena setzte sich, und der Direx schnürte sie mit einem Strick, den er aus der Kiste holte, an Lehne und Stuhlbeinen fest. Dabei bewies er eine gewisse Routine.

Die Geldtaschen waren noch im Wagen, nun holte er sie, stellte sie oben irgendwo ab. Mit ihrer Handtasche kam er herunter und schüttete den Inhalt auf den Tisch. Alle möglichen Utensilien, wie Frauen sie gern mit sich führen, rollten durcheinander, fielen zum Teil zu Boden.

Der Direx wühlte in Milenas persönlichen Dingen herum. Triumphierend hielt er schließlich einen kleinen Schlüssel hoch. »Aha, da haben wir ihn«, sagte er. »Die Fotos und das übrige Material, richtig?«

Milena antwortete nicht.

»Heute ist es schon zu spät«, fuhr er fort, »aber morgen früh werden wir gemeinsam zur Bank fahren und das Material abholen. Sie erklären mir, zu welcher.«

»Das werde ich nicht. Ich weigere mich.«

»Sie verkennen die Lage. Sie sind in meiner Gewalt.«

»Und Sie haben mir alles genommen. Was kann ich noch verlieren?«, sagte Milena.

»Das will ich Ihnen nicht im einzelnen aufzählen.« Die Augen des Direx wurden dunkel. »Im Augenblick geht es Ihnen noch gut, aber wie lange? Denken Sie an Ihre Gesundheit.«

»Wollen Sie mich verprügeln, damit ich klein beigebe?«

»Ja, das ist eine Option, das kannst du durchaus in Betracht ziehen.« Er ging jäh zum Du über.

»Dann müssen Sie das eben tun«, erwiderte Milena mutig.

»Es gibt noch andere Mittel«, sein Blick tastete ihren Körper ab.

Milena spannte wütend die Muskeln unter den Stricken, aber sie konnte nichts tun.

Fünf Minuten später war sie allein. Er hatte den Tisch ein Stück weggerückt, ohne ihre Sachen einzusammeln, und den Stuhl mit ihr durch einen zweiten Strick am Bett festgebunden. »Wenn du dir's überlegt hast, kriegst du's bequemer.« Dann war er nach oben gegangen, hatte die Kellertür zugemacht. Sie saß verkrampft da und wartete. Wie lange konnte sie es in dieser Lage aushalten? Die Stricke schnitten in Arme, Beine und den Leib, und es war dunkel. Nur durch eine schmale Luke fiel etwas Licht.

Milena dämmerte ein. Sie träumte wirre Bilder und wachte zwischendurch immer wieder auf. Einmal kam ihr Rendy in den Sinn, sie konnte nicht glauben, dass ihre Mitbewohnerin tot war. Woher wusste der Mann das überhaupt? Wer war er?

Irgendwann hörte sie draußen ein Motorengeräusch, wusste es aber nicht zu deuten. Es musste inzwischen spät sein, sie schaute auf ihre Armbanduhr, die er ihr gelassen hatte, aber sie konnte nichts erkennen. Ein Lichtschein drang von oben durch die Türritze, sie hörte jemanden reden. Dann ging die Tür auf. Ihr Entführer kam mit einem zweiten kräftigen Kerl herunter, einem Mann, dem es bestimmt nicht schwer fallen würde, ihr mit bloßen Händen das Genick zu brechen. Er leuchtete ihr mit einer Taschenlampe ins Gesicht.

»Ich muss aufs Klo«, stammelte Milena.

»Sie will aufs Klo, Chef«, wiederholte der Kräftige, als hätte der keine Ohren.

»Hab's gehört, Bombe«, und zu Milena: »Na, hast du dir's überlegt?«

Die junge Frau gab keine Antwort.

»Schau ihn dir an, du schmales Huhn«, sagte der Chef. »Ich kenne keinen, der brutaler sein kann, vor allem bei den Weibern. Willst du's wirklich drauf ankommen lassen?«

»Ich muss pinkeln«, murmelte Milena.

Dem Direx stieg das Blut zu Kopf. Er fasste ihren Hals mit beiden Händen und begann zuzudrücken. »Du ... du ...«, keuchte er.

Ihr wurde schwarz vor Augen. »He, Chef, Vorsicht«, sagte Bombe, »wir brauchen sie noch.«

»Haben etwa Sie Rendy auf diese Art umgebracht?«, fragte Milena schwach, als er sie wieder freigegeben hatte.

»Bind sie los, und bring sie aufs Klo«, knurrte der Direx, »damit sie mir aus den Augen kommt. Aber schnür sie nachher so auf dem Bett fest, dass sie keinen einzigen Finger mehr rühren kann. In der stecken zehn Teufel.«

»Ist schon gut«, sagte Milena leise. »Ich tu ja, was Sie wollen. Aber behandeln Sie mich anständig.«

27

Ahn von Helm lag in seinem Klinikbett, und es war, als sei er von einer Nebelwolke umschlossen, der er nicht entkommen konnte. Manchmal wurde der Nebel dünn, und er sah Gesichter, Gestalten, die vorbeiglitten, sich zu ihm herabbeugten, ihn etwas fragten. Er verstand die Fragen nicht oder nur Fetzen davon, und er vermochte sie schon gar nicht zu beantworten. Er schwankte und schwebte, er schaukelte, wurde emporgehoben und sank, wobei sich der Nebel mitunter verdichtete. Doch bevor aus dem grauen Dunst Schwärze entstand, absolute Dunkelheit, tauchte er immer wieder hoch.

Manchmal wusste Ahn, dass Beatrice bei ihm war oder seine Tochter aus erster Ehe, um die er sich nie besonders gekümmert hatte. Auch irgendwelche Leute, die er nicht mehr zuordnen konnte, standen an seinem Bett, Büroangestellte, Architekten, lokale Politiker. Was wollten sie von ihm, was sollte er mit ihnen, er war doch nicht mehr am Leben. Doch dann wieder spürte er etwas Vages, merkte, dass Flüssigkeit von oben über fremde Kanäle in ihn hineinrann, und erdachte großartige Gemälde: Kathedralen zum Beispiel, Villen, die seiner ähnelten, Terrassen, Flüsse. Aus dem vergangenen Leben tauchten Gesichter auf: die Mutter, Beatrice, andere Frauen, aber kaum Männer. Als hätte er mit denen nie zu tun gehabt. Einmal lag eine Pfote auf seiner Bettdecke, er hörte ein Winseln, und plötzlich kam ihm ein Name in den Sinn: Rix. Rix, sein Hund, sein treuer Gefährte. Aber dann wusste er ganz klar, dass es nicht Rix gewesen war, sondern ein Trugbild von ihm. Den Hund gab es hier nicht, er hatte in diesem Trugdasein kurz vor dem dunklen Tor nichts zu suchen.

Ein besonderes Bild trat mehrfach vor sein inneres Auge, und wenn es Ahn von Helm auch nicht tiefer erschreckte, so war ihm doch unwohl dabei – er sah sich selbst und einen Mann ohne Gesicht, der schon dort weilte, wo er nun bald hingehen musste. Ein Satz ging ihm durchs Hirn, dessen Sinn er nicht begriff. »Ich habe den Polizisten erschossen«, lautete der Satz, »dafür werde ich zahlen.«

Diese Worte muss ich für mich behalten, dachte Ahn, auf immer und ewig für mich. Und um das nicht zu vergessen, zwang er sich, als der Nebel wieder dichter wurde, ihn herabdrückte und ihm endgültig die Luft zu nehmen drohte, zu einer letzten Anstrengung. Seine Hirnströme flossen in eins zusammen. Es gelang ihm, den Kopf zu heben, die Lippen zu bewegen und auszusprechen, was ihn bewegte und was er eigentlich hatte verschweigen wollen.

Zu diesem Zeitpunkt war Kommissar Ronstein mit einigen Beamten zu den Dippelsdorfer Teichen unterwegs und Nele Kreuz nahe des Bahnhofs Neustadt, um einen Ganoven namens Max Doll zu verhaften. Die Krankenschwester, die den sehr leise gemurmelten Satz ihres Patienten gehört hatte, begriff, dass es seine letzte Anstrengung gewesen war, und holte den diensthabenden Arzt. »Herr von Helm ist gestorben«, sagte sie.

Der Arzt leitete die notwendigen Maßnahmen ein und rief dann, wie vereinbart, die Kripo an. Rons Chef nahm den Satz »Ich habe einen Polizisten erschossen.« mit Befremden zur Kenntnis, vom zweiten Teil hatte die Krankenschwester nur das Wort »bezahlen« verstanden.

Ron selbst befand sich, als ihn die Nachricht erreichte, gerade in einer Phase höchster Anspannung: Sie hatten die provisorische Grabstelle Renate Mendes gefunden und öffneten sie vorsichtig.

Noch ein Toter, dachte der Kommissar, und diesmal sogar ein Kollege, was ist da bloß los? Muss ich hier etwa simultan spielen, an zwei, drei Brettern gleichzeitig? Wann soll das mit dem Polizisten passiert sein, und wo? Die unangenehmen Überraschungen reißen nicht ab.

Doch Ron erkannte auch den Vorteil der Mitteilung. Immerhin schien es, als wüssten sie nun, warum von Helm erpresst worden war. Weil auch er jemanden auf dem Gewissen gehabt hatte, und weil es davon höchstwahrscheinlich belastende Aufnahmen gab. Die Milena Faber in Besitz gehabt hatte oder noch immer besaß. Da lösen sich einige Probleme, dachte Ron, und andere tun sich dafür neu auf. Und ein wenig irritiert wandte er sich wieder seiner Arbeit zu.

28

Max Doll war erstaunt über Neles Anrede, was aber an der Droge in seinem Blut liegen mochte. »Mich verhaften, du Schnepfe«, sagte er, »was bildste dir ein, wär de bist?« Er trat auf die Kommissarin zu, die zurückwich.

»Machen Sie keinen Unsinn, Mann«, sagte einer der begleitenden Beamten und richtete die Waffe auf ihn.

Max wandte sich von der Kommissarin ab und dem Mann zu, als gäbe es keine Pistole. Er tat zwei Schritte in seine Richtung. »Tu das Ding weg, du Bfeife.«

Der Polizist, der sich bedroht fühlte, gab einen Schuss in die Luft ab. In dem engen Hinterhof hallte er verstärkt wider. Max aber ließ sich davon nicht abhalten. Er zückte sein Messer und fuchtelte damit vor der Nase des Beamten herum.

»Legen Sie das Messer weg«, rief der zweite Polizist, während sich über ihnen einige Fenster öffneten.

Nele überlegte, wie sie den Muskelprotz beruhigen und zum Mitkommen bewegen könnten, ohne dass es zu einer Schlägerei kam. Sie merkte, dass er unter Strom stand, wollte aber nicht, dass jemand verletzt wurde.

»Bleiben Sie friedlich, Herr Doll. Wir gehen hier nicht weg ohne Sie. Es ist das Beste, wenn Sie kooperieren.«

Von oben rief jemand: »Bullen raus!«, und ein Teller kam geflogen.

»Schließen Sie die Fenster! Behindern Sie nicht unsere Arbeit!«, brüllte der Polizist mit der Pistole, ohne Max aus den Augen zu lassen.

Doch es kehrte keine Ruhe ein, im Gegenteil, noch mehr Fenster gingen auf. Erneut ertönten von oben Schimpfworte, und Gegenstände sausten herab.

Der andere Beamte hatte es satt. Es war ihm gelungen, sich

seitlich an den Ganoven heranzupirschen, und er startete einen Angriff. Mit einem kräftigen Fußtritt schlug er ihm das Messer aus der Hand, stürzte sich auf ihn. Sein Kollege packte Max von der anderen Seite.

Entschieden war der Kampf damit noch nicht, denn Max Doll entwickelte Kräfte für zwei. Aber er hatte Pech. Nachdem er sich von einem der Gegner losgerissen hatte, stolperte er rücklings über sein Motorrad, das krachend umstürzte und ihn dabei schmerzhaft am Schienbein traf. Die Polizisten warfen sich erneut auf ihn und rangen ihn zu Boden, so dass ihm Nele Handschellen anlegen konnte.

Max gab auf. Er ließ sich abführen und zur Dienststelle bringen. Kurz darauf saß er Nele zur Vernehmung gegenüber.

»Geben Sie zu, auf Erik Hackmann geschossen zu haben, so dass er an Ort und Stelle verstarb?«

»Nischt gäb ich zu, ich hab überhaupt kee Schießeisen.«

»Sie sind von einem Zeugen beobachtet worden, und unsere Techniker durchsuchen gerade Ihre Wohnung. Sie werden die Waffe finden. Vielleicht entdecken sie auch noch mehr. Zum Beispiel Kleidungsstücke, die Sie getragen haben, als Sie den Leichnam zu verbrennen suchten.«

»Ich sache nischt mehr. Ich will ’n Anwalt.«

»Der nützt Ihnen auch nichts mehr«, sagte Nele. »Sie stecken zu tief drin. Sie können die Strafe, die Sie erwartet, nur noch mildern, wenn Sie uns zuarbeiten. Aber bitte, wenn Sie es wünschen, rufen Sie einen Anwalt an.«

»Ich selber hab ja keen. Ich will Herrn Baum anrufen, den Direx.«

»Das machen Sie mal«, stimmte Nele zu. »Und richten Sie ihm gleich aus, er soll bei uns vorbeikommen. Wir suchen ihn nämlich. Zu Hause haben wir ihn nicht angetroffen.«

»Ich hab de Handynummer«, sagte der Mann, »das glabbt.«

Nele beriet sich mit ihrem Vorgesetzten. »Er soll *uns* die

Nummer geben, wir machen das selbst«, schlug der Chef vor. Es dauerte eine Weile, bis Max bereit war, die Nummer herauszurücken, aber trotz der Droge schwand sein Optimismus, und er wurde nachgiebiger. Er war kein Typ, der sich allein behaupten konnte. Er hatte immer jemanden gebraucht, der hinter ihm stand und sagte, wo es langging.

Sie riefen mehrmals die Nummer an, doch vergeblich. Niemand meldete sich.

»Sagen Sie uns, wo wir ihn finden können, und wir holen ihn her.«

»Das mach ich nich. Dann nehm ich ähmd keen Anwalt.«

Sie versuchten, ihm klarzumachen, dass sein Chef offenbar nicht zu erreichen sei, weil er sich aus dem Staub gemacht hätte, und das steigerte Dolls Ärger. Erst über die Bullen, dann über sich, weil er sich hatte fangen lassen, am Ende über den Direx, der ihn seinem Schicksal überließ. Der hätte ihm sein Geld geben und irgendwohin schicken müssen, wo er sicher war. Aber die Schnepfe von Kommissarin hatte recht, der wollte das gar nicht, der wollte ihn ans Messer liefern.

Als sie Max in die Zelle brachten, waren seine Gedanken so düster, dass er keinem von seinen Kumpanen mehr traute. Er brauchte noch ein paar Stunden, um nachzudenken und sich zu entschließen. Warum sollte er die Suppe allein auslöffeln. Er ließ Nele ausrichten, dass er vielleicht einen Ort wisse, wo Bombe und der Chef stecken könnten.

Die Kommissarin war nach einem langen, anstrengenden Tag gerade nach Hause gefahren, kehrte aber noch einmal zur Dienststelle zurück. Sie brauchte diesen Direx, diesen Mann, der seine »Jungs« zu Einbrüchen anstiftete, an Hackes Ermordung bestimmt nicht unschuldig war und von dem es eine Verbindung zu den mysteriösen Fotos geben musste.

29

Stan zog die Tür ins Schloss, stellte sich hinter Christina und umfasste mit beiden Händen ihre Brüste. Als er zu kneten anfing, sagte sie: »He, nicht so heftig, du tust mir weh.«

»Das soll's ja auch, das macht am meisten Spaß. Los, leg dich hin.«

»Moment, nicht so schnell. Du hast doch sicher ein Bad oder so was.«

»Warum denn erst ins Bad? Pinkeln kannst du hinterher.« Er packte sie und warf sie, ohne sich groß anstrengen zu müssen, rücklings aufs Bett.

Christina war sofort wieder auf den Beinen. Sie brachte den Tisch zwischen sich und den Mann und schrie: »Bist du verrückt, du Macho! Soll ich mir was brechen? Machst du's immer so mit den Frauen?« Das funktioniert bei mir nicht!«

Stan war etwas verblüfft. Er stemmte die Fäuste auf den Tisch: »Stell dich nicht so an. Du willst es doch auch. Ich hab's doch gemerkt.«

»Aber nicht so.« Sie sprach jetzt ruhiger. »Erst geh ich mal ins Bad. Und überhaupt, vielleicht überleg ich's mir noch.«

Der letzte Satz ärgerte Stan. Er griff über den Tisch, erwischte mit festem Griff ihren Arm und zog sie langsam zu sich heran. Obwohl sie sich energisch wehrte, konnte sie sich nicht befreien. Er war zu stark.

Als sie auf dem Bauch überm Tisch lag, begann er, ihr die Jeans herunterzuziehen. Er hatte ihren Kopf zwischen seine Beine geklemmt und fasste ihr an den Hintern.

Die Schwarzhaarige ergab sich. Kalt sagte sie: »Also gut, dann vergewaltige mich, wenn's dir Spaß macht. Dann war's das aber auch. Dann kannst du alles Weitere vergessen. Ich hätt 's mir anders gewünscht.«

Diese Worte ernüchterten ihn. Er ließ von ihr ab. »Verdammt noch mal. Dann verschwinde schon aufs Klo.«

Sie raffte die Hose hoch, rannte ins Bad. Er dagegen zog sich nackt aus und legte sich aufs Bett. Vielleicht war es so besser. Geschehen musste es jedenfalls. Fortlassen würde er sie nicht mehr.

Sie hatte abgeschlossen, ließ endlos Wasser laufen. Was für ein Theater, dachte er, duscht sie jetzt etwa noch? Ich verstehe die Weiber nicht, komm einfach nicht mit ihnen klar. »Ich warte!«, rief er.

»Ja, ja, ich komme gleich. Aber wir sollten erst mal reden.«

»Was willst du denn noch reden! Über Kants kategorischen Imperativ? Der verlangt jetzt bloß das eine. Was sonst noch passieren soll, können wir später besprechen!«

»Ich dachte immer, Philosophen wären bedächtiger und behutsamer.«

Er schaute zur Decke, wo eine mit drei Sparlampen bestückte Funzel spärliches Licht verbreitete. Die Wände waren gelb gestrichen und kahl. Viel Wert auf die Ausgestaltung seiner Bude hatte er nicht verwendet. Ich platze gleich, dachte er. »Du bringst da was durcheinander«, sagte er. »Wer zu bedächtig ist, schafft's nicht.«

Nun lachte sie sogar. »Na ja. Aber wenn du bei deiner Rendy auch so stürmisch warst, wundert's mich nicht, dass sie dir den Laufpass gegeben hat.«

Wie von der Tarantel gestochen fuhr er vom Bett hoch. »Ich hatte nichts mit dieser verhurten Fotze, zum Henker!«

»Die Daisy hat dich aber mit ihr gesehen.«

»Jetzt reicht's«, schrie der nackte Mann, der vor Zorn knallrot im Gesicht war. »Entweder kommst du jetzt raus, oder ich komm rein und versohl dir den Arsch!« Er rannte zur Badtür, wobei er im Vorübergehen polternd einen großen Topf mit Erde umwarf, in dem mal Grünpflanzen gewesen sein mussten. Wie verrückt rüttelte er an der Klinke. Bis er endlich merkte, dass es drinnen sehr ruhig geworden war.

Es gab einen Vierkantschlüssel, mit dem man die Tür öffnen konnte, aber den hätte er suchen müssen. Die Tür selbst dagegen war wenig stabil, vermochte kaum, Widerstand zu leisten. Mit Hilfe eines steinernen Briefbeschwerers gelang es ihm, ein Loch ins Holz zu schlagen, durch das er die Hand steckte und den Riegel zurückdrehte. Doch das Badezimmer war leer. Christina war weg, durchs Fenster entwischt, obwohl das einige Überwindung gekostet haben musste: Die Wohnung befand sich im ersten Stock. Vielleicht hatte sie das Dachabflussrohr zu Hilfe genommen.

Draußen war es schon dunkel. Fluchend schloss Stan Rothe das Fenster und kehrte ins Zimmer zurück. Verdammter Mist, nun musste er auch noch die Tür reparieren lassen. Nackt wie er war, ging er zum Schrank und öffnete ihn. Eine Stahlkassette ohne Schlüssel stand dort, was ihn aber im Moment nicht interessierte. Etwas ruhiger geworden, griff er hinter die Kassette und holte einige Pornohefte hervor. Er blätterte kurz darin, legte sich wieder hin und fasste sich gierig zwischen die Schenkel.

30

Es war keine angenehme Arbeit, die Verblichene aus der Grube zu holen, für die Männer, die mit Spitzhacke und Schaufel zu Werke gingen, aber immerhin Arbeit. Für Finn dagegen, der ein Stück entfernt zwischen den Bäumen wartete, war es ein Albtraum. Die lästige Leiche, die man nie loszukriegen schien, die einfach zu einem zurückkehrte!

Was würde Hacke sagen, wenn er mich hier sähe, dachte er, der wollte unbedingt, dass sie ihre Ruhe bekommt, keiner hat sich so viel Gedanken und Mühe um Rendy gemacht wie er, und nun hat's ihn selbst erwischt.

Es war insofern keine große Sache gewesen, das Grab zu finden, als die Bullen ja die Stelle kannten, wo er den Ford abgefackelt hatte. Von der Wiese aus, wo die Karre im Schlamm festgesessen hatte, zurück zum Weg und dann ein Stück in den Wald hinein, war es nicht weit. Finn hatte der Kripo geholfen, so gut er es vermocht hatte. Er hoffte, dass es ihm später positiv angerechnet würde. Schwere Straftaten hatte er zwar nicht begangen, immerhin jedoch das geklaute Auto bei sich untergestellt, an dessen Beseitigung mitgewirkt, Hacke beim Vernichten von Beweismitteln geholfen und verschwiegen, dass die ermordete Rendy bei ihnen gelandet war. Er hatte gewissermaßen mitgeholfen, die Polizei in die Irre zu führen.

Von diesen Überlegungen abgesehen, fragte sich Finn aber auch, wer Rendy nun wirklich umgebracht hatte. Er hatte dem Kommissar von dem Besuch der beiden Ganoven bei sich erzählt und wie überrascht sie gewesen waren, die Leiche in seiner Garage zu sehen. »Deshalb«, hatte er hinzugefügt, »können die zwei es eigentlich nicht gewesen sein, obwohl ich's ihnen zutraue.« – »Eigentlich«, hatte Ronstein erwidert, »sind zuerst die verdächtig, die so eine Leiche im Auto herumfahren und sie dann vergraben. Noch dazu, wenn sie ein Verhältnis mit der Frau hatten. Sie können von Glück reden, dass wir inzwischen mehr hinter dem Fall vermuten. Warten wir ab, was uns die tote Rendy wirklich zu sagen hat.«

Schließlich war es geschafft. Vorsichtig hoben die Männer die nicht allzu schwere Last aus der Erde. Auf dem Hügel, den Hacke vor ein paar Tagen für das »Begräbnis« ausgewählt hatte, war wenig Platz, also trugen sie die Plane mit Inhalt zu einer flachen Stelle. Sie schlugen die aus Finns Beständen stammende Umhüllung auf, und Ron nahm Rendy in Augenschein. Sie hatte ziemlich gelitten. Er kannte sie bisher nur von Aufnahmen und hätte sich nicht verbürgen wollen, dass sie es war.

Interessant für die Kripo war, ob sich an den Kleidern der Toten, an ihrem Körper, unter den Fingernägeln usw. noch Spuren finden ließen, die auf den Täter hindeuteten. Die Wunde am Hinterkopf musste untersucht werden, und vielleicht gab es ja weitere Verletzungen. Finn hatte außerdem von einer Decke gesprochen, in die Rendy gehüllt war und die sie ihr der Einfachheit halber gelassen hatten. Sie war da, und Ron sah das verkrustete Blut darauf. Sie konnte ein wichtiges Beweismittel sein. Er stellte fest, dass sie schon älter sein musste und ein grün-braunes Muster besaß.

Das Blut am Hinterkopf war ebenfalls verkrustet, die Wunde selbst von Haaren bedeckt. Dennoch sah Ron, dass sie schwerlich durch einen stumpfen Gegenstand hervorgerufen worden war. Es gab kein Loch, keine Beule, die aufgeplatzt war. Allerdings auch keinen Stich oder Schnitt, eher eine Art tiefer Kerbe. Mehrere Zentimeter lang, glatt, schmal. Ein Axthieb? Dafür schien sie wiederum nicht tief genug. Eine Sichel oder Machete? Möglicherweise. Das musste in der Rechtsmedizin näher untersucht werden.

Renate Mende trug eine lange enge Hose und eine raffiniert geschnittene Bluse über der bloßen Brust. Als Ron die Frau etwas anhob und zur Seite drehte, um die Kopfwunde betrachten zu können, bemerkte er einige Kratzer an ihrem Rücken und hob ihren Oberkörper weiter an. Unter ihr, auf der Decke, blinkte ein kleiner Gegenstand auf, ein Schlüssel. Sie musste die ganze Zeit darauf gelegen haben.

»Gut, dass wir ihre Totenruhe gestört haben. Immer auf diesem Ding zu liegen, hat ihr sicher nicht gefallen«, brummte der Mediziner, der hinzugekommen war.

»Wo könnte so ein Schlüssel hingehören?«, fragte Ron.

»Zu einem Sicherheitsschloss? Einem Safe vielleicht?«

»Stimmt, und das wäre dann schon was«, stellte der Kommissar fest, »wir haben eine Decke, die Verletzungen der Toten und einen Schlüssel, zu dem wir nur das Schloss finden müssen. Mehrere Varianten also, zum Matt zu kommen. Wir brauchen lediglich noch ein paar gute Züge zu machen.«

31

Milena träumte von ihrer Kindheit. Sie war in Prag, lief von der Kleinseite der Stadt hinauf zum Hradschin, der berühmten Burg, die über der Moldau thronte. Sie war noch sehr jung, vierzehn, fünfzehn Jahre vielleicht, und das Laufen war eher ein Schweben; ganz leicht glitt sie dahin, flog sogar, landete irgendwo oben auf einem der Türme. Jemand flog mit ihr, die Mutter, der Onkel aus Dresden mit dem bunten Hemd, sie wusste es nicht. Aber sie hatte Angst, zur Seite zu blicken, denn sie hatte etwas getan, wofür man sie bestrafen würde. Ich bin ein Kind, dachte sie, man kann es mir nicht übelnehmen. Doch sofort sagte die Mama – ja, sie war es –: »Nein, du bist kein Kind mehr!« – »Nicht?«, erwiderte Milena. »Warum kann ich dann fliegen?« – »Das kannst du nicht, versuch es erst gar nicht, du wirst abstürzen.« Aber Milena löste sich, schwang mühelos die Flügel und umkreiste die hohen Türme der Burg. Ein wunderbarer Traum. Bis sich plötzlich ein dunkles Loch unter ihr auftat. Nicht in den Fluss, dachte sie, nicht fallen, ich muss die Karlsbrücke erreichen …

Milena erwachte. Sie lag auf dem Rücken, es war dunkel, und sie begriff nicht, wo sie sich befand. Von rechts oben ein Lichtschimmer, von sonst woher ein auf- und abschwellendes röchelndes Geräusch. Jemand schnarchte. Sie wollte sich drehen, aber das ging nur halb. Sie war an Armen und Beinen festgebunden.

In Sekundenschnelle kam die Erinnerung. Sie konnte nicht weg, war hier unten eingesperrt und ans Bett gefesselt. Sie hatte versprochen, das Material herauszugeben, die Fotos, und der Unbekannte, der sie übertölpelt hatte, war zu geringen Zugeständnissen bereit gewesen. Man hatte sie aufs Klo gehen lassen, ihr zu essen und zu trinken gegeben, sie so am Bett festgemacht, dass es einigermaßen erträglich war. Aber was half das. Sie war gefangen.

Sie hatte keine Ahnung, wie spät es war, die Uhr, die sie noch immer am Handgelenk trug, besaß keine Leuchtziffern. Wenn wenigstens die Nacht vorüber wäre. Am Morgen mussten sie ihr die Stricke zumindest vorübergehend lösen. Sie war gespannt, was dieser alte Fiesling, der anfangs so höflich getan hatte, sagen würde, wenn er erfuhr, dass die Fotos in Chemnitz aufbewahrt waren. Er nahm zweifellos an, dass sie das Material hier in Dresden deponiert hatte. Einen Ausflug in die andere Stadt hatte er bestimmt nicht eingeplant.

Milenas Gedanken schlugen Purzelbäume. Ob sich in Chemnitz eine Chance ergab, zu entkommen? Sie musste es versuchen, am besten in der Bank. Sie wollte nicht wieder hierher zurück.

Sie konnte nicht mehr einschlafen, traute sich aber auch nicht, ihre Wächter zu wecken, um eine Verbesserung ihrer Lage zu erlangen. Ich muss durchhalten, sagte sie sich und spürte, dass ihre Blase zu drücken begann.

Einmal, es ging wohl endlich gegen Morgen, schien draußen ein Auto vorzufahren. Er hat das Geld weggebracht und ist zurückgekehrt, dachte Milena. Nun werden sie bald zu mir herunterkommen.

Das Schnarchen oben war verstummt, die Stimme des Zerberus war zu hören, den der Alte Bombe genannt hatte, dann die des Chefs. Sie stritten, doch Milena konnte nicht verstehen, worum es ging. Um den Anteil an der Beute vermutlich.

Draußen wurde es heller, sie vermochte inzwischen das kahle Interieur ihres Gefängnisraums auszumachen. Plötzlich öffnete sich die Tür, und der Fiesling erschien in der Öffnung. Er war wieder ganz Gentleman, blieb aber beim Du. »Du kannst jetzt aufstehen«, sagte er, »dich frisch machen und etwas essen. Dann erzählst du mir, wohin wir fahren.«

»Okay.«

Er band sie los. Sie war so steif, dass sie kaum auf die Beine kam. Er wollte helfen, doch sie schob seinen Arm weg.

»Die Toilette kennst du ja«, sagte er, »leider haben wir hier kein Bad. Versuch nicht, wegzulaufen, Bombe hat schlechte Laune.«

»Am Schlafen kann's nicht liegen, er hat geschnarcht wie ein Warzenschwein.«

»Sieh an, die junge Dame hat immer noch ihren Humor. Es wird ein guter Tag.«

Gut kann für mich wohl kaum noch was werden, dachte Milena. Sie lief nach oben, vorbei an dem Gorilla, der sich mit Kniebeugen fit machte. Ohne ein Wort zu sagen, musterte er sie von oben bis unten. Hauptsächlich bis unten. Sie machte, dass sie ins Klo kam.

Der winzige Raum enthielt nur das Allernötigste. Ein Toiletten- und ein kleines Waschbecken. Keine Beleuchtung, sie musste mit dem Licht zurechtkommen, das durchs Fenster drang. Die Tür klinkte ein, war aber nicht abzuschließen.

Milena absolvierte ihren Klogang und wusch sich, so gut es ging. Ob sie durchs Fenster entkommen konnte? Es lag nicht hoch über dem Erdboden, war aber schmal und nicht zu öffnen. Sie hätte es zerschlagen, sich hindurchzwängen müssen. Sie wäre bestimmt nicht weit gekommen.

Sie starrte ins Dämmerlicht nach draußen. Eine flache, herbstlich triste Landschaft mit ein paar halb entblätterten Bäumen und Hecken. Weiter weg Häuser. Wenn man bis dorthin käme …

Bombe hatte laut das Radio aufgedreht, und so hörten weder er noch der Direx – der vom Keller heraufbrüllte, sein Kumpan solle das Gedudel abstellen – die beiden Autos, die im Grau des anbrechenden Tages auf dem holprigen Weg zum Haus herangerollt kamen. Nur Milena sah sie und spürte jäh ihren Herzschlag. Sie wusste sofort, um wen es sich handelte. Im nächsten Moment freilich begriff sie, dass es keine wirkliche Befreiung wäre, wenn sie von den Bullen hier gefunden würde. Sie verließ das Klo und sagte: »Die Polizei steht gleich vor der Tür.«

Bombe glotzte sie groß an: »Was ist los?«

»Mach das Radio aus, und guck aus dem Fenster, dann siehst du's.«

Der Direx kam von unten hoch. Er hatte nur einen Teil von ihren Worten mitgekriegt, stellte verärgert das Radio ab und trat an eine völlig verdreckte gläserne Balkontür. »Scheiße«, entfuhr es ihm.

Bombe, nur mit einer Turnhose bekleidet, griff nach der Pistole auf dem Tisch.

»Bist du verrückt«, zischte sein Chef. »Zieh dich an, und steck das Ding weg.« Zu Milena sagte er: »Los, wieder runter in den Keller.«

»Nicht ohne die Tasche«, sagte die junge Frau, denn sie hatte die kleinere der Taschen mit Geld entdeckt, die, warum auch immer, noch hier herumstand. Vielleicht hatte Bombe verlangt, dass ein Teil der Knete in seiner Reichweite blieb.

»Ich knall die Bullen nieder«, fauchte der Gorilla.

Der Direx fasste Milena am Arm und schubste sie nach unten. Die Tasche warf er hinterher. »Wehe, du gibst einen Laut von dir.« Doch das hatte Milena sowieso nicht vor.

Ein dumpfes Klopfen an der schäbigen Eingangstür: »Hallo, ist hier jemand? Polizei, öffnen Sie!«

»Wir können sie überraschen«, zischte Bombe. »Wir putzen sie weg und verschwinden«. Aber der Direx hatte keine Lust auf ein Feuergefecht mit unbestimmtem Ausgang. »Nein, das sind zu viele.« Er schloss die Kellertür, gähnte so laut, dass es bis nach unten hallte, und rief: »Was ist denn? Ich schlafe noch.«

»Öffnen Sie, Herr Baum«, sagte Nele. »Wir müssen mit Ihnen sprechen.«

Der Direx bedeutete seinem Bodyguard, sich samt Klamotten zurückzuziehen, stieg die Stufen zum Hauseingang hinab und setzte ein joviales Lächeln auf. Widerwillig schob er den Riegel zurück.

»Sind Sie allein im Haus, Herr Baum?«, fragte Nele und zeigte ihren Ausweis. »Was tun Sie hier?«

»Liegt etwas gegen mich vor? Muss ich antworten?«, fragte der Direx zurück.

»Ich würde es Ihnen empfehlen. Sie werden verdächtigt, Ihre

Männer zu Straftaten angestiftet zu haben, und waren unserer Kenntnis nach Zeuge eines Mordes.«

»Das ist Verleumdung«, erwiderte der Direx. »Wer behauptet so etwas?«

»Beantworten Sie zunächst meine Fragen!«

»Ich spanne ein paar Tage aus. Ja, ich bin allein hier.«

»Wieso steht dann neben dem Wagen noch ein Motorrad? Wir möchten uns selbst überzeugen. Bitte geben Sie den Weg frei.«

Der Direx blieb stehen. »Das wäre Hausfriedensbruch.«

Max Doll, der in einem der Wagen saß und ihnen den Weg gezeigt hatte, rief laut von hinten: »Der is nich alleene, beschtimmt is Bombe mit drinne.«

»Lassen wir das mit dem Hausfriedensbruch. Da müssten Sie uns schon beweisen, dass es sich bei dem Gebäude um Ihr Eigentum handelt«, sagte Nele, obwohl sie sich ihrer Sache da nicht sicher war. »Aber das klären wir später. Jetzt verfahren wir anders. Ich nehme Sie mit der Begründung fest, dass Sie an einer Auseinandersetzung beteiligt waren, die zum Tod von Erik Hackmann geführt hat.«

Der Direx lief rot an, vor Zorn krampfte er die Hände so fest ineinander, dass seine Finger schmerzten. Aber er merkte auch, dass es keinen Zweck hatte, Widerstand zu leisten. Zumal ihn nun zwei Beamte an den Armen packten. Er ließ sich abführen.

Die beiden Polizisten brachten ihn zum Wagen, Nele und ein weiterer Begleiter betraten das Haus. Sie fanden Bombe in einem Hinterzimmer, er war noch immer nicht ganz angezogen. Er war in letzter Minute zur Vernunft gekommen, hatte seine Pistole aus dem Fenster geworfen. Schließlich habe ich nichts getan, sagte er sich, als hier und da meinem Chef zu helfen.

Milena, im Keller, hegte die wahnwitzige Hoffnung, dass sie nicht entdeckt würde und so mit dem vielbeschworenen blauen Auge davonkommen könnte; sie verhielt sich mucksmäuschenstill. Der Direx hatte ein Interesse daran, sie nicht zu verraten, davon war sie überzeugt. Doch als die Kommissarin das Haus schon wieder verlassen wollte, fiel ihr die Kellertür auf. »Schauen wir auch dort noch mal rein«, sagte sie, »Doll hat etwas von Decken und Matratzen erzählt.«

Es war düster da unten und die Frau in der Ecke nicht sofort auszumachen. Sie hatte sich neben einem alten Kleiderständer an die Wand gedrückt, eine Decke um Kopf und Schultern gezogen. Aber Nele sah das Durcheinander am Boden, das Bett, die prall gefüllte Tasche und dachte sich ihren Teil. Zwar ahnte sie in diesen Minuten noch nicht, dass es sich um die gesuchte Erpresserin im Fall Ahn von Helms handelte, aber dass dies hier nicht als Liebesnest diente, begriff sie schon.

»Wer sind Sie?«, fragte Nele. »Sie brauchen keine Angst zu haben. Kommen Sie ruhig herauf, die können Ihnen nichts mehr anhaben.«

Milena verließ mit einem Seufzer die Ecke. Ihr letzter Blick galt der Tasche mit dem Geld, das sie nun für immer verloren hatte.

32

Wir befinden uns im Endspiel, dachte Piet Ronstein, es sind nur noch ein paar Figuren auf dem Brett, aber der endgültige Erfolg hängt von den letzten guten Zügen ab. Prüfen wir die verbleibenden Varianten.

In der Tat waren sie ein gutes Stück vorangekommen. Der Mord an Hackmann war geklärt. Nachdem sie bei Max Doll die Waffe gefunden hatten, aus dem der Schuss abgefeuert worden war, hatte er ein umfassendes Geständnis abgelegt. Gemeinsam mit seinem Kumpan Frank Ross, genannt Bombe, hatte er den Leichnam zu verbrennen versucht, was aber nur teilweise gelungen war.

Der Fall Ahn von Helm war ebenfalls gelöst – er würde Staub

aufwirbeln. Ron hatte die Fotos gesehen, sie waren eindeutig. Für den Chef war der Ermordete sogar ein Kollege gewesen, den er noch gekannt hatte. »War ein guter Mann«, sagte er, »damals konnten wir uns sein Verschwinden einfach nicht erklären.«

Sie hatten es Beatrice von Helm mitgeteilt, die erst gar nicht glauben wollte, was sie über ihren Mann erfuhr, und dann am Boden zerstört schien. Offenbar hatte sie tatsächlich nichts von der Sache gewusst.

Milena Faber war gleichfalls geständig, auch ihr war nichts anderes übriggeblieben: Die Aussage des Direx, die Zeugen vom Friedhof und die Geldtaschen waren Beweis genug! Wenn man es nüchtern sah, hatte erst die von ihr betriebene Erpressung den Polizistenmord von vor zwanzig Jahren aufgedeckt. Aber das konnte man ihr beim besten Willen nicht als strafmildernd anrechnen.

Blieben Detlef Baum und sein Bodyguard Frank Ross. Nach Ermittlungen in der »Schwarzen Perle«, Zeugenaussagen der Angestellten dort, die über die Vorgänge im Hinterzimmer Bescheid wussten, konnte man sie als Kopf und Hand eines dubiosen Unternehmens betrachten, zu dem noch der etwas schmalgeistige Max Doll gehörte. Die drei hatten an spielsüchtige oder sonst wie in Not geratene Leute Kredite vergeben und dafür Wucherzinsen eingetrieben, sich selbst an illegalem Glücksspiel beteiligt oder andere krumme Geschäfte getätigt. Es kam einiges zusammen, wenn man ihnen auch nicht jede einzelne Straftat nachweisen konnte.

Dann war der Auftrag Ahn von Helms gekommen, sich um die Erpresserin zu kümmern, und der Direx hatte den Plan gefasst, selbst das große Geld einzustreichen. So schilderte es wenigstens Milena Faber, die behauptete, Baum habe sich vor ihr damit gebrüstet. Er selbst verweigerte dazu vorläufig noch die Aussage.

Wie auch immer, die scheinbare Erfolglosigkeit des Direx hatte dazu geführt, dass von Helm ihm den Auftrag entzogen hatte und letztlich bereit gewesen war, an die Faber zu zahlen. Die aber hatte sich der Millionenbeute nur kurz erfreuen können. Ein fast komisch zu nennendes Kreiselspiel, wenn man bedachte, dass der Betrag nun unangetastet an den einstigen Besitzer zurückgehen würde, der selbst ein Kapitalverbrechen begangen hatte, doch inzwischen gestorben war und die Rückzahlung nicht mehr erleben würde.

Was aber war mit Renate Mende passiert, die mit der ganzen Geschichte ja überhaupt nichts zu tun gehabt hatte; wer hatte sie umgebracht? Der Direx hatte seine Leute nach ihr und dem belastenden Material suchen lassen, als sie schon tot war – nahm das den Verdacht von ihm? Seine Wohnung in der Neustadt war inzwischen durchsucht worden, einen Safe oder Ähnliches, zu dem der gefundene Schlüssel gepasst hätte, gab es dort nicht.

Wenn ich doch endlich die Laborberichte auf dem Tisch hätte, dachte Ron, der sich im Moment ohne Nele Kreuz mit dem Fall herumschlug. Nach den Anstrengungen der letzten Woche hatte sie eine Auszeit genommen und verbrachte einen Tag ganz mit der Familie. Dass sie immer wieder Überstunden machte, ging ohnehin nur wegen ihres Mannes, der dafür Verständnis aufbrachte, und wegen einer stets hilfsbereiten Mutter.

Ron ließ nicht locker. Am Vorabend hatte er sich noch mal, die neuen Erkenntnisse im Hinterkopf, in der »Schwarzen Perle« und im »Sexy Girl« umgehört und war dabei auf eine vollbusige Dame gestoßen, die Rendy gekannt und am Donnerstagabend sogar gesehen haben wollte. »Mit einem Kerl, der hier schon ein paar mal aufgekreuzt ist«, hatte sie gesagt. »Die stiegen da drüben aus 'nem Auto und haben sich mächtig gestritten. Er ist dann weg.«

»Wissen Sie, um welche Zeit das ungefähr war?«, hatte der Kommissar gefragt.

»Gegen elf vielleicht.«

»Kannten Sie den Mann, Frau …?«

»Daisy Bender. Sie können mich einfach Daisy nennen. Klar kenn ich den, wenigstens mit Vornamen, er heißt Stan.«

Ron hatte sich seine Überraschung nicht anmerken lassen. Also doch, hatte er gedacht, die beiden hatten was miteinander.

»Was hat Renate Mende dann gemacht?«

»Das weiß ich nicht. Die ist wahrscheinlich hoch in die Bar. Obwohl, ich bin ja auch nach oben. Gesehen hab ich sie aber nicht mehr.«

»Und das Auto?«, hatte Ron noch gefragt. »Wissen Sie, was das für ein Wagen war, welche Farbe?«

»Er hatte auf jeden Fall schwarze Streifen an der Seite«, hatte Daisy erwidert.

Diese Aussage bestätigte, was der Kommissar schon früher von Hackmanns Bekannter gehört hatte, von Verena Schulz. Der Ford stand also tatsächlich im Szeneviertel, und der Mann war möglicherweise Stan Rothe. Aber wenn er weggegangen war, nachdem er sich mit Rendy gestritten hatte …

Wir müssen den Studenten nochmals überprüfen, dachte Ron, er hat seine Bekanntschaft mit Rendy geleugnet. Jedenfalls scheint Rendy um elf Uhr abends noch gelebt zu haben. Doch was geschah danach?

33

Dann trafen die Laborberichte ein, und sie brachten eine Überraschung. Es gab sowohl an der Wolldecke wie auch an dem Schlüssel DNA-Spuren, die auf Frank Ross hinwiesen, den Bodyguard des Direx.

Ron fand dieses Ergebnis fast ein wenig enttäuschend. In seiner Schachspieler-Phantasie hatte er sich einen Täter vorgestellt, der spektakulärer war, einfach mehr hermachte.

Er ließ den Mann holen, Nele war wieder zu ihnen gestoßen und nahm an der Vernehmung teil.

»Wir haben diesen Schlüssel hier gefunden, der ohne Zweifel Ihnen gehört.« Ron legte ihn auf den Tisch. »Sie vermissen ihn sicher schon?«

»Weshalb soll das meiner sein?«, fragte Bombe.

»Weil sich Ihre DNA darauf befindet. Das lässt keinen anderen Schluss zu.«

»Das muss ein Irrtum sein. In welches Schloss soll der denn passen?«

»Das sollten schon Sie uns verraten. Vielleicht zu Ihrem Safe, zu einer Stahlkassette?«

»Ich hab so was nicht. Das ist nicht meiner.«

»Falls Sie den Schlüssel von jemandem zur Aufbewahrung bekommen haben«, schaltete sich Nele ein, »müssten Sie uns erklären, von wem.«

Bombe stellte sich stur. »Ich hab nichts zur Aufbewahrung gekriegt und muss gar nichts erklären. Hab den Schlüssel nie gesehen.«

»Na gut«, Ron blieb ruhig. »Es gibt aber auch noch eine Wolldecke, die Ihre DNA trägt.«

Bombe schien etwas zu merken. Er wurde unruhig. »Ja und? Ich hab ein paar Decken zu Hause.«

»Wir haben Renate Mendes Leiche ausgegraben«, sagte Nele. »Der Schlüssel und die Decke wurden bei ihr gefunden. Sie sind dringend verdächtig, die junge Frau ermordet zu haben.«

Der Mann wurde blass. »Das gibt's doch gar nicht. Diese blöde Decke …« Er unterbrach sich.

»Ich sehe, das überrascht Sie, Herr Ross. Begreifen Sie nun, dass Leugnen nichts mehr hilft?«

»Nein!«, brüllte Bombe. »Das war ich nicht! Was wollt ihr mir da anhängen?« Er ballte die Fäuste und stemmte sich halb vom Tisch hoch, als wollte er gleich auf sie losgehen.

»Beruhigen Sie sich«, sagte Ron, »die Tatsachen kann man nicht mit Geschrei wegwischen.«

»Aber die Decke gehört überhaupt nicht mir!«

»Wem gehört sie dann? Auf jeden Fall wissen Sie, um was für eine Decke es sich handelt.« Nele ließ den Fisch, der nun verzweifelt zappelte, nicht mehr von der Angel.

»Ich weiß gar nichts. Ich sag nichts mehr.«

»Das ist das Dümmste, was Sie in Ihrer Lage machen können«, sagte Ron mit Nachdruck. »Sie kommen da nicht mehr raus. Legen Sie ein Geständnis ab, und schildern Sie uns, was geschehen ist. Vielleicht war es ja keine vorsätzliche Tat.«

»Aber ich hab sie nicht umgebracht, ich hab sie nur ins Auto gepackt. Sie war schon hinüber.«

Die Kommissare sahen sich an.

Endlich kommen wir auch der Lösung dieses letzten Rätsels näher, dachte Ron.

34

Der Direx hoffte noch. Max weiß nichts, dachte er, und Bombe steckt selber zu tief drin, der wird die Schnauze halten. Er lief unruhig und voll bitterer Hassgefühle auf Max Doll in seiner Zelle auf und ab. Der Mann hatte ihn verraten und alles zunichtegemacht, was er so wunderbar ins Laufen gebracht hatte. Schritt um Schritt war sein genialer Plan aufgegangen, bis zum Schluss. Dreiviertel der Million waren schon zu Hause im Tresor gewesen, vom Rest hätte er Bombe etwas abgeben müssen, aber der wusste ja nicht, um wie viel es eigentlich ging. Und dann hatte sich dieser kiffende Idiot eingemischt. Erst hatte er den harmlosen Hacke abgeknallt, für den eine Tracht Prügel genügt hätte, dann die Kripo zu ihrem Versteck geführt. Und warum? Weil er nicht gleich seine paar Kröten gekriegt hatte. Woher wusste Max überhaupt, wo ich Milena Faber hingebracht habe, überlegte Baum. Bombe und ich haben ihn doch bewusst außen vor gelassen.

Durch diesen hirnlosen Muskelprotz, wütete der Direx, ist nun alles verloren. Einen Tag noch, und ich wäre mit dem Geld und den Fotos in der Schweiz gewesen, ein paar Wochen später dann in Honduras. Bombe hätte dumm geguckt, wenn er gemerkt hätte, dass die zweite Tasche zur Hälfte mit Papier gefüllt war, und vielleicht hätten sie ihn sogar noch wegen Rendy drangekriegt. Schließlich hat *er* die Leiche im geklauten Auto zu dem Grundstück von Findeisen zurückgebracht.

Weshalb hatte Rendy, dieses dreimal verfluchte Luder, sich an diesem Abend aber auch so aufgeführt.

Es war einfach zum Kotzen. An diesem Donnerstag, als sie halb in der Nacht zu ihm kam, war er so gut drauf gewesen. Jede Woche einmal war sie bei ihm, eine geheime Abmachung, und sie hatte getan, was er von ihr wollte, nämlich alles. Er hatte sie gut bezahlt, hatte ihr die ständigen Barbesuche, die teuren Klamotten und Extravaganzen ermöglicht, ohne zu knausern. Ein halbes Jahr fast war das so gegangen. Und dann mit einem Mal das: »Ich krieg jetzt selber Knete, ich werde reich, ich brauch dich nicht mehr.«

Sie hatte sich lustig über ihn gemacht, ihm das Geld vor die Füße geworfen, behauptet, er ekle sie an. Alt sei er und widerlich! Auf einmal! Sie war unverschämt gewesen, über alle Maßen schamlos, hatte ihm noch mal ihre Titten gezeigt, »damit du dich immer daran erinnerst, dass du die bloß deiner Knete wegen anfassen durftest«. Sie hätte die Männer hier sowieso alle satt, hatte sie geschrien, ihn, diesen dämlichen Stan, der ihr neuerdings hinterherlaufen würde und gleich eingeschnappt wäre, weil er mitbekommen hätte, dass sie sich von einem Alten für Geld bumsen ließ. »Ihr könnt mich alle mal kreuzweise!«, hatte sie gebrüllt und war zur Tür gerannt.

»Bleib stehn, so kannst du nicht mit mir umspringen! Du bist die Nutte, nicht ich, was bildest du dir ein!«

Sie hatte es fertiggebracht, sich umzudrehen und ihm einen

Handkuss zuzuwerfen, dabei hatte sie höhnisch gelacht. Das hatte gereicht, sie kannte ihn doch, sie musste wissen, dass er sich nicht demütigen ließ!

Er nahm in die Hand, was greifbar war, den wertvollen langen Schuhanzieher mit dem vergoldeten Löffel aus Stahl, er hatte gar nicht gewusst, dass man damit töten konnte. Aber wenn man mit der Kante traf …

Bombe hatte im Nebenraum gewartet, er war herbeigestürzt: »Menschenskind, Chef!«

»Menschenskind« Als ob das ein Ausruf wäre, der zu so einem Geschehen passt!

Sie war nach vorn gefallen, mit dem Gesicht auf den dicken Teppich in seinem Zimmer, sie gab noch einen Seufzer von sich, und dann nichts mehr. Am Hinterkopf, dort, wo der Schuhlöffel sie getroffen hatte, lief das Blut. Bombe, geistesgegenwärtig, raffte eine Decke vom Sessel und legte sie ihr unters Gesicht, so dass kein Blut auf den Teppich kam. Später hatten sie die Tote ganz in die Decke eingewickelt und nach unten getragen.

Das Auto, mit dem sie gekommen war, stand auf dem Hof. Sie hatten die Leiche in den Kofferraum gepackt, niemand kriegte etwas mit. Bombe, der von Rendy wusste, dass der Ford nur geborgt war und auf Findeisens Waldgrundstück gestanden hatte, erledigte den Rest und brachte den Wagen wieder dorthin. Es gab ein Gasthaus in der Nähe, er kannte sich in der Gegend aus.

Damit war die Sache für sie beide erledigt gewesen.

Findeisen, dem die Karre vermutlich gehörte, würde bestimmt zu Tode erschrecken und die Polizei holen. Denen sollte er aber erst mal erklären, wie die Leiche in sein Auto gekommen war. Zumal jedermann wusste, dass er ein Verhältnis mit Rendy hatte. Sie war wirklich eine Hure gewesen, rechtfertigte sich der Direx bei dieser Erinnerung.

Aber Findeisen hatte offenbar Schiss und den Bullen nichts gepfiffen. Bombe und er glaubten, er würde sie schnell irgendwo verscharren, was für sie genauso in Ordnung war. Als die Jungs dann aber die Leiche in seiner Garage sahen, drehte Bombe fast durch, und Max, der keine Ahnung von Rendys Tod hatte, verstand gar nichts mehr. Zumal ich die beiden zurückgepfiffen habe, dachte Baum, weil ich inzwischen begriffen hatte, dass die Erpresserin die andere war.

Der Direx hatte genug vom Auf- und Ablaufen in der Zelle, er warf sich verärgert auf die Pritsche. Die Sache mit Rendy hatte ihn ganz schön mitgenommen, aber dann hatte er sich voll auf die Faber konzentriert, und alles schien gut. Bloß den Kiffer hätte ich verabschieden müssen, sagte er sich erbost, ein paar Tausender auf die Hand und weg aus Dresden, dann stände ich jetzt anders da.

Die Sache mit Rendy werden sie mir nicht nachweisen, hoffte der Direx, die Dame ist hoffentlich inzwischen irgendwo im Wald verscharrt und modert langsam vor sich hin. Vielleicht komme ich in der Angelegenheit Ahn von Helm mit einer Bewährungsstrafe davon, dann fang ich noch mal von vorne an.

Er wurde in seiner wütenden Grübelei unterbrochen, die Zellentür ging auf.

»Was ist los? Ist endlich mein Anwalt da?«, fragte der Direx.

»Weiß ich nicht«, erwiderte der Schließer, »ich soll Sie nur zu Kommissar Ronstein bringen.«

35

Sie saßen in einem Café in der Prager Straße, oben im ersten Stock, wo man den Autoverkehr und das Treiben der Passanten beobachten konnte. »Baum ist völlig durchgedreht«, sagte Piet Ronstein, »er schrie und tobte, so etwas hab ich schon lange nicht mehr erlebt. Drei Mann mussten ihn festhalten.«

»Er hat offenbar nicht damit gerechnet, dass sich sein treuer Butler von ihm lossagt«, erwiderte Nele.

»Der Mann überschätzt sich total. Er dachte, wir könnten ihn niemals mit Renate Mende in Verbindung bringen. Er hat die Beziehung absolut geheimgehalten.«

»Bombe hat ihn ja auch bis zuletzt rausgehalten und gedeckt. Bis er merkte, dass es nun wirklich um die eigene Haut geht.«

»Der Schlüssel und die Decke haben Bombe zum Umdenken gebracht«, sagte Ron. »Der Schlüssel war seiner, das konnte er nicht mehr abstreiten. Er gehörte zu einem Fach, wo er seine Pistole verwahrte, und 'ne Menge Geld. Ein besonders gut getarntes Versteck. Er muss ihn verloren haben, als sie die Leiche in die Decke packten. Er hatte es noch nicht mal bemerkt.«

»Was die Decke angeht, da konnte sich der Direx nicht mehr rausreden«, ergänzte Nele. »Die gehörte nicht nur ihm, da war neben der von Bombe auch seine DNA drauf.«

»Ein Rätsel ist mir, warum er den Schuhlöffel nicht beseitigt hat. Die Tatwaffe lässt doch heutzutage jeder Anfänger verschwinden.«

»Er will aber kein Anfänger sein! So einer wie er glaubt, dass es genügt, wenn man das Blut gründlich abwischt. Wer kommt schon auf einen Schuhanzieher. Mit Bombes Aussage hat er nicht gerechnet.«

Sie unterhielten sich eine Weile, und Nele wollte noch wissen, wieso Stan Rothe an diesem Abend mit Rendy im Auto gesessen habe, denn das hatte der Student inzwischen Ron gegenüber eingeräumt.

»Weil sie ihn mitgenommen hat, als sie an jenem Donnerstag ihre Sachen nach Hause zurückbrachte«, erklärte der Kommissar. »Als ich ihn nochmals befragte, hat er ›Ungenauigkeiten‹ in früheren Aussagen zugegeben. Er hätte an jenem Abend vor der Wohnung vergeblich auf Milena gewartet, da sei Rendy gekommen, und er habe ihr geholfen, ihren Kram hochzubringen. Danach sei er ein Stück mitgefahren, bis er gemerkt habe, dass sie zu so einem

223

alten geilen Bock wolle. Deswegen sei es dann zum Streit gekommen, und er sei ausgestiegen.«

»Ich nehme an, er hat sie eine Hure genannt, und sie hat ihm ein paar geknallt«, vermutete Nele.

»Da kannst du recht haben. Sie muss an diesem Tag mächtig in Brass gewesen sein.«

»Reden wir von was anderem. Ich bin heute Morgen von Frau Hassberg angerufen worden, der Mieterin aus Rendys Haus, die nicht gerade zurückhaltend ist, wenn's um ihre Nachbarn geht.«

»Was wollte sie denn?«, fragte Ron.

»Der Nachbar Renate Mendes würde sich seit deren Verschwinden sonderbar verhalten. Er sei immer betrunken, trauere um Rendy, und aus seiner Wohnung würde eine grüne Decke fehlen.«

»Na, sieh mal an«, sagte Ron, »und was hast du erwidert?«

»Sie solle ihm eine andere Decke schenken und ihm Trost spenden, indem sie ihn zu Kaffee und Kuchen einlädt.«

»Eine gute Idee. Und wie hat sie reagiert?«

»Sie fühlte sich offenbar nicht ernst genommen und hat aufgelegt.«

»So stößt man die Leute vor den Kopf«, Ron lachte. »Aber mir ist da noch eine andere Sache aufgefallen.«

»Und welche?«

»Ich hab zufällig gelesen, dass in der Nacht, in der Erik Hackmann mit dem Leichnam im geklauten Auto unterwegs war, östlich von Dresden ein Dorfladen überfallen wurde. Von dem Räuber bis jetzt keine Spur.«

»Du meinst doch nicht etwa, dass uns das etwas angehen müsste?«, sagte Nele.

»Nein, meine ich nicht. Es handelt sich da um eine Zugfolge, die nicht direkt zu unserer Partie gehört«, erwiderte Ron.